国家舞台艺术
精品工程
剧作集③

地方戏曲卷一

中华人民共和国文化部艺术司 编

文化艺术出版社
Culture and Art Publishing House

《国家舞台艺术精品工程剧作集》
编辑委员会

主　　编：于　平
副 主 编：蔺永钧　刘中军
编 委 会：程桂荣　余建军　尹晓东　安远远
　　　　　邓　林　张凯华　周汉萍　吕育忠
　　　　　陈　樱　唐　凌　杨　雄
资料整理：陈立群　万　素　孙富娟

目录

地方戏曲

精品剧目

3	川剧《金子》
43	闽剧《贬官记》
83	越剧《陆游与唐琬》
113	梨园戏《董生与李氏》
141	川剧《变脸》
181	豫剧《程婴救孤》
209	吕剧《补天》
251	眉户戏《迟开的玫瑰》
301	桂剧《大儒还乡》
337	豫剧《铡刀下的红梅》
375	川剧《易胆大》

精品提名剧目

419	粤剧《驼哥的旗》
457	河北梆子《钟馗》
483	蒙古剧《满都海斯琴》

519	龙江剧《木兰传奇》
551	评剧《胡风汉月》
581	豫剧《村官李天成》
617	黄梅戏《徽州女人》
657	花鼓戏《秋天的花鼓》
707	评剧《凤阳情》
743	花鼓戏《老表轶事》
779	婺剧《梦断婺江》
819	唐剧《人影》
853	山东梆子《山东汉子》
889	花鼓戏《十二月等郎》
929	梨园戏《节妇吟》
953	曲艺剧《月光下的水仙》
977	歌仔戏《邵江海》
1009	豫剧《虢都遗恨》
1039	甬剧《典妻》
1075	淮剧《太阳花》
1117	花鼓戏《走近阳光》
1163	曲剧《正红旗下》
1209	潮剧《东吴郡主》

地方戏曲

精品剧目·川剧

金 子

(根据曹禺话剧《原野》改编)

编剧 隆学义

剧情

　　民国初年，焦阎王谋财害命，夕阳血染。无辜虎子囚牢囚冤，少女金子苦盼苦恋。

　　无奈过十年，金子已做焦家儿媳，复仇虎子越狱成逃犯。

　　金子虎子重相见，恋情死灰复燃。情仇碰撞，爱恨熬煎，金子心破两半：一半儿，爱倾情哥，悲虎子苦难；一半儿，怨洒黑屋，愁破镜孽缘；一半儿悬，忧逃犯危险；一半儿乱，哀懦夫可怜。难提防，急煎煎干儿干妈翻脸；怎经得，痛煞煞如兄如弟相残！仇聚恨聚只索散，冤冤相报终须断！

　　黑林子，阴惨惨；黄金路，光灿灿。金子，磨难中挣扎、呼唤……

时间

民国初。

地点

古镇。

人物

金子、仇虎、焦母、焦大星、白傻子、常五

——川剧《金子》

序　幕

〔秋夜沉郁。

〔帮腔（男女声）：

　　老屋旧了，旧了，旧了。

　　老屋朽了，朽了，朽了。

　　亮的暗中找，美的难寻找。

　　爱的心中找，磨难苦未了。

〔幕启。朝贺声："恭喜！恭喜！"

〔秋日夕照。

〔古镇坡丘。黄葛老树，藤蔓缠绕，残枝新叶。

〔渐显金子孤寂、凄惶的倩影，徘徊……

〔常五、新郎焦大星执红绸找上。白傻子暗上。

〔常五逼迫金子披嫁衣、搭盖头。金子挣扎，犹如雀鸟坠在罗网中……

〔焦大星胆怯地将红绸塞给金子。

〔焦母一脸威严地拄拐杖上。

〔金子挣扎不脱，与焦大星共系红绸。

焦大星　（面向焦母，怯懦地）妈！

金　子　（遥望远方，心声）虎子哥！

　　　　〔二表演区。仇虎戴铁链融入。

　　　　〔字幕提示：金子为还父债，被迫嫁进焦家，饱受折磨。

仇　虎　（呼喊）金子，我仇虎回来啦！

〔切光。

〔火车声渐强、渐远……

第一场

〔晨光下，蝉鸣、鸟语。

〔金子抱小黑子上。

〔焦大星追上。

焦大星　（喊）金子！金子！

金　子　（赌气）我不是金子是银子，在你两娘母眼头，算得了啥子！

焦大星　金子，你是我的心。

金　子　心？（嘲笑）我晓得你的心！（念韵白）

　　　　　　妈面前笑眉笑眼有孝心，

　　　　　　顺手顺耳多顺心。

　　　　　　妈的话记在前心，

　　　　　　我的事你放在背心。

　　　　　　你把妈供在脑命心，

〔帮腔：把我踩在脚板心！

焦大星　金子，你莫怄气了嘛！妈的话好听的就听，不好听的就当没听到，你就将就她点。

金　子　你哪个不将就我？小黑子又不是我生的，我还不是奶妈带娃儿——空搞灯。

焦大星　我晓得你对小黑子好。（老实巴交）我将就你，啥子都将就你。

金　子　大星，要是我踩虚了脚，一下掉进了河，你哪个说？

焦大星　（不假思索）我当然来救你……

金　子　（挑衅）要是我和你妈一起都掉进了河，你又哪个说？

焦大星　（为难）我……

金　子　你说，只救我，不救她。

——川剧《金子》

焦大星　（无奈）金子，妈是瞎子……

金　子　睁眼瞎，比耗子耳朵都尖！

焦大星　你为啥要想淹死我妈？

金　子　不为啥，听起安逸，说起好耍。

焦大星　好耍？说了要遭雷打！

〔大星抱膝坐下。金子放下小黑子，突地坐他膝上。

焦大星　（推搡）金子！……不不不！

金　子　（站起，撩拨地）你个老坎！

　　　　（唱）只晓得油炸花生……

　　　〔帮腔：脆嘣儿，脆嘣儿，嚼起香！

金　子　（唱）清炖鸡腿儿咬起香，

　　　　　　　晚上的夜宵吃起香，

　　　　　　　热呵呵的铺盖睡起香，

　　　　　　　早晨的噗鼾扯起香，

　　　　　　　胭脂粉儿闻起香，

　　　　　　　嫩咚咚的脸儿挨起香，

　　　　　　　晓不晓得，野叉叉的嘴儿……

　　　〔帮腔：啵起香！

　　　〔大星心旌摇摇，一把抱住金子。

焦大星　（气咻咻）金子，金子！我要你！……

金　子　（魅惑地）你说了，我才给你……

焦大星　（迷乱）我说，我啥子都说……

金　子　只救我，不救妈！

焦大星　（顿醒）啊！

　　　〔焦母拄拐杖上。金子急忙抱起小黑子。

焦大星　（见母，惊）妈！

焦　母　死人子，还不滚去收账！

焦大星　妈。

焦　母　我跟你说，（故意说给金子听）女人的话听不得，真感情要命，假感情要钱。

金　子　（回敬以哈欠）啊！……

焦　母　你在做啥？

金　子　起来早了，得罪男人；起来晏了，又得罪婆婆。

焦　母　（取钱袋塞给大星）拿到。

焦大星　妈，我有……（目视金子，征求她意）

〔金子暗示"要"。

焦　母　你有？你那点钱，（朝金子方向说）买圈子、打耳环，早就抛撒完了。

焦大星　（对金子）妈，我走了。天凉了要多加衣裳；饿了，要吃饱点；渴了，多喝点老荫茶……（焦大星暗中将钱袋递给金子……）

焦　母　（无意间打岔了大星的传递）啰嗦！

焦大星　妈，外头有火车过，你要小心点略……（又欲递钱袋）

焦　母　（又打岔）晓得，晓得！

〔焦大星不由自主绕过母亲，走到金子面前，把钱袋交给金子。

焦大星　（说漏了嘴）妈，你出门看天色，进门要看脸色哟……

焦　母　嗯嗯……（顿悟）死人子！我一个瞎子，看啥子天色，看啥子脸色？

焦大星　妈，我走了，走了哦！（急下）

焦　母　大星站到！（撞着金子）你在做啥？

金　子　大星走远了！

焦　母　（轻声地）金子过来。

〔金子忙把钱袋放在地上，顺从地走到焦母面前。焦母从头到腰搜她身子，仿佛在抚爱。

焦　母　（喃喃地）好漂亮，好漂亮的身材！我年轻的时候（沉醉地）也是这个样样儿……

〔金子任她抚摸，暗暗得意。焦母还不死心，从腰摸到脚下，又

——— 川剧《金子》

在脚下周围抓了几把,这才失望地站起来,拍了拍灰。

焦　母　（警告）晓得不,大星先前那个女人是啥子下场?

金　子　（仿佛在背书）她生下小黑子刚满月,说她偷人养汉,公公拿皮鞭打了她三天三夜,锁在黑屋七天七夜,不吃不喝,自己饿死了。

焦　母　知道就好。

金　子　（软顶）唉,不料公公背上长恶疮,也入土归阴了。

焦　母　（刻薄地）他在阴间也要管你!可惜呀,我那干儿子仇虎在牢里也早关死了。把小黑子给我。

〔金子痛苦地……

焦　母　（将拐杖递给金子）外头眼睛杂,少去逗猫惹狗的!

〔金子将小黑子给焦母背上。

焦　母　假惺惺!生得出来的又死了,活起的又生不出来。狐狸精!

〔金子眼里露出悲哀……

〔焦母下。

〔金子望其背影,由愤而悲,由悲而泣。

金　子　（唱）有气难舒!

〔帮腔：有泪难哭！

金　子　（唱）天天有气气难舒,
　　　　　　时时有泪泪难哭。
　　　　　　有气难舒心悲苦,
　　　　　　有泪难哭身孤独。
　　　　　　瞎眼婆婆多恐怖,
　　　　　　恶言冷语好狠毒。
　　　　　　屡屡顶撞遭欺侮,
　　　　　　每每挣扎受委屈。
　　　　　　睡去梦中见仇虎,
　　　　　　醒来身旁是懦夫。

　　　　　　　凄凉常伴原野路，

　　　　　　　刻薄长随老黑屋。

金　子　（重唱）心悲苦，
帮　腔

　　　　　　　身孤独。

　　　　　　　情死亡，

　　　　　　　爱干枯。

　　　　　　　悲苦无处吐，

　　　　　　　孤独无处诉。

　　　　〔帮腔：情爱早已下地狱！

　　　　〔金子走近黄葛树，抚树生情，思绪悠悠，心中漾起往昔的情歌，情不自禁唱起来……

金　子　（唱）郎是山中黄葛树，

　　　　　　　妹是树上长青藤。

　　　　〔仇虎闻声上，见金子，惊喜，以歌唱和。

金　子　（唱）树死藤生生缠死，

金　子　（合唱）树生藤死死缠生。
仇　虎

　　　　〔金子、仇虎相遇。

金　子　你是谁……

仇　虎　是我哇！

金　子　你究竟是谁？

仇　虎　我是仇虎！

金　子　（惊异）虎子？你还没有死呀！

仇　虎　（眼里燃火）阎王老爷不收我，我又回来啦！

　　　　〔金子审视仇虎。

　　　　〔帮腔：你、你、你呀！……

　　　　〔金子扑过去，二人相抱。

〔帮腔：灯花爆，久别重逢痴又醉。

核桃破，见我情哥喜又悲！

〔光渐暗。

〔字幕提示：十天后。

〔白傻子赶羊、常五提鸟笼分上。

〔焦母拄拐杖上。

焦　母　常五！

白傻子　常五！

常　五　来了！

焦　母　晓得不，这几天我们这里像是不大清静咯！

常　五　天下太平，清静，清静！

焦　母　我是说我们家头，金子媳妇。

常　五　摩登（儿）！摩登（儿）！好多男人都围到她打转转（儿）。不想吃锅巴，哪会围到锅边转咯。连傻子都要去转，就是我也想……

焦　母　打嘴！

常　五　喳！总而统之一句话，我们这里清静。

白傻子　打嘴！就是不清静。

焦　母　（惊）啊！

白傻子　我在坡坡放羊的时候，还看到的……

焦　母　啥？

白傻子　虎、虎……

常　五　（怕）虎？

白傻子　（得意）还拿了一把花……

常　五　老虎拿花？

白傻子　嘿嘿，他还紧到问我新、新媳妇。

焦　母　傻儿你说！说了我给你糖吃。

白傻子　我不要糖，我要婆娘。嘻嘻！（赶羊）咩咩咩！……

〔白傻子赶羊下。

焦　母　傻儿，傻儿！

常　五　（惧怕）大星妈，是不是仇虎回来了咯？

焦　母　这娃儿只要不死，总归会回来……

常　五　会回来——那，我去报告侦缉队。

焦　母　快，把大星给我喊回来！

常　五　喳！

〔常五咳嗽。

〔切光。

第二场

〔字幕提示：当天，下午。

〔字幕提示：焦家老屋。

〔金子喜不自禁上，仇虎随上。

〔帮腔：死冤家，害死人！

　　　今生重温冤孽情！

金　子　（唱）分别后，心如霜打冷浸浸。

〔帮腔：死冤家！

仇　虎　（唱）十年来，心如雪压重沉沉。

〔帮腔：死冤家！

金　子　（唱）分别后，心如孤竹栽枯井。

〔帮腔：死冤家！

仇　虎　（唱）十年来，心如死灰撒寒冰！

〔帮腔：活冤家！

金　子　（唱）见到你，心如清晨噩梦醒。

〔帮腔：活冤家！

仇　虎　（唱）十天来，心如山泉响铮铮。

〔帮腔：活冤家！死冤家！

金　子　（唱）见到你，浓情印透鸳鸯枕，

　　　　　　　十天来，热血惹红腮边云。

　　　　　　　坡下树下长话短话话不尽，

　　　　　　　枕边腮边心花泪花欢笑甜笑心花笑得真！

　　　　〔帮腔：变女人，好风情，

　　　　　　　茫茫原野秋草冷，

　　　　　　　一夜秋雨绿又生。

金　子
仇　虎　（合唱）真情实爱又苏醒，

　　　　　　　还原我活蹦活跳金子（仇虎）心！

　　　　〔仇虎以花挑逗金子，二人嬉戏追逐。

　　　　〔火车声"突突"而过。

仇　虎　金子，跟我走。

金　子　跟你走？

仇　虎　就赶这火车，坐个七天七夜，就到那个地方了……

金　子　那个地方……

仇　虎　（神秘地）那是个黄金铺路的地方。

　　　　（韵白）有田有土有欢笑，

　　　　　　　有吃有穿乐陶陶。

　　　　　　　无争无斗无烦恼，

　　　　　　　无仇无恨无冤牢。

金　子　虎子，你只怕是在做梦哟！

仇　虎　你舍不得这阎王家？

金　子　我恨这老黑屋！

仇　虎　（说不出的味道）那，你是舍不得你那男人啰？

金　子　（打趣）我哇，舍不得他那张笑脸……

仇　虎　你——

金　子　雷公都不打笑脸人。（一脸无奈）嫁鸡随鸡，一马不配双鞍。怪你来迟了。

仇　虎　（怒从心上起）那我就点把火烧了这阎王家！我把你（揽过金子）抢起走！（顺势抱起她）

金　子　（半推半就）那你就是强盗！

仇　虎　你就是强盗婆！

金　子　（调笑）逮到就要砍脑壳！

〔仇虎泄愤似的将金子扛在肩头上旋转。

仇　虎　（笑得发抖）哈哈哈哈！强盗！强盗婆！我要你生个儿子替我活。

〔金子感到受辱，怒咬仇虎肩头。

仇　虎　哎哟！

〔仇虎抛下金子，金子就势跌坐在桌上。

仇　虎　（抚肩头）你还会咬人？

金　子　（笑傲仇虎）小时候就咬过，你忘了？

仇　虎　对头，从前咬的是耳朵。（命令）过来！我叫你站过来！

〔金子斜他一眼，抄手。

仇　虎　好嘛，我又来陪你坐嘛。（坐在她身边，有些流气）我的个亲亲……

金　子　（气他）啥子亲亲咯，娃儿是自家的乖，男人是自家的好！

仇　虎　（触到痛处）你！……

金　子　（走下椅子）你们这些男人，婆娘是人家的俏！

仇　虎　（双手抱住金子）金子，你本来就是我的人。（亲热而粗暴）我的，我的金子！

金　子　（火辣地）你还是我的虎子哥哇！

仇　虎　（亲昵）虎子哥就是为你才活转来的。

金　子　（感受甜蜜）为我活转来的！

仇　虎　（掩饰隐秘）专为你回来……

金　子　（陶醉）专为我回来……（敏感）你们男人说话真真假假！

仇　虎　我是真的。

———川剧《金子》 〉〉〉〉〉

金　子　（天真地）晓不晓得，真感情要命咯？

仇　虎　那我就舍命。

金　子　（半玩笑）假感情要钱！

仇　虎　那我就拿钱！

〔仇虎从怀里抓出一袋钱抛给金子，金子接过甩在地上。

金　子　（不屑一顾）你不是真爱我！

仇　虎　真爱！

金　子　真爱就说实话。

仇　虎　（只好实说）我——我是跳车逃跑回来……

金　子　做啥？

仇　虎　（拾钱袋）焦家欠我仇家一笔债，该收账了！（将钱袋放入怀中）

金　子　（惊）虎子，我也是焦家的人啦！

仇　虎　我要把你抢回来，找焦阎王算账！

金　子　焦阎王，早就死了……

仇　虎　（怒火中烧）我晓得他死了，他坑害了我的全家，夺走了我的一切，我要他活转来，再叫他死一遍！

〔帮腔：地打颤，天发昏，

　　　　残阳流血洒血腥！

仇　虎　（悲愤地，唱）

父遭活埋尸骨冷，

妹遭逼迫去卖身。

我遭诬告铁牢困，

我心上人成了焦家的人！

〔帮腔：苍天作证，残阳为凭！

仇　虎　（唱）我好冤，我好恨哪！

恨染野草烧不尽，

冤借寒蝉鸣不平！

命恶命苦，不由老天安排命，

　　　　　　情断情续，寻找儿时嬉戏情。
　　　　　　忍气忍泪愤难忍，
　　　　　　吞声吞血仇难吞！
　　　　　　人非从前人，
　　　　　　心变猛虎心。
　　　　　　报冤报仇报大恨，
　　　　　　闹它个鱼死网破乱纷纷！
金　子　（背唱）心颤心抖心惊震！
　　　　〔帮腔：心浪心涛心潮生！
金　子　（心绪矛盾，背唱）
　　　　　　哀他一家遭厄运，
　　　　　　爱他硬汉铁铮铮。
　　　　　　痛他十载黑牢困，
　　　　　　为他逃狱心不宁。
　　　　　　知他恨是冤仇恨，
　　　　　　叹他心非当年心。
　　　　　　愁他迷途迷本性，
　　　　　　忧他伤害无辜人。
　　　　　　恐他黑屋落陷阱，
　　　　　　怕他复仇害自身！
　　　　〔帮腔：他伤我损，他生我存！
金　子　（唱）劝他速速离险境，
　　　　　　催他快快远方行，
　　　　　　我盼他年年月月时时刻刻都在等！……
　　　　〔帮腔：盼得个才相逢，又离分！
金　子　虎子，快走！这里危险！
仇　虎　（脚踏椅子）我是老虎，怕哪个？！
金　子　我是怕侦缉队……

———川剧《金子》 >>>>>

仇　虎　侦缉队！

金　子　（流露真情）你要是死了，我啷个活得下去！

仇　虎　这样说来，你还是爱我咯？那咬我也是爱我咯？

金　子　漩脸！

仇　虎　贞节女都怕囚皮汉！

金　子　（着急）你连命都不要啦，快走！

仇　虎　我不走呢？

金　子　老婆子回来，有你好看的！

仇　虎　回来正好。

〔焦母背香袋上。

焦　母　（拍门）金子，开门！

〔金子一惊，仇虎不动声色。

焦　母　（厉声）开门！

金　子　来了，来了！

〔金子去开门。焦母进门。

〔仇虎冷酷注视她……

〔金子惊惶注视她……

〔空气仿佛凝固了。

焦　母　青光白天的，把门关到做啥子？

金　子　（掩饰）关到门嘛，外人才不好进来噻。

焦　母　（讥讽）要进来，不晓得翻窗子呀？气味不对！

〔仇虎大模大样朝焦母走去。金子忙去制止，仇虎不听……

焦　母　（侧耳细听，突如其来）站到！

〔仇虎止步。

焦　母　哪个？

金　子　（心悸）妈，是我。

焦　母　（诈）还有一个？仇虎？

金　子　（急中生智）妈，还有小黑子。（忙抱起娃娃诓）喂哦喂，小黑子快睡觉觉了哇！（暗示仇虎快进西厢房去）小黑子听话话呀，不听话话二妈要打耳巴哟！喂喂！

〔仇虎屹立不动，金子急得咬牙切齿，用手去掐他。

金　子　（边掐边诳）喂喂！喂喂！喂喂！乖乖娃娃，快来嘶个尿尿哇！嘶！——嘶！（用嘴示意仇虎快走）

〔仇虎忍怒转身下。

焦　母　假惺惺！金子，过来！

〔焦母一把抓住金子手，抚摸。

焦　母　哟，银圈子、金戒指……

金　子　（自鸣得意）过年大星买的。

焦　母　（摸她衣服，嫉妒起来）哦，又是一身新衣服。

金　子　（故意刺她）过节大星亲手做的。

焦　母　（辛酸地）夫命才好啊！（用手探到头上，摘下花）啥？

金　子　花！

焦　母　谁送的？

金　子　我买的。

焦　母　不！

金　子　是！

焦　母　（无奈）妖艳！（把花甩在地上）踩！

金　子　（顿了顿脚）踩了！

焦　母　你没有！我叫你踩，踩呀！（一字一顿）踩！踩！踩！

金　子　（赌气，踩花）踩！踩！踩！

焦　母　（冷漠）狐狸精，滚！

〔金子痛心地收拾起破碎的花瓣，强忍怒气下。

〔焦母聆听金子走后，从香袋里取出一个木刻女人，走到神龛前，敲了三下磬，把木人托在手里，举三举，口里念念有词，仰起头，从自己头上拔下一根钢针对着木人心口。

焦　母　（低声呼唤，语气狠恶）金子！天天咒你三炷香，明天早上就发丧！

（唱）丧门星，扫把星！
　　　败家精，狐狸精！
　　　害得我儿不孝顺，
　　　焦家霉运祸害生。
　　　木人心口扎九针，
　　　针针扎在金子心。
　　　唯愿金子得怪病，
　　　早短阳寿命归阴！
　　　要抵命，我抵命，
　　　保佑我儿免灾星；
　　　要赔命，我赔命，
　　　保佑孙子得安宁。
　　　金子快快早早死，
　　　免得猛虎进家门！

〔焦母将木人放回香袋。

〔白傻子上。

白傻子　新媳妇，好摩登（儿）！好摩登（儿）！新媳妇，好摩登（儿），新媳妇！

焦　母　傻儿，做啥子？

白傻子　我来看新媳妇。

焦　母　（念）好看的媳妇要败家，

白傻子　金子好看！

焦　母　（念）接了媳妇忘了妈！

白傻子　我没得妈。

　　　（唱）我妈早就死刮啦！
　　　　　金子媳妇美花花，
　　　　　瞎子婆婆枯树桠、老丝瓜、豆腐渣、牛屎粑！

嗨呀，一朵闹莲花！……

焦　母　打嘴！金子是母老虎，咬死你！

白傻子　（唱）拿她咬死也不怕，

　　　　　　　投胎投个好人家。

　　　　　　　二辈子再来喜欢她，

　　　　　　　嗨呀，一朵莲花、花花闹莲花呀！

　　　　〔内传笑声。

焦　母　（侧耳）傻儿你听！东厢房！

白傻子　哪里是东厢房？

焦　母　快去看。

　　　　〔白傻子上前，看了看门。

白傻子　关到起的。

焦　母　打进去嘛！

　　　　〔白傻子用手推了推，又用屁股去顶。

　　　　〔焦母拉开白傻子，举棍打门。

　　　　〔金子开门，挡她。

金　子　妈！

焦　母　娼妇！

　　　　〔焦母推倒金子，走进东厢房。幕后传来一阵乒乓声。

　　　　〔仇虎急走出，闯见白傻子。

　　　　〔金子推仇虎走出中门。

　　　　〔焦母复上。

焦　母　傻儿，你看到啥了？

白傻子　（呆呆地）虎、虎！……

金　子　（打他一耳光）妈，他说我是虎。（又拉过他亲了一下脸颊）

白傻子　（高兴起来）她是虎！……

　　　　〔金子又亲他一下。

白傻子　（兴高采烈）老虎咬我，安逸！安逸！

———川剧《金子》 >>>>>

焦　母　滚！

〔白傻子笑下。

〔焦大星上，见金子。

焦大星　（喜滋滋地）金子！我想你……连做梦都在……

金　子　（体贴地）大星，你饿了，我给你弄点吃的……

焦　母　假惺惺！

焦大星　（这才发现妈的存在）妈！

焦　母　耗子偷油不学好，野猫反倒成家猫！

金　子　你说些啥哟？

焦　母　我说的啥你自己心头明白。

金　子　我明白啥？

焦大星　我我，我才不该回来哟！

焦　母　不！你该回来，你要再不回来，要抱野种了！

焦大星　妈！她不会哟！

焦　母　（冷冷地）这个娼妇啥子都做得出来。

金　子　拿贼拿赃，拿奸拿双。你拿到我啥子？

焦　母　好一个偷人养汉的狐狸精！

金　子　（顶嘴）好一个心狠手辣的婆婆娘！

焦　母　我哪点心狠手辣？哪点心狠手辣？

〔金子气愤地从香袋里取出木人，交给大星。

焦大星　木头人？这是……

金　子　这就是你那长命百岁的老妈子，她想咒我打短命早些死！

焦　母　是我！是我！

焦大星　妈！你怎么能做这些事！

金　子　我受够了，焦大星，你把我休了，再去找一个贤惠的。

焦大星　我不！

焦　母　（冷嘲）男人越结越害怕！

金　子　（热还）女人越嫁越胆大！

焦　母　（瞠目结舌）啊！

焦大星　我要你，我只要你！

金　子　（刺激他）我做了见不得人的事。

焦大星　（大惊，不愿相信）真的？

金　子　（坦然）真的！

焦大星　不！你不会，你心好……

金　子　男人心好要欠情，女人心好要养汉。

焦　母　（抓到把柄，严厉地）你这不要脸的东西！跪下！

焦大星　跪下！

〔焦母冷嘲……

〔金子傲然而立。

焦大星　（软弱地）金子，你就顺妈一口气嘛。（痛苦地悄声）有不有那些事，我都……认你！我求求你，我给你跪下……

〔金子心软下来，"咚"的一声，跪地。

〔焦母随手关门，从门后取出一根皮鞭，塞给焦大星。

焦　母　大星，这是你老汉的皮鞭，你也该像个大丈夫了。拿到，打！打死这个偷人养汉的狐狸精。

焦大星　我打。

金　子　（一脸悲怆）你打呀！你妈叫你打就打呀！你这个没有出息的好人，你连一个屁都放不响，迟早我要跟你散伙！你打死我，算你头一次有出息，打呀！

焦大星　妈！

焦　母　（满面冷色）打呀！打呀！

焦大星　（迷乱）我打！我打——（鞭举空中挥动，落不下去，自打几鞭，甩下鞭子）

焦　母　（恨其不争）你不是我生的！

〔焦母举杖打金子，金奋起夺棍。

〔院子外打门声："嘭嘭！"

————川剧《金子》 >>>>>

焦大星　哪个？

仇　虎　（内声）仇虎！

焦　母　（大骇）回来了！

仇　虎　（内怪声）我跟干妈报恩来了！

〔金子担心、焦大星木然、焦母恐惧。

仇　虎　（内狂笑）哈哈哈哈！

〔切光。

第三场

白傻子　（唱山歌）

　　　　　　昨夜我在岩洞歇，

　　　　　　耗子把我的指拇咬脱一大截。

　　　　　　我到铁匠铺去补，

　　　　　　他说我肉又不巴铁。

　　　　老虎回来了，金子安逸了，她就更乖了！

〔当天晚上。

〔焦家老屋。景同前场。

〔焦大星在桌前打算盘。

〔焦母内诓小黑子，唱：猛虎进门哪，家有凶神哪！

〔仇虎内唱：初一十五庙门开，……

〔焦母内唱：西屋藏个野老虎！

〔仇虎内唱：牛头马面两边排！……

〔焦母内唱：东屋有个狐狸精哪！……

焦大星　（烦躁地）妈！莫唱了嘛！

〔内声息。

〔帮腔：秋蝉声幽野犬叫，

　　　　蛙鼓频频风萧萧。

焦大星　（唱）收账归家添烦恼,

　　　　〔帮腔：糊涂账目乱糟糟！

焦大星　（唱）拨打算盘心神躁,

　　　　〔帮腔：难拨难打气难消。

焦大星　（唱）我虽是加减乘除珠算巧,

　　　　　　金子心我左算右算闩不牢！

　　　　　　加不完深深情意好,

　　　　　　减不去重重心思焦,

　　　　　　乘不来一家一天开口笑,

　　　　　　除不尽半时半刻怨气高。

　　　　〔帮腔：愁打不去，忧拨不了！

　　　　　　白昼嫌短，黑夜难熬。

　　　　〔仇虎上，见大星喝闷酒。

焦大星　虎子哥。

仇　虎　大星，你也喝酒了？

焦大星　我心里难受，虎子哥，来！陪我喝几杯。

仇　虎　好！（坐下）

仇　虎　我在牢里，听说你和金子吃了交杯酒？

焦大星　（苦笑）恐怕她现在想同我吃分手酒啊！她要跟那个人走。

仇　虎　哪个？

焦大星　她不肯说。我迟早要把他找出来，同他拼了。

仇　虎　只怕你不敢吧！

焦大星　不，我敢！我是焦阎王的儿子。

仇　虎　好，有种！大星，你看我是哪个？

焦大星　你——你是我的干哥哥、好朋友、血性汉子！

仇　虎　从前倒也是，如今么学坏了，我也会谋夫夺妻！

　　　　〔金子端酒菜上，闻声一惊。

　　　　〔帮腔：急煎煎情仇碰面,

———川剧《金子》 >>>>>

    金子心，破两半：

    一半儿爱倾情哥；

    一半儿怨洒孽缘。

    一半儿悬，忧逃犯危险；

    一半儿乱，哀懦夫可怜。

    痛煞煞爱恨搅拌！

金　子　你们两兄弟难得一会，来！喝杯碰头酒。

仇　虎　好一杯碰头酒，大星，干！

焦大星　虎子哥，干！

    〔三人碰杯同饮。

金　子　有一回，大星在堰塘洗澡差点被淹死，还是虎子哥你这个水鸭子……把大星这个旱鸭子救上来的。

焦大星　对！虎子哥，今天我就来补一杯感恩酒。

金　子　不！是和气酒。

焦大星　对！和气酒。

仇　虎　和气酒……

金　子　虎子哥，小时候，我们在黄葛树下办"家家酒"，我还咬过你的耳朵……

    〔民歌"高高山上一树槐"音乐起。

仇　虎　你装新姑娘。

焦大星　我们抬"肉轿子"。

金　子　"肉轿子"坐起闪悠闪悠的，好安逸哟！

仇　虎　好，我就再抬一次"肉轿子"！

焦大星　好，我们抬"肉轿子"！

    〔二人抬起"肉轿子"。闪悠闪悠走起来……

仇　虎　新姑娘，"肉轿子"坐起安不安逸？

金　子　（一脸灿笑）安逸！

焦大星　嫁给哪个？

金　子　（羞涩）不晓得。

仇　虎　嫁给我！

金　子　（左右一看，扣脸）不晓得！

仇　虎　嫁给我！

金　子　不晓得！

焦大星　嫁给我！嫁给我！

仇　虎　嫁给我！嫁给我！

〔二人一松手，金子跌坐地上。

三　人　（唱童谣）

黄丝黄丝蚂蚂，

请你家公家婆来吃肉肉。（读"嘎"）

坐的坐的轿轿，

骑的骑的马马。

三　人　（同笑）喝酒！干！

〔二人扶起金子，三人畅饮，焦大星不胜酒力，醉伏桌上。

仇　虎　大星。

焦大星　喝酒……

仇　虎　大星兄弟！

焦大星　喝酒。

〔焦大星抬头，变幻为其父焦阎王。仇虎复仇心顿起。

仇　虎　（恍恍惚惚）焦阎王，纳命来！

金　子　虎子，不，他是大星！

仇　虎　（怒）不，他是焦阎王！

金　子　焦阎王早就死了！他是焦大星。

仇　虎　不，他是焦阎王！

（唱）报冤报仇快动手！……

〔仇虎拔刀欲杀焦大星，金子急阻。

〔焦阎王还原焦大星模样。

——川剧《金子》 >>>>>

金　子　他是你的好朋友。你醉了。

〔帮腔：错把无辜当对头。

金　子　你醉了。

金　子　（唱）大星是你儿时友，

仇　虎　（恍然，唱）当年风雨同过舟。

金　子　（唱）上学放学手牵手，

仇　虎　（唱）坡前坡后放歌喉。

金　子　（唱）堰塘中你曾拼死把大星救，

仇　虎　（唱）我怎能救他杀他反成仇？

金　子　（唱）敬他心好人忠厚，

仇　虎　（唱）悲他今生胎错投，

　　　　（背唱）恨他占我金子久，

　　　　　　只怪我不罢休时却罢休……

〔仇虎举刀，金子阻挡。

〔帮腔：是情敌，是好友？

　　　　是兄弟，是冤仇？

仇　虎　（背唱）且饮杯中乾坤酒……

〔帮腔：一醉可解天地愁。

〔仇虎提酒壶自灌，金子抢过酒壶。

金　子　大星是好人，他没有罪……

仇　虎　（愤愤地）焦阎王死了，我不找他找哪个？迟早我会宰了他！

　　　　（下）

〔焦母上，金子默然。

焦　母　大星！大星！（摸到他，推他）

焦大星　（醒）妈。

焦　母　莫冷凉了，床上去睡！

焦大星　（醒）妈，我难受，我心头有火！

焦　母　（怨天尤人）老天降下个祸害哟！哪个不把她打进十八层地狱啊！

〔焦母拉焦大星下。

金　子　（心受重创，心乱神迷）我是祸害！我该下地狱！我该下地狱！
　　　　〔风雨声大作。
　　　　〔帮腔：风叫魂，雨落泪！
　　　　〔雷电乍起。
　　　　〔帮腔：雷喊冤，电发威！
金　子　（唱）风雨雷电齐相会，
　　　　　　　冤仇爱恨聚一堆。
　　　　　　　听怨声骂声恶声心儿碎，
　　　　　　　因爱难恨难情难心儿悲。
　　　　　　　与虎子重逢十天心儿醉，
　　　　　　　与大星一年相处心儿灰。
　　　　　　　爱虎子豪情万丈无惧畏，
　　　　　　　恨大星懦懦弱弱无作为。
　　　　　　　怕虎子报仇心重真犯罪，
　　　　　　　冤冤相报又轮回。
　　　　　　　焦阎王纵有万恶与千罪，
　　　　　　　大星从未惹是非。
　　　　　　　他为我剪过鸳鸯一对对，
　　　　　　　裁过衣料一围又一围。
　　　　　　　思前想后心有愧，
　　　　　　　愧对大星我心亏。
　　　　〔帮腔：情绵绵欲悔难悔，
　　　　　　　心悬悬欲回难回，
　　　　　　　意惶惶欲退难退，
　　　　　　　路漫漫欲归难归。
金　子　（唱）说什么心儿悲心儿碎，
　　　　　　　道什么心儿愧心儿亏。

————川剧《金子》 >>>>>

　　　　　　不死不活心儿累，

　　　　　　难死难活心儿灰，

　　　　　　清清白白心儿美，

　　　　　　自自由由心儿飞！

　　　　〔犬吠声。

金　子　（唱）如狼似狗侦缉队，

　　　　　　暗藏爪牙在周围。

　　　　　　不走虎子无路退，

　　　　　　不走大星生命危，

　　　　　　不走他们成冤鬼，

　　　　　　不走我心成死灰。

　　　　　　难走难留，难留难走，心流血，眼无泪，

　　　　　　助虎子逃脱官府追，生生死死死死生生长相随！

　　　　〔焦母上。

焦　母　金子，你男人在喊你！

　　　　〔金子下。

　　　　〔仇虎上。

焦　母　（敏感）干儿子！

仇　虎　干妈！

焦　母　来，来和干妈摆摆龙门阵。

仇　虎　好！

　　　　〔二人对坐。

焦　母　干儿子，你那一脚……

仇　虎　重吗？你那一棍……

焦　母　也不轻啰！

仇　虎　（同笑）哈哈哈哈！
焦　母

焦　母　手……

仇　虎　还是那个老习惯！

焦　母　人老了，改不了咯！

仇　虎　（伸出手）难怪瞎子打人不松手。

焦　母　（捉住他手）闭上你的眼睛，瞎子跟瞎子说话……

仇　虎　说瞎话！

焦　母　（念）干儿子，我晓得！

　　　　　　路上风霜夹湿热。

　　　　　　手板心心出热汗，

　　　　　　定是血热中了邪！

仇　虎　（念）老干妈，我晓得！

　　　　　　天天起早又贪黑。

　　　　　　手板心心出冷汗，

　　　　　　冰浸冰浸像条蛇！

焦　母　（念）我明白，你晓得，

　　　　　　瞎子两眼一抹黑。

仇　虎　（念）我晓得，你明白，

　　　　　　哪里天黑哪里歇。

焦　母　（试探）干儿子，你在哪里住？

仇　虎　干妈这里就好。

焦　母　（心紧口软）哎哟，就怕干儿住不惯。

仇　虎　（话中含刺）监牢都住得惯，哪会嫌干爹干妈的屋啊！

焦　母　好，住下来……

仇　虎　侍奉你老人家上西天！

焦　母　（惊）啊！

仇　虎　（话中有话）可惜呀可惜！干爹先走了，全家福缺一人照不成了！

焦　母　（咬牙）好！干妈这条老命赔给你家抵命债！

仇　虎　（嘲笑）嘿！你的命也太值价了，个个都死得，唯有你长命百岁！

　　　　（尖声，凄凄然，唱）

——川剧《金子》 >>>>>

    初一十五庙门开，

    牛头马面两边排。

    判官执掌生死簿……

  〔焦母举棍循声击打他……

  〔仇虎急转身让开。

焦　母　（装出笑脸，赞叹）干儿子，你好机灵咯！

仇　虎　（称颂）老干妈，你好麻利呀！

焦　母　干儿子！

仇　虎　（握杖）你这拐杖……（欲夺）

焦　母　（用力拉回）铁的！

仇　虎　结实！（再夺）

焦　母　专打吃野食的！（再拉）

仇　虎　哈哈哈哈！（突然松手）

  〔焦母一个踉跄。

仇　虎　干妈，小心中风啊！

焦　母　好孝心！……孝心好哇！……送你一个媳妇！

仇　虎　哪个？

焦　母　金子！

仇　虎　大星的……

焦　母　成全你。

仇　虎　好大方。

焦　母　带她走。

仇　虎　我要是不走？

焦　母　报告侦缉队，抓你！

仇　虎　（蔑视）你敢？！

焦　母　（色厉内荏）我敢！（站立）

仇　虎　（威镇）你敢！

焦　母　啊！（颓坐椅上）有商量！

仇　虎　有商量？

焦　母　好商量！

仇　虎　好商量？

金　子　妈。

　　　　〔金子上。

焦　母　金子！

焦　母　（对金子）你跟仇虎快走，我去给你们收拾东西。

　　　　〔焦母下。

　　　　〔仇、金相依相偎。

金　子　（激情满怀）我们赢了。虎子哥，我把命都交给你，我们走！

仇　虎　我还有点事，办完就走。

金　子　大星是好人……

仇　虎　（固执地）不！他是焦阎王的儿子！

金　子　（辩解）他一直对我好……人恋温存狗恋食嘛！

仇　虎　（妒恨起来）人恋温存狗恋食？！你帮他说话了！（粗暴地抓住她手臂）他是焦阎王的儿子！（近乎疯狂）我要杀了他！

　　　　〔焦大星颓然上，见状，起疑心。

焦大星　金子！

　　　　〔仇虎、金子呆立不动，气氛尴尬。

　　　　〔焦母暗上。

焦大星　你说，那个人是不是他？

　　　　〔令人窒息的寂静。

　　　　〔帮腔：老屋朽，秋雨漏，

　　　　　　　土墙厚，黑夜羞。

金　子　（背唱）老屋朽，挡不住般般罪恶滴滴漏，

　　　　　　　土墙厚，遮不住种种耻辱深深羞。

仇　虎　（背唱）仇恨埋藏十年久，

　　　　　　　时刻爆炸在心头！

———川剧《金子》 〉〉〉〉〉

焦大星　（背唱）当年我父下毒手，
　　　　　　　　父辈作恶儿辈羞！

焦　母　（背唱）为把儿孙性命救，
　　　　　　　　满河撒下钓鱼钩。

金　子　（背唱）愿与虎子长相守，
　　　　　　　　难与大星共白头。

仇　虎　（背唱）报仇恨焦家老小不遗漏，

焦大星　（背唱）天大丑事一笔勾。

焦　母　（背唱）瞎子肚中圈套有，

金　子　（背唱）愿虎子莫为旧恨结新仇！

仇　虎　（背唱）今夜当下手，

焦大星　（背唱）苦苦去哀求。

焦　母　（背唱）软索把虎扣，

金　子　（背唱）一走远离忧。

仇　虎　（背唱）手发抖！

焦大星　（背唱）脸带羞！

焦　母　（背唱）风莫透！

金　子　（背唱）心变柔！

仇　虎　（背唱）要杀？

焦大星　（背唱）要留？

焦　母　（背唱）要揪？

金　子　（背唱）要走？

仇　虎　（背唱）杀！

焦大星　（背唱）留！

焦　母　（背唱）揪！

金　子　（背唱）走！走！（自言自语，暗示仇虎）风停了，雨停了，我们该走了。

焦大星　（哀求）金子，你不能走，只要你不走，我啥子都依你……

金　　子　依我？

焦大星　（可悲复可怜）我情愿……睁只眼……闭只眼……

金　　子　（积怨爆发）你这个死乌龟！（打他一耳光）

焦大星　你不喜欢我？

金　　子　你不像个男人！

焦大星　你喜欢他！（指仇虎）

金　　子　（果断地）就他一个！

焦大星　（激怒，从桌上抓起剪刀）我要杀了你！

金　　子　（泰然）算你头一次有血性！（闭目以待）

焦大星　（不忍，转移目标，指向仇虎）我要杀了他！

仇　　虎　（正中下怀，拔出匕首，栽于地下）来来来！

焦　　母　大星，动手！（火上浇油）你们哪个死了，我都赏他一副棺材！

〔焦大星取刀逼近仇虎，金子间隔其中……

金　　子　（哭喊）大星放下刀！放下刀！要杀就杀我！

焦大星　金子——

〔焦大星掷刀于地，无力地跪在金子脚下。

焦　　母　天哪！都怪我，都怪我！骨头汤给你吃少了！

〔切光。

第四场

〔白傻子打更上。

白傻子　（自语）一粑屎，不挑不臭，越挑越……臭……阿嚏！要、要出事，阿嚏！要出祸事……（下）

〔野犬狂吠，令人惊怖。音乐骤起，氛围紧张。

〔紧接前场。

〔字幕提示：夜半。

〔景同前场。

——川剧《金子》 >>>>>

〔常五提灯笼上，敲门。叫："大星妈，大星妈。"

〔焦母上，开门。

常　五　侦缉队说，死的一百大洋，活的一百五。

焦　母　死活都给你，再加一百块。

常　五　谢了！

焦　母　连金子一起抓了。

常　五　这个……

焦　母　我还有重赏！

常　五　哦，重赏！

〔焦母出门与常五同下。

〔更鼓三敲。

〔金子神色惊惧，肩挂小包袱，手持火烛上。

仇　虎　（警觉）老婆子报了侦缉队，她先动手了。

金　子　那我们快走。

仇　虎　不，我不杀她，她要杀我。我要叫她断子绝孙！

金　子　饶了大星，饶了他们！

仇　虎　我坐了十年冤狱，哪个饶过我？（愤慨地抓住金子）哪个饶过我！

金　子　大星是个可怜人！答应我，不要伤害他，答应我！

仇　虎　就是你，我才迟迟没有下手。死老婆子可恶，逼得我不得不动手！

金　子　快走。再不走，侦缉队就要来了！

〔小黑子在东厢房内嚎哭起来。

仇　虎　把小黑子抱到我床上去。

金　子　（不解）你床上？

仇　虎　这娃儿好哭误事，把他诓睡着了就走。

〔金子进东厢房，仇虎猛见神龛上的马刀，上前抽出刀来。

仇　虎　焦阎王啊焦阎王，我要用你杀人的刀杀死你的儿子。

〔仇虎脸色恐怖，走到东厢房门。

〔金子抱小黑子复上，见仇虎手中刀，金子惊疑，仇虎急藏刀，释疑。金子这才抱小黑子走进西厢房。

〔焦大星上。

焦大星　虎子哥！我有事跟你商量，坐。（二人入座）要走，你走，金子不能走。

仇　虎　她本来就是我的人！

焦大星　我求求你留下金子。

仇　虎　不！金子同我一起走。

焦大星　虎子哥，我没有得罪你哟。

仇　虎　你爹害了我全家，你是父债子还，我是子报父仇，我要夺妻报仇！

焦大星　（找刀）我跟你拼了！

仇　虎　（激他）你敢！

焦大星　我敢！我敢！我是焦家的种！

仇　虎　我是仇家的根！

焦大星　（气极）我杀了你！

仇　虎　好好好！（抛刀给焦）我让你三刀，你来呀！

〔焦大星执刀冲上来，撞翻蜡台。

〔金子急上。

焦大星　我跟你拼了。（用灯砸仇虎）

仇　虎　你敢！

〔（痛楚地）仇虎三次让刀，夺刀后杀焦大星。

〔金子急上。

焦大星　（惨呼）啊！……

金　子　（惊叫）啊！……

焦大星　（扪腹，痛楚地）金——

〔焦大星倒地死去。

———川剧《金子》 〉〉〉〉〉

金　子　（大哭）大——星！

〔帮腔：冤仇又添无辜血！

〔金子抚尸痛哭，狠狠捶打仇虎。蜡台燃烧起火。

〔仇虎强拉金子欲出门。焦母上，进门。

〔仇、金屏息注视她，见焦母阴悄悄侧耳驻听，然后举棍朝西厢房走去。

仇　虎　（悄声）她要打死我！

金　子　（惊惧）小黑子还在你床上！不！

〔内传出铁杖重重击打声，小黑子短促哭叫声，焦母尖叫声……

〔帮腔：死老婆子，你打错了哇！

焦　母　（内哭喊）小黑子啊！

〔金子闻惨声，瘫倒在地，仇虎背金子下。

〔焦母捧小黑子尸体上。她脸上布满悲哀、惨凄。

〔焦母蹒跚走出大门，走进黑暗。

〔火势渐大，房屋燃烧声、坍塌声……

第五场

〔白傻子边打更边吃酒上。

白傻子　（自语）老、老黑屋烧了垮了。（酒瓶落下）

　　　　哦嗬！

　　　　（乱唱）酒瓶瓶儿打烂了买酒罐罐儿，

　　　　　　　酒罐罐儿打烂了买酒坛坛儿。

　　　　　　　整烂就整烂，整烂好跑滩。

　　　　　　　旧的不去，新、新的不来。（下）

〔字幕提示：拂晓前。

〔黑林子。

〔手电光四射。枪声、嘈杂声、脚步声。

〔仇虎强拉金子上。

〔帮腔：心狂跳，血奔跑，

〔远喊声："抓仇虎啊！"

〔帮腔：死活同路夺命逃。

仇　虎　（唱）家仇仇已报，

金　子　（唱）悲痛痛难消。

仇　虎　（唱）只恨报仇迟来到，

金　子　（唱）屈死的冤魂眼前飘！

仇　虎　（唱）不杀大星仇难了！

金　子　（唱）小小黑子你也不饶！

〔帮腔：你变了，你变了！

　　　　虎子心变杀人刀！

〔金子愤怒挣扎脱身，疯狂奔逃，扑向左边山崖，惊，欲坠，仇虎急拉，金子滑步，倒翻身，起立，奔向右边陡坡，站立不稳，身子急旋，仇虎忙扶，金子顺势抽身再逃，却被仇虎抱住。

仇　虎　（痛苦地）你恨我？

〔金子木然……

仇　虎　（茫然）你后悔了？

〔金子呆呆地……

仇　虎　（苦笑）你不爱我了？

金　子　（迷糊、癫狂地）你不是我的虎子！你不是虎子！……

〔鼓声、锣声、呐喊声。

仇　虎　我扶你。

〔二人在林中绕来绕去，竟又走回原处。他们焦急起来。

〔帮腔：迷路了！

金　子　（迷茫）我们又走回来了！

仇　虎　（怒吼）我总是走不出这黑林子呀！

——川剧《金子》

〔二人路边歇息。

〔白傻子牵引怀抱小黑子的焦母过场。

焦　母　小黑子！

白傻子　新媳妇！

焦　母　回来呀！

白傻子　新媳妇！

仇　虎　（惊惧）这个死老婆子总是跟在我的后面哪！

〔呐喊声渐近。

〔常五上。见仇虎，大骇，欲逃。

〔仇虎活捉常五。常向金子求饶，金子让仇虎放走常五。

常　五　（边逃边喊）快来抓仇虎哇！抓仇虎哇！……

〔仇虎怒，拔枪击毙常五。

〔幕后枪声大作。

〔仇虎中弹。

仇　虎　（痛叫）啊！

金　子　（惊呼）虎子！

仇　虎　金子！

〔仇虎倒地，金子扑救。二人在地下爬行……

〔帮腔：地陷塌，天崩垮，

　　　　天崩地陷齐垮塌！

〔二人痛苦抱拥。

金　子　虎子！

仇　虎　（唱）我不配天堂住下，

　　　　　　只该去地狱挣扎。

　　　　　　我死唯愿你活下，

　　　　　　唯愿你生下一个好娃娃。

〔仇虎昏厥。

金　子　（撕心裂肺，猛摇仇虎。唱）

哥哥哇，我苦命的背时鬼！

苦命的背时鬼，你死不得呀！

你说过前面还有黄金路，

带我一同奔天涯。

你不能丢下我、抛下我！

我的背时鬼呀！

没有你我没有亲人没有家！

滚滚红尘，

黄金路在哪，黄金路在哪？

虎子哥啊，愿同你拼死拼活寻找它。

哪怕是血肉一起火海化，

灵魂一同刀山爬。

〔帮腔：问黑夜，黑夜沉沉泪雨下，

问江水，江水滔滔海容纳。

金　子　（唱）茫茫天涯，生死冤家苦挣扎，苦苦挣扎！

〔追喊声：."抓仇虎啊！"

〔枪声骤起。

仇　虎　（惊醒）金子，你快走！

金　子　不！

仇　虎　（粗暴地）再不走，就走不赢了！

金　子　不，死活我们都在一起！

仇　虎　（以枪口对着自己脑袋）你快走！再不走，我就……你走，你走啊！

〔金子无奈，转身，迟疑走去。

金　子　（悲吟）郎是山中黄葛树，

妹是树上长青藤……

〔仇虎开枪自杀。

金　子　（闻声震惊）啊！……（回望，见他惨死，瘫软于地）

————川剧《金子》 〉〉〉〉〉

〔在帮腔哼鸣声中,金子悲恸走去……
〔"轰隆隆"火车滚动声渐强、渐远……
〔淡出。
〔剧终。

精品剧目·闽剧（新编古装戏）

贬官记

编剧　陈灿霞　黎秀珍　梁中秋

改编　吴永艺

时间

不知哪朝哪代。

地点

子虚府乌有县。

人物

边一笑　县令。

崔云龙　三省巡按。

张岫玉　边一笑之妻。

艾春兰　常三林之妻。

金大贤　知府。

秋　菊　张岫玉之丫环。

茶博士　茶店主。

王　虚　公差。

李　实　公差。

刘　强　金大贤之外甥。

赖通判、胡守备、周驿臣、茶客甲、茶客乙

家院、衙役、校卫、群众若干

——闽剧《贬官记》 >>>>>

第一场

〔幕启。
〔幕后传来"咚咚咚"的击鼓声。
〔王虚从一旁伸出头来,李实从另一旁伸出头来。
〔艾春兰幕内声:"冤枉!"上。

艾春兰　太爷冤枉哪!

王　虚　这位小女子,你举起头来看看,我这模样可像县太爷?

艾春兰　啊?

李　实　嘻……

艾春兰　太爷冤枉哪!

李　实　我、我、我也是县太爷?

艾春兰　啊?二位都不是县太爷?那太爷呢?

王　虚　你出门没看时辰,买卖没市,看病没医生,告状遇上县衙的看门神。

李　实　告诉你,前任太爷七品升四品,威风凛凛到子虚府赴任去了。

王　虚　新任太爷不知是怕羞不敢来,还是……你还是选个好日子再来吧!

李　实　对对对,你还是选个好日子再来吧!

艾春兰　三林夫呀……(哭下)

李　实　我说王虚老兄呀,新太爷啥时候到?

王　虚　李实小弟呀,听说新太爷原是个四品知府,只因娶了青楼女子为妻,被巡按大人贬到这乌有县来。听说他会玩会乐,会唱曲会吹箫，还听说他一见美女就眼发直，是一只花……花蝴蝶！

〔幕内声："新任太爷到！"边一笑、张岫玉、秋菊上，家院随上。

边一笑　（唱）娶青楼丢去了四品知府，

　　　　　　　贬乌有却做了七品县官。

王　虚　小的迎接太爷。（跪接）
李　实

边一笑　免了，免了。起来，起来。

王　虚　谢太爷。（起来）
李　实

〔边一笑示意王虚、李实向张岫玉下跪。

王　虚　是。小的拜见夫人。
李　实

张岫玉　免礼，起来。

边一笑　夫人，下官离任之时有人哭送，今日上任有人笑迎，看来这威风还在！

张岫玉　（一笑、内疚地）老爷，只因娶了妾身为妻，害得你贬了官。

边一笑　不不不，你因家门不幸才沦落风尘，是个美貌才女，我救你出火坑，何过之有？

张岫玉　那巡按谅必以为，你既娶青楼女子为妻，定是昏官。

边一笑　哼，巡按无知，我爱美而不丧志，是廉官！

张岫玉　既是廉官自然该贬！

边一笑　哦，廉官该贬？哈……

〔突然又传来"咚咚咚"的击鼓声。

〔艾春兰幕内声："冤枉哪！"

边一笑　呵呵，下官马未停蹄就有人击鼓喊冤，看来这小小衙门倒是生意兴隆啊！来，传击鼓人！

张岫玉　慢，老爷你一路劳累，还是明日再审吧！

边一笑　夫人哪，三月前你我成婚之日，要我做一辈子清官。吃了皇家五斗米，要解百姓千家愁。

——————闽剧《贬官记》 〉〉〉〉〉

张岫玉　（无奈地）你呀，还是个"贱官"。

边一笑　"贱官"夫人请。

〔张岫玉与秋菊下。

边一笑　来呀，传击鼓人，升堂！

〔众衙役上，摆班。

众衙役　嗬！

〔艾春兰上。

艾春兰　太爷，冤枉、冤枉、冤枉呀！

边一笑　小民妇有何冤枉慢慢说来。

艾春兰　太爷呀！

　　　　（唱）小民妇艾春兰，
　　　　　　　配夫三林住东关。
　　　　　　　贩茶为生家小康，
　　　　　　　夫唱妇随情绵绵。
　　　　　　　三林贩茶昨夜归，
　　　　　　　正遇盗贼闯庭院。
　　　　　　　可怜他捉贼未成身先死，
　　　　　　　青天老爷做公断！

边一笑　（见艾春兰貌一怔）哎呀呀，美哉少妇，俏哉少妇！

〔众衙役耳语偷笑。

边一笑　笑什么，站好！小民妇，你可曾看清凶手面目？

艾春兰　月黑风高看不清。

边一笑　他……

〔家院幕内声："报！"急上。

家　院　禀老爷，三省巡按已到乌有县境，知府大人命老爷长亭迎候。

边一笑　啊！三省巡按？

家　院　就是贬老爷官职的那个崔云龙！

边一笑　哎呀呸！

（唱）提起巡按气儿短，

　　　　崔云龙与我结下了不解之缘。

　　　　巡按官威丑少妇容颜美，

　　　　她人命关天重于接巡按。

　　　　我偏偏先审官司后参见，

　　　　看你再贬我什么官？！

　　　　来呀，随太爷前去验尸。

众衙役　太爷！

边一笑　小民妇，走！

艾春兰　谢太爷！

众衙役　太爷……

边一笑　走！

　　　　〔灯暗。

第二场

　　　　〔舞台前区灯亮。

　　　　〔王虚、李实上。

王　虚　（念）巡按出京，山摇地动，

李　实　（念）迎迎送送，八面玲珑。

王　虚　（念）新任太爷色迷心窍，

李　实　（念）巡按过境不去迎送。

王　虚　（念）昨天东查西问不停步，

李　实　（念）今日又累得咱汗流气喘脚腿酸！

王　虚　太爷，太爷……太爷在何处？
李　实

李　实　该不会又去寻花问柳吧？

王　虚　看他办案真入迷，应该无心再去寻花问柳。

——闽剧《贬官记》 >>>>>

|王　虚|太爷，太爷……唉！（二人下）|
|李　实| |

〔舞台灯亮。常来茶坊。二茶客在喝酒。

〔边一笑幕内声："看相算命啰！"上。

边一笑　（唱）初到乌有查案情，

　　　　　　　谁识我县令微服行。

　　　　　　　茶坊最多知情客，

　　　　　　　入境问俗品香茗。

　　　　店家哪里？

〔茶博士内应："来了！"急上。

茶博士　客官，小店备有好酒好菜，请客官点选。

边一笑　哦，茶坊卖酒？

茶博士　客官，只因好茶缺货。

边一笑　也罢，来土酒二斤，海味一碟。

茶博士　就来了。（下）

〔崔云龙幕内声："卖膏药啰！"上。

崔云龙　（唱）初到乌有察官声，

　　　　　　　谁识我巡按微服行。

　　　　　　　清吏治将一笑贬为县令，

　　　　　　　他竟然心不服不肯出迎。

　　　　　　　他定是好色徒品行不正，

　　　　　　　又怎会勤王政廉洁忠诚？

　　　　　　　担心他怀怨恨玩忽职守，

　　　　　　　倘如此岂不是苦了黎民。

　　　　　　　事非小我定要看个究竟，

　　　　　　　因此上假扮作江湖医生。

　　　　店家哪里？

〔茶博士内应："来了！"上。

茶博士　客官，要什么酒菜？

崔云龙　哦，茶坊卖酒？也罢，我要佳酿半斤，山珍一盘。

茶博士　就来了。（下）

〔边一笑与崔云龙互相窥视。

〔茶博士上。

茶博士　酒菜来了！客官请用。

崔云龙　先生看相算命，我卖膏药，都是江湖兄弟，来来来，共享共享！

边一笑　对对对，共享共享！

茶客乙　喂，二位客官，乌有县有一奇闻可曾听说？

边一笑
崔云龙　哦？

茶客乙　四品知府因娶青楼女子为妻被贬为七品县令，你们说稀奇不稀奇？

崔云龙　稀奇，稀奇。

边一笑　不稀奇。

茶客乙　有趣不有趣？

崔云龙　有趣，有趣。

边一笑　你说有啥趣？

崔云龙　嗯？

〔幕内传来送葬的哭声，艾春兰内喊："哎呀三林夫呀……"

〔茶博士暗中拭泪。

茶客甲　我看，她不像在哭倒像在唱。

茶客乙　嗯，哭得还挺像。

边一笑　（故意逗话）哎，人家死了丈夫自然伤心落泪，今后无依无靠，难免……

茶客乙　呵呵，无依无靠，我看靠得紧哩！

边一笑　和谁靠得紧呀？

茶客乙　这，这……

———闽剧《贬官记》

茶客甲　此事店家会较清楚。（对店家）你说是吗？

茶博士　我、我……唉！

边一笑　店家，将此事说与我等听听好吗？

众　人　对对，你说来与我等听听。

茶博士　嗯，没没没……（下）

茶客甲　你瞧，他还怕露馅。

茶客乙　听说县太爷验尸也验不出个名堂，只验出死者手上有几个牙印，这有什么用呢？我看那县太爷是审不了这个案子啰！

边一笑　哦？县太爷审不了这个案子是吗？

崔云龙　莫非县太爷与凶手有亲？有故？

茶客乙　不是，你们听。

　　　　（念）爱花的官审不了花花案，

　　　　　　风流官可怜风流汉。

茶客甲　不！

　　　　（念）他东关验尸有人见，

　　　　　　不接巡按审命案。

　　　　　　道听途说不足信，

　　　　　　我看他倒像一个父母官。

边一笑　父母官？

茶客甲　父母官！

边一笑　（暗自得意）哈哈……

崔云龙　（旁白）为何他听说像个父母官，暗暗发笑，他是何人？……

茶客乙　先生，你既会看相算命，能不能卜一卜，那凶手到底是谁？

边一笑　这茶店卖酒不卖茶，在此店卜凶手定能灵验，叫店家点香来。

茶客甲　好，店家，店家。

　　　　〔茶博士上。

茶客甲　快点香来，让这位先生卜一卜凶手是谁？

茶博士　你们不要把人命案在我店里做儿戏，我可伺候不了你们这些大贵客。

茶客甲
茶客乙　怎么，想逐我们？

茶客甲　叫你连酒都卖不成。

茶客乙　我们走！（二人下）

茶博士　客官，客官……

崔云龙　（看看店家，再看看边一笑，旁白）他定与案子有关。他是否新县令微服察访？嗯……（近前）店家。（无意碰到他腰间）

茶博士　哎哟！你做什么……（扶腰）

崔云龙　哦？你身上有伤？

茶博士　啊……是是，腰是有点疼。

崔云龙　不止腰疼吧？

茶博士　这……

边一笑　哎呀呀！你看你看，你呀！

　　　　（唱）卜吉凶看五官印堂发暗。

茶博士　哦？

崔云龙　（唱）脸发青病垂危外强中干。

茶博士　啊！

边一笑　（唱）劫与难就在你身上相缠。

茶博士　这……

崔云龙　（唱）伤与病痛难忍忧郁伤肝。

茶博士　哎呀！

边一笑
崔云龙　你若真情相告——

边一笑　（唱）我为你解劫难，
　　　　　　　让你时来运转。

崔云龙　（唱）我为你细调治，
　　　　　　　让你身体康安。

边一笑　若不实言，就是欺瞒神明，你、你、你，唉！

	（唱）灭顶之灾，
崔云龙	（唱）暴病身亡，
边一笑 崔云龙	（唱）一命呜呼赴黄泉！
茶博士	哎呀，二位可知，这茶店为什么卖酒不卖茶？
边一笑 崔云龙	你快快说来！
茶博士	我说，我说！

    （唱）常三林是我大恩人，

       这茶坊全靠他出本经营。

       他贩茶还能制香茗，

       我买茶常进他门庭。

       前夜晚，茶店关门近三更，

       为买茶，我又去找常三林。

       只见他家门关得紧，

       且听得门内打架声。

       进不了大门我把墙登，

       我爬上墙头往下一看哪……

边一笑 崔云龙	看见什么？
茶博士	（唱）一男一女起狠心，

       挥拳又舞棍，打死常三林！

边一笑	你就该跳下去抓住凶手。
茶博士	我，我怕……
边一笑 崔云龙	你可曾看清那男人的面目？
茶博士	（念）见惨状我掉了魂，

       猛一跤跌在墙外昏沉沉。

       昏沉沉，到天明，

　　　　　　　浑身青紫腰腿疼。
　　　　　　　头还在昏……

边一笑　　那为啥不出首呈告？
崔云龙

茶博士　　我，唉！
　　　　　（唱）一没凶手，二没证，
　　　　　　　弄不好污水当头淋。
　　　　　　　怕惹祸做了亏心事，
　　　　　　　求二位救苦救难救小人！

　　　　　〔王虚、李实匆匆上。

王　虚　　店家，店家。
李　实

茶博士　　（一惊）哦，公差来了！

王　虚　　太爷。
李　实

茶博士　　太爷？！

边一笑　　（指茶博士）来，将他带走。

崔云龙　　慢，捉拿店家，打草惊蛇，你真糊涂呀！

边一笑　　嗯，你是何人？竟敢教示本太爷？

崔云龙　　噢噢，小医失礼，小医失礼了！

边一笑　　看你还有两下子，来来，随我回府再说。

崔云龙　　随你回府？嗯……

边一笑　　将他带走！

王　虚　　是。
李　实

边一笑　　（对崔云龙）来，随我来！

　　　　　〔灯暗。

第三场

〔紧接前场。

〔舞台灯亮。后衙,桌上摆着饭菜。

张岫玉 （唱）老爷才上任忙不停,

审案子查隐情累得头晕晕。

巧周旋送走了怒气冲冲的金知府,

回身怪我那不识时务的傻夫君。

上司不通情理不解人意,

谁体谅你火辣辣一颗赤子心。

〔秋菊上。

秋　菊　夫人,知府大人走了,你还在生气?夫人,我把饭菜再热一热。

张岫玉　慢,秋菊你坐下。

秋　菊　我……

张岫玉　坐呀,来,喝杯酒。

秋　菊　夫人。

张岫玉　吃呀,吃呀!唉!

（唱）老爷他不知晓官场逢迎,

更恐他办案忙劳累伤身。

酒难饮菜无味令我生嗔,

饿坏那不知回家的边火神!

〔边一笑上。

边一笑　哎哟哟,累死我了……

秋　菊　老爷呀……

张岫玉　秋菊。

秋　菊　夫人。

边一笑　哦,你们吃饭。秋菊,快斟杯酒来!

秋　菊　是。（斟酒）老爷，这酒菜是夫人特地为你准备的。

张岫玉　慢，这酒……这酒不是给他喝的。

秋　菊　老爷，夫人说，这酒不是给老爷喝的。（递酒）

边一笑　哦……（接酒喝下）没喝，我没喝。嘻嘻……夫人，我又让你生气啦？

张岫玉　唉，你呀！

　　　　（唱）好一个青天贬县令，
　　　　　　　审案审得迷了魂。
　　　　　　　巡按过境你失迎候，
　　　　　　　知府登门你没人影。
　　　　　　　可惜上司不公正，
　　　　　　　贬官降职伤人心，伤人心。

边一笑　（唱）大官小官都是官，
　　　　　　　七品八品总算个品。
　　　　　　　若非来了贬县令，
　　　　　　　无头命案谁来审？！

张岫玉　啊呀呀，你倒越贬越得意？秋菊收起酒菜，让他饿，饿够了或许会清醒些。

边一笑　我的好夫人呀，下官不饿也清醒。夫人请坐，我来问你，下官当时是几品？

张岫玉　四品。

边一笑　现在呢？

张岫玉　小小七品。

边一笑　你来算算，五品，六品，七品，这不多了三品吗？

张岫玉　（想笑又煞住）你呀，真不害臊！

边一笑　夫人，今日私访还借助一位郎中之力，才迫使店家道出真情。（耳语）

张岫玉　哦，竟有如此不凡的郎中？

———闽剧《贬官记》

边一笑　我看此人仪表堂堂，举止谈吐非同一般，我想栽培他。

张岫玉　如今人呢？

边一笑　秋菊，有请郎中先生。

秋　菊　有请郎中先生。

〔崔云龙幕内声："来了！"上。

崔云龙　（唱）贬官察访倒是认真，

　　　　　　　捉拿店家却欠谨慎。

　　　　　　　顺水推舟我衙门进，

　　　　　　　察一察，花花官与他的青楼夫人。

　　　　　参见太爷。

边一笑　这是夫人。

崔云龙　参见夫人。

张岫玉　免礼。

崔云龙　（旁白）她果然美貌！

张岫玉　先生一表人才，恰如玉树临风！

崔云龙　（旁白）一见面就称赞男人，轻浮！

张岫玉　请问先生尊姓大名，为何流落江湖？

崔云龙　小医姓崔名成。

张岫玉　哦，崔成。

崔云龙　正是。

　　　　（唱）命中无缘登青云，

　　　　　　　弃家行医度营生。

　　　　　　　莫道江湖多辛苦，

　　　　　　　遨游四海舒豪情。

张岫玉　先生屈才，屈才了。

崔云龙　不敢，不敢。

边一笑　崔成，下官看你是可栽培，想收你为学生，你看如何？

崔云龙　（旁白）一个堂堂的巡按却给县太爷当学生，真是天下奇闻！

57

边一笑　你留在衙内，随我办事，我会好好栽培你，怎么样？

崔云龙　好好，多谢老师栽培！

边一笑　哈……

张岫玉　你这个贬官呀！

边一笑　对了崔成，你还没叫师娘。

崔云龙　什么？

边一笑　你还没叫师娘，快叫师娘。

崔云龙　这……（旁白）本按怎能叫青楼女子师娘？！

张岫玉　（觉察崔不愿叫，婉转地）崔成，你可听过一首诗？

崔云龙　什么诗？

张岫玉　有女也念娘，无女也念良。昔日他（指边一笑）思娘，今旦你师良。我老爷是说，你师乃是贤良之官，因此叫"师良"。

崔云龙　啊呀呀，（旁白）没想到，青楼女子竟如此高才！

张岫玉　秋菊，备好酒好菜，款待崔成。

边一笑　对对对，酒要陈年佳酿，菜要精挑细炒，好好款待。

秋　菊　是，崔成随我来。

崔云龙　多谢太爷、夫人！（二人下）

张岫玉　（斟酒）老爷我为你得到一位好学生，先敬你一杯。

边一笑　嘿嘿，我早就知道，夫人一向是最疼我。

　　　　（唱）谢夫人，斟美酒，

　　　　　　　此酒解愁也解忧。

　　　　　　　今后贬字休上口，

　　　　　　　莫使白了贤妻的头。

张岫玉　（唱）人生荣辱难强求，

　　　　　　　我不为升贬作喜忧。

　　　　　　　怨的是官场无人识良莠，

　　　　　　　却落得清名未留浊名留。

边一笑　（大笑）哈……

　　　　　　哈哈一笑解千愁！

　　　　　　我上不亏天，下不负地，

　　　　　　管什么升升贬贬，沉沉浮浮有何忧？

张岫玉　（唱）君心如镜明清清，

　　　　　　恕我失言错怨尤。

　　　　　　但愿无头命案早得手，

　　　　　　妾为你唱一曲相慰酬！（二人亲热）

〔崔云龙上，看见边一笑与张岫玉在亲热，摇头之后，一声咳嗽。边一笑闻声走出屏风。

边一笑　崔成呀，你是否还以为，我抓了店家是糊涂之举？

崔云龙　（冷笑一下）难道你这不是在打草惊蛇吗？

边一笑　哈哈……我是担心店家走漏风声，被人灭口，才把他抓进衙门。

崔云龙　哦，（旁白）原来如此。

边一笑　你说我糊涂不糊涂？

崔云龙　不糊涂，不糊涂。

边一笑　崔成呀，来来来，老师再考考你，下一步该怎么办？

崔云龙　依学生之见，老师既然已经将店家留在衙中，就该对外四处扬言凶手已经缉拿归案，真凶就放心露面了。

边一笑　你是说引蛇出洞？

崔云龙　引蛇出洞。

边一笑　好，高才，高才！哈……夫人，这后生可当七品县令。

张岫玉　我看可当四品知府。

边一笑　就是做了三省巡按，也比那个崔云龙强！

崔云龙　哼嗯！

边一笑　崔成，一夸你可当大官你就发官威？

崔云龙　噢噢，太爷，此计可行？

边一笑　可行，可行。

崔云龙　好呀，此计可行，就看太爷你了。

边一笑　好，那就看老师的！哈哈……

〔灯暗。

第四场

〔数日后，夜间。

〔舞台灯亮。常三林家。

艾春兰　（唱）心焦急，盼他来，

　　　　　　　　眼望穿，人发呆。

　　　　　　　　等他七天如七载，

　　　　　　　　独守空房苦难挨。

　　　　（张望，失望）唉，这胆小鬼，今晚怕又不会来了。

　　　　（唱）心灰意冷步难迈……

〔刘强上。

刘　强　（唱）粉蝶无声采花来。

〔刘强窥探，暗随艾春兰进门。艾春兰关门，回身忽见刘强，大惊。

艾春兰　（连连叩头）我的好三林，我不是存心害你，你饶了我，饶了我……

刘　强　嘻……我的心肝宝贝！

艾春兰　啊，是你？你是想吓死我吗？……

〔二人互相拥抱。

〔埋伏在屋外的边一笑、崔云龙、王虚、李实和衙役上。

王　虚
李　实　太爷，定是凶手来了，待我们将他捉拿！

边一笑　慢！你们凭何证实来者就是凶手？若不是，岂不是冤枉那小民妇？

王　虚
李　实　这……

———— 闽剧《贬官记》 >>>>>

边一笑　崔成，你年轻，手脚敏捷，从墙头翻进，察看虚实。

崔云龙　不，是君子，岂做那钻穴逾墙之事。

边一笑　你不肯，我自己来。你们在外等候。

众　人　嗯。（隐下）

〔边一笑翻墙进，窃听。

艾春兰　相公呀，听说县太爷已错拿凶手，我们已无事，你该快来娶我呀，嗯！

刘　强　哎呀你别心急，还得避避风头呀！

艾春兰　你有舅舅做靠山，还避什么风头？

刘　强　虽有靠山，但眼前巡按已到乌有县，千万要小心。

艾春兰　小心，你啥时候变得这么小心了？当初谁有你胆子大，敢活活地把人打死！

刘　强　当初若不是你咬三林一下，让他松开手，我又如何能将他打死？

艾春兰　（掩刘强的嘴）嗯……我咬他也是为了你，你要叫我等到哪年哪月？

刘　强　快了，快了。只要巡按一走，那个草包县令就好对付。听说他也是个寻花问柳的老手，谅他不敢把我怎样！

边一笑　气死我也！奸夫淫妇，哪里走！（一气之下撞门而入，趴到地上）

刘　强　你是何人？

边一笑　我、我……（挣扎而起）我是……乌有县令。

刘　强　啊？！

〔边一笑扭住刘强，两人搏斗。艾春兰咬边一笑，边一笑松手。艾春兰推刘强："你快走。"边一笑大叫一声："崔成快来！"刘强操洗衣棍朝边一笑头上砸去，边一笑一阵晕眩，不知不觉抱住艾春兰。崔云龙、王虚、李实等闻声急上，刘强翻墙下。崔云龙等见边一笑抱住艾春兰，都愣住。

边一笑　你们为啥发愣？快追！

王　虚
李　实　是。（追下）

崔云龙　来呀，将她带往公堂！

边一笑　带往公堂！

衙　役　是。

边一笑　（伤痛）哎哟……

〔灯暗。

第五场

〔灯复明，紧接前场。县衙二堂。

〔张岫玉为边一笑捶腰。

边一笑　哎哟……哎哟……

张岫玉　老爷，看你这般模样，到底出了什么事情？

边一笑　夫人呀，我爬墙。

张岫玉　你爬墙去做什么？

边一笑　爬墙去捉奸夫淫妇。

张岫玉　什么？

边一笑　我要亲耳所听，亲眼所见，才不会冤枉好人！

张岫玉　你呀你，爬墙去看那种事？也不怕人家笑！

边一笑　哎哟……哎哟……（发现手上的牙痕）哈哈……哇哈……

秋　菊　糟了，糟了！夫人，老爷是不是被人打成疯癫了？

边一笑　（突然停住）崔成，前日验尸，死者手上也是三个牙痕是吗？

崔云龙　是，验单在此。

边一笑　（对牙痕）果然一模一样！崔成，叫你爬墙你怕犯忌，如今怎样……呵呵，（扬着验单）这叫不入虎穴焉得虎子，你看到了吗？

崔云龙　这……（一语双关地）看到了，我全看到了！哈……

边一笑　要想当官就要学，处处留心皆学问，切莫自以为是，懂了吗？

———闽剧《贬官记》 >>>>>

崔云龙　懂了，懂了，只是有些高招学生恐怕学不来。

边一笑　别谦虚么，慢慢学就会了。来来，提我官服，升堂。哎哟……

张岫玉　老爷伤痛未止，怎能上堂？

边一笑　凶手已经拿到，难道不审吗？

崔云龙　太爷，还是明日再审吧！

边一笑　明日再审？怎么能行！崔成，老爷有心栽培你，今天就让你尝尝当官的滋味。你穿上我的官服，代我审案。

崔云龙　（旁白）哦，又是胡来！

边一笑　怎么样？

崔云龙　学生不敢，学生不敢。

边一笑　这个案子，前前后后，你都知道，你就假作太爷审案。

崔云龙　（旁白）他是何用意？莫非想借我手保护艾春兰？太爷，学生审不得。

边一笑　审得。

崔云龙　审得？（旁白）好，我就且审案，试试他。

张岫玉　崔成不用怕，老爷会教你。

崔云龙　既蒙抬举，敢不从命。

边一笑　来，快帮崔成穿上官服。

张岫玉
秋　菊　是。

边一笑　（唱）神莫慌，心莫惊，

张岫玉
秋　菊　（唱）穿上它威风凛凛正七品。

边一笑　（唱）千斤重担拜托你代为担承，

张岫玉　（唱）邯郸学步，你要小心。

边一笑　（唱）认认真真，大大方方，

张岫玉　（唱）潇潇洒洒，精精神神！

〔崔云龙穿好官服。

边一笑　　哈哈……崔成，你学老师的官步，走几下给老师看看。

崔云龙　　学生遵命。（学走边一笑的官步）

三　人　　好呀，好呀。

崔云龙　　多谢老师！

张岫玉　　崔成呀，这官服一穿，平添了几分英气，我看你是时运未通，风雷一起，定然成龙！

边一笑　　（不免几分醋意）嗯嗯……夫人呀，你先退下。

〔张岫玉下，秋菊随下。

边一笑　　崔成哪，初坐公堂，要秉公而断，依法而判。在审案之时，胆要大，心要细，我在背后会指点你的，你一听见笑声就停止。放心吧，年轻人！

崔云龙　　学生记住了。

〔边一笑走入屏风后。

崔云龙　　一个堂堂的巡按竟被他"贬"为县令……

　　　　　（唱）好一个荒唐边一笑，

　　　　　　　　七品官服加我身。

　　　　　　　　他是否借手保淫妇？

　　　　　　　　我一时难辨假与真。

　　　　　升堂！

　　　　　　　　我就借审此花花案，

　　　　　　　　试看他究竟何用心？

〔衙役持棍上，摆班。

〔王虚、李实内喊："报——"冲上。

王　虚
李　实　　启禀太爷！

崔云龙　　跪下说话！

王　虚
李　实　　咦，是他？哼，你算哪路英雄？

——闽剧《贬官记》 >>>>>

王　虚　猴戴帽不像人形。

李　实　脚踩马屎藉官势！

王　虚
李　实　我俩给你跪下？

崔云龙　大胆狗奴才，竟敢藐视本县？来，与我打，与我打！

边一笑　慢！（冲出来）别打别打！（向崔云龙）自己人，说清楚不就没事了。（向王虚、李实）他替太爷审案，他就是太爷。

王　虚
李　实　小人不知。

边一笑　王虚、李实，凶手可曾抓到？

王　虚
李　实　禀太爷……

崔云龙　嗯，太爷，是你审还是我审？

边一笑　哦，忘记了，你审，你审！（向王虚、李实）你们要听他的。（又入屏风后）

崔云龙　王虚、李实，奸夫可曾捉到？

王　虚　禀太爷，奸夫已经逃了……

崔云龙　逃往何处？

李　实　他熟门熟路，逃到知府衙门了。

崔云龙　你说什么？

王　虚
李　实　他逃进知府衙门了，我们不敢进去。

崔云龙　哦？莫非……王虚、李实，命你二人暗中察看，一有动静，立即来报，不得有误！

王　虚
李　实　是。（欲下）

〔边一笑在屏风后高兴得手舞足蹈，发出一阵笑声。

崔云龙　（闻声）回来！

王　虚
李　实　为什么？

崔云龙　不要去了。

王　虚
李　实　奸夫跑了怎么办？

崔云龙　我也不知呀！

边一笑　（又急出）谁说不要去？快去，快去，别让凶手溜了！

王　虚
李　实　是。（下）

崔云龙　老师不是与我约好发笑就停止吗？

边一笑　哎呀不是不是，崔成呀，刚才你办得好，老师一时高兴，不由自主发笑，不是叫你停止。下不为例，下不为例！

崔云龙　老师，接下来是不是该审问艾春兰了？

边一笑　当然的，当然的。

崔云龙　学生遵命。

边一笑　崔成呀，那小女子若是不招，你可千万别严刑拷打，最好吓唬吓唬她，反正是要按律定罪的。唉，这么漂亮的女子要是被打得皮开肉绽，实在可惜可叹也！

崔云龙　哦？是，是。

边一笑　好，你审，你审。（又入屏风后）

崔云龙　来呀！带艾春兰！

〔艾春兰上。

艾春兰　（唱）好梦未成祸先降，

　　　　　　　　铁索银铛上公堂。

　　　　　　　　迟迟走，细细想……

　　　　　　　　且来个装痴作呆把真情隐藏。

　　　　　　　　太爷，民妇冤枉，请为民妇做主呀！

崔云龙　大胆刁妇，竟敢私通情人，谋杀亲夫，还敢贼喊捉贼，今日机关败露，还不从实招来！

艾春兰　太爷，小民妇向来玉洁冰清，哪有什么情人？我一个娇弱女子，

———闽剧《贬官记》 >>>>>

又怎能谋杀亲夫，请大人明鉴！

崔云龙　哇！

（唱）伶牙俐齿休逞能，

尸体之上铁证留。

人来与我验牙印——（示牙印纸）

衙　役　（验印毕）禀老爷，两处牙痕相同。

崔云龙　（接唱）倘不招认定不饶！

艾春兰　民妇冤枉……

崔云龙　哇！大胆刁妇，竟敢在本按……（急掩口）在本案情已败露之后，强词狡辩？来，与我用刑！

〔衙役开打，边一笑在屏风后发笑，崔云龙与他对笑。衙役再打，艾春兰大叫："哎哟！"边一笑急得冲出来。

边一笑　慢！崔成呀，老师已发笑，你因何不停止？

崔云龙　老师，学生以为你又是高兴发笑。

边一笑　哎呀！艾春兰呀艾春兰，你犯罪是属实的，为何还叫冤枉、冤枉啊？难道你愿意被打得皮开肉绽，不成样子吗？

崔云龙　（招手、耳语）太爷，是你审还是我审呀？

边一笑　你审，你审！一定要让她招认。艾春兰，你要从实招认。（又入屏风后）

崔云龙　哼嗯！大胆刁妇，还不快快招来！来呀！

衙　役　喏！

艾春兰　我招，我招。

（唱）那凶手姓刘名强住本城，

高门望族是知府的大外甥。

崔云龙　哦？是金知府的外甥……

（旁唱）金大贤有贤名素来谨慎，

又是我闻政绩将他提升。

捕凶手我只需一纸公文，

　　　　　他必然明大义送来外甥。
　　　　　且慢……
　　　　　趁此机我正好辨明邪正，
　　　　　考一考边一笑真清假清。
　　　　　打死你丈夫的是金知府的外甥？
艾春兰　正是。
崔云龙　哎呀呀，都是公门中同仁，自当法外谅情，来，松刑，放艾大嫂回去！
衙　役　是。
边一笑　哈哈！（急忙冲出拦住）崔成啊崔成，你胆大包天！竟敢枉法放走凶手？
崔云龙　太爷息怒，息怒！学生是依太爷怜香惜玉之意，而且也是为你留条后路啊。
边一笑　呸！算我看错你这歪才！来呀，艾春兰打入死牢！
衙　役　是。
边一笑　你，气死我也！来呀，将崔成收监让他反躬自省！
衙　役　是。
崔云龙　太爷！
　　　〔灯暗。

第六场

　　　〔紧接前场。
　　　〔灯复明。牢房。王虚、李实提饭上。
王　虚　实小弟呀，那个江湖郎中真是傻胆量，也敢要放走罪犯！老爷叫咱送"回心饭"让他吃，呵呵，我在这衙门里呆了大半辈子，还没见过这花样！
李　实　虚老兄呀，这"回心饭"不知啥味道？让我试试好吗？

———闽剧《贬官记》 >>>>>

王　虚　慢，还是我先来试。（一试，奇味难忍，回头）好吃，好吃！来，你也试试！

李　实　好！（一大口吃下，顿时呆住）我的妈呀，这是什么味道呀？

王　虚　这有点像给狗吃的。

李　实　（念）看来老爷是好官，

　　　　　　　并非见色就乱规章。

王　虚　（念）这回郎中不把病人治，

　　　　　　　先医自己的坏肚肠！

王　虚
李　实　开饭啰！

王　虚　崔成，风味小吃来了！

李　实　味道好极了！

崔云龙　好好，我肚子正饿。（欲吃）哼嗯，叫我吃这个？……

王　虚　你呀你，没官命，假官威，乞丐身，皇帝嘴，又没做什么大官，还学人家哼嗯？这是老爷特地交代的，叫"回心饭"，吃了它能回心学好。

崔云龙　这能吃吗？

李　实　你不吃？

王　虚　咱们走，让他饿，饿够了他就清醒，走！

崔云龙　慢，我吃，我吃！

李　实　这还差不多。

〔王虚、李实下。

崔云龙　这个边一笑花样还不少，不用严刑拷打而叫吃这"回心饭"！哈……

　　　　（唱）贬官他依法办案无情面，

　　　　　　　但不知是否装样假文章？

　　　　　　　且在此铁窗南牢宽心坐，

　　　　　　　再看他如何处置我这郎中。

〔张岫玉上，秋菊提食盒随上。

秋　菊　崔成，你师娘看你来了。

崔云龙　岂敢，岂敢！

张岫玉　崔成，你吃过"回心饭"了吗？

崔云龙　吃了，但我预料太爷很快会送来好吃的酒菜。

张岫玉　秋菊，快快打开食盒请崔成用饭。

秋　菊　是。

崔云龙　我更希望在监狱外用饭。

张岫玉　那除非你已回心转意。

崔云龙　我本没错，何必回心？

张岫玉　哦？秋菊，你先退下。

秋　菊　是。（下）

张岫玉　崔成，你昨日审案确实有错！

崔云龙　有错？试问我错在哪里？

张岫玉　你老师呀——

　　　　（唱）爱之深，责之严，情理俱在，
　　　　　　　你错在，放刁妇，法网乱开。

崔云龙　啊呀呀，晚生乃是为太爷留条后路呀！

　　　　（唱）法似火，情似水，调和鼎鼐，
　　　　　　　为太爷，留后路，精心安排。
　　　　　　　太爷韬光须养晦，
　　　　　　　刁妇身后有府台。
　　　　　　　留得上司人情在，
　　　　　　　方便之门自然开！

张岫玉　（一声冷笑）以水灭火，以情代法，大有方便。

崔云龙　是呀！大有方便。

张岫玉　哼，为得上司人情而留后路，这官是为百姓而当，还是为上司而当？法是为护人间善良而在，还是为护上司人情而在？徇私枉法，以图方便，你就如此当官吗？

崔云龙　哦……

张岫玉　为开方便之门，就可人妖颠倒，诬直为曲，拗曲作直：刁妇乃是望夫石上的贞洁女，知府外甥更是坐怀不乱的鲁男子。刁妇的丈夫乃因与人通奸而死于非命，他死有余辜！再加上一通无中生有、混淆黑白的判词，死者含冤蒙屈，遗臭万年，你却官运亨通、青云直上，是吗？

　　（唱）岂不闻恣情自为害，
　　　　　岂不闻泛水必成灾。
　　　　　岂不闻人情还以理为戒，
　　　　　岂不闻作恶当用法来裁。
　　　　　你只图方便之门一时开，
　　　　　就不怕冤案白骨筑成台？

崔云龙　（唱）她那里，大言侃侃，
　　　　　有情有理又有才。
　　　　　这气度，岂像青楼卖笑女？
　　　　　似荷花，污泥不染自风采。
　　　　　想这等贤淑妇纵出娼界，
　　　　　边一笑娶了她从了良有何不该？
　　　　　到此时，羡煞一笑好福气，
　　　　　贤内助，三生积德方修来！

　　（自言自语）错了……果然错了……

张岫玉　崔成，你知错了？知错就好，知错就好！来来来，你坐下。

〔张岫玉斟杯酒给崔云龙喝，又为他掸去衣上灰尘，拭去脸上汗水。

〔边一笑上，想看又不敢看，暗中吃醋，欲走。

张岫玉　老爷，你……

边一笑　我，我……呵呵……夫人，你且退下。

〔张岫玉下。

边一笑　崔成，来来来，你我先饮三杯，再论长短。

崔云龙　好，我洗耳恭听。

边一笑　你呀！

（唱）你是一时聪明一时呆，

　　　　一半儿正来一半儿歪。

　　　　一招儿妙，一招儿怪，

　　　　正正歪歪奇奇怪怪叫人又气又难猜。

崔云龙　（唱）你是一会儿捧，一会儿踩，

　　　　一会儿七品官服强穿戴，

　　　　一会儿铁窗囚笼相"款待"。

　　　　一会儿认真，一会儿胡来，

　　　　你将我高高举起重重摔，

　　　　又是举又是摔！

边一笑　如此说来，你怨气还不小？

崔云龙　自然有气！

边一笑　你只受了一夜铁窗之苦，就怨气难平。倘使为官者，个个以势量法，朱笔乱点，曲判了黎民轻则牢狱之苦，重则人头落地，无辜生灵又有何人为他们鸣冤叫屈呢？

崔云龙　哦？

边一笑　好了，好了，来，饮酒，饮酒！喝！

崔云龙　晚生飘游四海，从未见过你这样风风火火的太爷。

边一笑　下官九载沉浮，也未见过似你这样可笑又可爱的歪才。来，干！

崔云龙　你是个不识时务的太爷。

边一笑　是呀，如果我识时务，也就不会由四品贬为七品。干！

崔云龙　听说是因你娶青楼女子为妻。

边一笑　娶青楼女子为妻又有何妨？她本是官宦人家出身，因家门不幸才沦落风尘，我救她出火坑，又何罪之有？可叹那巡按崔云龙年少

——闽剧《贬官记》 〉〉〉〉〉

无知,将我贬为县令!崔成呀,你年轻有为,前程远大,今后若是当了大官,可是要洞察秋毫,千万别学那个崔云龙啊!

(唱)教导你好后生若中皇榜,
　　　可千万别把那昏官来当。
　　　教导你休学那小巡按鼻塞目盲,
　　　高举着尚方剑伤害贤良。
　　　教导你休学那小巡按年少狂妄,
　　　眼高手低空做个状元郎。
　　　你、你、你、你说,
　　　那贤愚颠倒的小巡按该不该骂?
　　　骂得他狗血喷头也不冤枉!

崔云龙　啊!你……

边一笑　怎么,我讲得不对吗?

崔云龙　不,不,对、对……唉!

(唱)声声教,声声骂,
　　　骂得我脸涨红云头发麻!
　　　悔当初一纸诉状贬了他,
　　　未出京师棋先差。
　　　他公正廉明不阿权贵格高雅,
　　　他不避艰险重民情来轻乌纱。
　　　他虽是逾规越矩有犯忌,
　　　不丧志怜香惜玉也潇洒。
　　　他为官清如水,待人火辣辣,
　　　有理有法有情有义实可夸!

边一笑　崔成呀,思想起来,这火还是不能发。

崔云龙　却是为何?

边一笑　崔云龙这娃娃,为的是清吏治,振朝纲,我怎能计较个人恩怨?
　　　虽说这人世间无奇不有,但反躬自省我也想一想,当官者若都像

　　　　　我娶青楼女子为妻，也真是乱了规矩，损了朝纲！崔成呀崔成，骂人容易骂己难呀，崔云龙若真能稳社稷，安天下，我边一笑纵受再大的委屈，照样为他执鞭牵马！

崔云龙　（万分激动）老师呀……

　　　　〔王虚、李实幕内声："报——"急上。

王　虚　禀太爷，金知府偷偷带他外甥到京城避风头去了！

边一笑　快随本县追赶！拼死也要将凶手刘强捉拿归案！

王　虚
李　实　是！（急下）

边一笑　哎呀呀崔成哪！为了审清此案，看来非丢这顶乌纱不可。如今下官是泥菩萨过河自身难保，你还是好自为之，另奔前程吧！

崔云龙　老师！……

边一笑　崔成！……（二人相拥）你快走！（急下）

崔云龙　老师！……

　　　　〔灯暗。

第七场

　　　　〔紧接前场。舞台前区灯亮。
　　　　〔周驿臣、胡守备、赖通判匆匆上。

周驿臣　（唱）火神当知县，满天起云烟。

胡守备　（唱）抓了小刘强，知府有牵连。

赖通判　（唱）巡按去未远，家丑宜遮掩。

三　人　（唱）保住参天树，你我都方便。

　　　　　　　　保住参天树，你我都方便。

胡守备　门上有人吗？

李　实　谁在外面乱叫？

胡守备　是周驿臣、胡守备、赖通判三位大人驾到，快开门叫县太爷前来

——闽剧《贬官记》

迎接！

李　实　什么胡呀赖呀的，我听不清，我家老爷抓住杀人凶手刘强，此时正在审案。

周驿臣　我等正为此案而来，快去通报！

李　实　我家老爷吩咐，此案奇特，闭门审理，不管他皇帝老叔公也不见！（下）

胡守备　岂有此理！岂有此理！（踢门）快开！

赖通判　胡守备，此举不妥，不妥！为了知府大人重托，咱们还是巧妙周旋为好。

周驿臣　是呀，咱们只好在门外等候。

赖通判　对。

胡守备　唉！（三人下）

〔幕后合唱：

衙门外，等等等，

公堂上，审审审。

三审六问大案定，

月上柳梢已黄昏。

〔舞台灯亮。边一笑在堂上正了结案子。

〔周驿臣、胡守备、赖通判上。

边一笑　唔，原来是三位大人？本县失礼，失礼了。

周驿臣　太爷，我们在县衙门外，足足等了三个时辰了！

边一笑　唔。

赖通判　贵县虽为韬晦之期，尚能廉洁奉公，爱民如子，可敬，可敬！

边一笑　岂敢，岂敢！通判大人有何指教，请直言。

赖通判　这……

胡守备　没什么！只为那刘强一案……

周驿臣　此人乃名门子弟，一向循规蹈矩……

边一笑　嗯，而且还是金知府的外甥。

胡守备　当然了！当然了！

赖通判　咳，不对，不对！就案论案，与金知府无关，你们说是吗？

周驿臣
胡守备　是，是。

赖通判　只是……倘若冤枉刘强，势必有损知府官声，你说对吗？

边一笑　哦？是有损知府官声，还是有损三位大人的锦绣前程呀？

三　人　这……不，不，不！

赖通判　贵县呀！

　　　　（念）刘强一案，是弯弯曲曲。

周驿臣　（念）其中奥妙，是怪怪奇奇。

胡守备　（念）冤枉好人，你担当不起。

三　人　（念）若是错判，恐连累于你。

　　　　　　　还请贵县，三思三思！

边一笑　（念）感谢诸位，一番美意，

　　　　　　　知府大人，乃我上司，

　　　　　　　若是错判，我难于了离！

三　人　好呀！贵县真是高明！

边一笑　高明？

三　人　高明！

边一笑　高明！

　　　　〔四人同笑。

边一笑　唉，可惜呀可惜！

三　人　哦？可惜什么？

边一笑　可惜刘强已招认，此案难于更改了。

三　人　定案了？如何处置？

边一笑　王法无情，六亲不认，艾春兰打入牢狱，凶手刘强立问斩刑！

三　人　乌有县，你，你，你好大胆！难道你不怕革职丢官吗？

边一笑　哼！

（唱）丢了四品换七品，

　　　　再丢七品做庶民。

〔幕内声："知府大人到！"金大贤上。

众　　人　参见知府大人。

金大贤　免。边县令，本府为你嘉奖来了。

赖通判等　是呀，太尊为你嘉奖来了！

边一笑　不敢，不敢，下官无功可嘉！

金大贤　贵县到任未满半月，破获一桩无头命案，岂不可嘉？

赖通判等　是呀，可嘉，可嘉！

金大贤　贵县理事有方，可为我辈楷模，可否将原卷交与本府参阅参阅？

赖通判等　是呀，交与太尊参阅参阅。

边一笑　好，大人请看。

金大贤　哎呀！

（唱）一见原卷怒火三丈，

　　　　贬官无视我府太尊！

　　　　胸有成竹巧计思定，

　　　　回天有术扭转乾坤。

　　　带艾春兰！

边一笑　是，带艾春兰。

〔王虚、李实押艾春兰上。

艾春兰　（唱）三审六问案已定，

　　　　为何又有传呼声？

　　　　县衙堂前偷眼看……

　　　　堂上换了金太尊？！（计上心来）

　　　太尊，冤枉，冤枉哪……

金大贤　大胆艾春兰，你已签押画供，还叫什么冤枉？

艾春兰　太尊，民妇是被逼签押画供，冤枉呀……

赖通判　太尊，艾春兰本是原告，反成被告，其中定有隐情呀！

周驿臣
胡守备　是呀，太尊。

金大贤　艾春兰，你被捕之夜，可曾有人到过你家？

〔周驿臣、胡守备、赖通判暗示艾春兰。

艾春兰　有有有，有一个贼。

金大贤　可曾偷了你家什么？

艾春兰　这，他偷……

赖通判　哦，我明白了，偷香窃玉是吗？

周驿臣
胡守备　是吗？嗯？

艾春兰　我怕羞，不敢说。

赖通判　不用怕，有金太尊为你做主，你尽管说。

周驿臣
胡守备　你尽管说。

艾春兰　太尊哪！（边想边编）

　　　　（唱）皆因容貌生得美，

　　　　　　　那夜来了偷花贼。

金大贤　你可曾从他？

艾春兰　民妇无力抗争，后还狠狠咬他一口。

金大贤　那夜来偷花的贼子你可认得吗？

艾春兰　就是……就是他！（拉起边一笑手袖）

三　人　哈哈，牙痕？人赃俱在，原来是贬县令本性不改，还敢诬陷良家妇女！

金大贤　边县令，你色胆包天！

　　　　（唱）你迷恋美色臭名昭著，

赖通判　（唱）你奸淫寡妇，屈判良民，

周驿臣
胡守备　（唱）你奸淫寡妇，屈判良民定是真！

艾春兰　（唱）你你你为非作歹丧尽良心！

———闽剧《贬官记》 >>>>>

边一笑 （近前以透心的目光审视，然后叹息地）你好美啊，其美甚，其毒更甚！这一副花容月貌，怎么偏偏长在你的脸上？（狠狠地拧她一把脸）

金大贤 放肆！

边一笑 小官小放肆，大官大放肆！

金大贤 将艾春兰带下去候审。

边一笑 带下。

王　虚
李　实　是。

〔王虚、李实带艾春兰下。

边一笑 哼哼，金知府，你装得倒挺像！

金大贤 哇！贬官呀贬官，你知法犯法，又如此无礼，我要革你的职！

边一笑 好呀，我这乌纱暂且寄你！（丢帽）

赖通判 慢来，慢来，贵县，只要你改弦易辙，换个调门怎样？

边一笑 你说怎么个换法呢？

赖通判 （念）冤屈良民你承认，
　　　　奸淫寡妇作罢论。
　　　　放了知府小外甥，
　　　　还你纱帽正七品。
　　　　巡按过境，官声要紧。
　　　　巡按一走，大家太平。

边一笑 哈哈哈……

（唱）老通判念罢了一阵经，
　　　念得我心儿清眼儿明。
　　　要我转调事好办——

金大贤等 依你怎么办？

边一笑 一判你贪官，二除朋党，三撤庸吏风。

（唱）澄清吏治方太平！

金大贤　边一笑你，呸！

　　　　（唱）狂官出言似顽童，

　　　　　　　妄想独创廉吏风。

　　　　　　你要判我我先判你，

　　　　　　来呀！

　　　　　　　打他个粉身碎骨血流红！

　　　　〔张岫玉幕内叫："老爷……"冲上。

边一笑　夫人！

张岫玉　老爷，是妾身连累了你，害得你贬官降职，今日又遭奸贼陷害……

边一笑　夫人不要悲伤，莫要流泪。我为人比他们高三寸，我做鬼也比他们美三分。

张岫玉　我不悲伤，不流泪。妾身只愿你：心善品自高，不管乌纱大与小，敢将邪恶嘲与笑！

边一笑　好夫人，你说得好啊！不管乌纱大与小，敢将邪恶嘲与笑！哈哈哈……

　　　　〔幕后帮腔：哈……哈……哈……

　　　　（唱）笑，笑，笑，

　　　　　　　笑得他心惊胆战，

　　　　　　　胆战心惊！

　　　　〔幕内声："巡按大人到！"崔云龙持尚方宝剑上。

金大贤等　参见巡按大人。

崔云龙　免。

金大贤　巡按大人，边县令本性不改，竟敢奸淫寡妇，冤屈良民……

崔云龙　哦？

赖通判等　是呀是呀！

崔云龙　好了，好了。边县令，你可认识我？

边一笑　（不屑一顾）我不认识你，但我知道你是我的大恩人！

崔云龙　何谓大恩人？

边一笑　你把我从四品知府升为七品县令，连加三品，岂不是大恩人！

崔云龙　如此知恩不报非君子，你仔细看看我是谁？

边一笑　（愣住）崔成！

崔云龙　正是，学生崔成参见老师、师娘。

边一笑
张岫玉　嘿……不敢，不敢！

金大贤等　糟了，他们竟成了巡按的老师、师娘！

崔云龙　边县令。

边一笑　在。

崔云龙　尚方宝剑在此，此案由你代我审理。

边一笑　啊?!……

崔云龙　边县令，请接剑。

边一笑　遵命。（接尚方宝剑）

崔云龙　边县令，我在一旁会指点你的，你一听见笑声就停止。放心吧，我的老师！

边一笑　来呀，升堂！

〔衙役摆班。

边一笑　我说来呀！

众　人　太爷。

边一笑　谢幕！

〔合唱：子虚府，乌有县，

　　　　子虚乌有非笑谈。

　　　　虚虚实实一场戏，

　　　　雅俗共赏世流传。

〔歌声中众人谢幕。

〔剧终。

精品剧目·越剧

陆游与唐琬

编剧 顾锡东

人物

陆　游　南宋大诗人。

唐　琬　陆游之妻。

唐夫人　陆游之母。

陆　宰　陆游之父。

唐仲俊　唐琬之父。

陆仲高　陆游堂兄。

赵士程　宗室士人，唐琬后夫。

柳三娘　卖花妇人。

小　鸿　唐琬侍女。

小　雁　唐夫人侍女。

第一场　赏新曲

〔时间：南宋，高宗十五年，春。

〔地点：山阴，沈园。

〔词曲【秋波媚】：

　　九陌楼台闹管弦，粉饰太平年。

　　山河半壁，豪门欢宴，志士遭贬。

〔一片欢声笑语中，春风得意的陆仲高迎众人赴宴。

〔陆游内唱："寻春不觉春已晚。"陆游携唐琬上，小鸿端酒随上。

陆　游　（接唱）承琬妹，携酒为我遣愁怀。

唐　琬　（唱）春波桥上双照影，

　　　　　　与游哥，一路细数落花来。

陆　游　（唱）花易落，人易醉，

　　　　　　山河残缺难忘怀。

　　　　　　风雨飘摇南宋廷，

　　　　　　皇上他却说太平翁翁是秦桧。

唐　琬　游哥……

陆　游　琬妹，岳飞冤死十载，朝堂苟且偏安，想我陆游上马击狂胡，下马草军书，欲图恢复中原，奈何三试不中！

唐　琬　游哥！

　　　　（唱）今番春试你第一，

　　　　　　为何夺魁非俊才？

　　　　　　朝廷偏起阿谀风，

你笔尖儿从无奉词在。

寻春驿外断桥边，

望（你）心头郁闷宜解开。

陆　游　（唱）三试不中志犹在，

赤诚一片岂甘埋。

我有心千里投贤才，

问琬妹，可愿展翅远飞开。

唐　琬　（唱）游哥啊！

山盟海誓言犹在，

哪怕是，随夫从军我不畏。

陆　游　琬妹！

〔伴唱起：红酥手，黄滕酒，

满园春色，东风轻柔。

〔唐夫人上，小雁随上。

唐夫人　务观！

陆　游　母亲！

唐　琬　婆母！

唐夫人　你们今天一早就不在房中，哪里去了？

唐　琬　游哥近日一直郁郁寡欢，今早突然有了兴致，我们就一起到郊外赏梅去了。

唐夫人　赏梅？

唐　琬　婆母，今天游哥文思泉涌，还写了一首咏梅的好诗……

唐夫人　（打断）务观，你落榜心灰，但也不能每日纵情山水，自误前程。这是谁的主意啊？

陆　游　母亲，是孩儿强邀琬妹赏梅，母亲莫怪！

唐夫人　务观，你仲高堂兄高升礼部主事，返回故里便送来宴客请柬，你爹爹不在家中，我们母子理当赴宴，小雁，快去禀报我侄少爷，说我们来了。

——越剧《陆游与唐琬》 >>>>>

〔小雁下。

陆　游　母亲,仲高投靠秦桧才得步步高升。有道是道不同不相与谋,我实在是不愿见他。

唐夫人　务观,我们陆家向以报效朝廷为己任,今日之宴,正好请仲高将你向朝廷引荐,你我快去赴宴。

〔陆仲高内声:"婶娘哪里?婶娘哪里?"与赵士程等人同上。

唐夫人　仲高,我的好侄儿!

陆仲高　婶娘在上,请受我一拜。(欲下跪)

唐夫人　(忙扶住)仲高不必行此大礼。

陆仲高　婶娘啊!
　　　　(唱)仲高当年失双亲,
　　　　　　婶娘你爱如亲子慈母心。
　　　　　　与三弟自幼共读求上进,
　　　　　　到如今略有长进庇祖荫。
　　　　　　滴水之惠涌泉报,
　　　　　　寸草之心谢大恩。(跪拜)

唐夫人　快快起来,快快起来。哈哈哈哈!

赵士程　陆家不愧是名门望族!仲高兄仕途通达,三公子才情盖世,钦佩钦佩!

唐夫人　这位是——

陆仲高　皇室宗亲赵士程大官人。

唐夫人　仲高真是出息了,往来无白丁!赵大官人,久仰久仰。请——是啊,务观哪里比得上仲高呢。仲高啊,日后还要靠你多多关照务观呢!

陆仲高　婶娘放心,三弟本是绝顶聪明之人。倘若他能审时度势,锦绣前程是我仲高之辈望尘莫及的。

陆　游　仲高兄,这我倒要请教请教了,何为审时度势?

陆仲高　这个嘛——哦,方才我见到题词一首,其中佳句倒能表达我之心思。
陆　游　哦？何不吟来听听……
陆仲高　（吟）休对故人思故国，且将新火试新茶，诗酒趁年华。
陆　游　你这一吟，倒勾起我的诗兴。适才与琬妹去郊外赏梅，有新作一首，诗中之意便是我陆游的审时度势。
赵士程　三公子与尊夫人伉俪唱和，早就传为美谈，今日可否请嫂夫人当众吟诵，一助雅兴。
　　　　〔众士子纷纷附和。
陆　游　如此请雅正。
陆仲高　好！请。
　　　　〔唐琬吟诵，陆游抚琴。
　　　　〔词曲【卜算子·咏梅】：
　　　　　　驿外断桥边，寂寞开无主。
　　　　　　已是黄昏独自愁，更著风和雨。
　　　　　　无意苦争春，一任群芳妒。
　　　　　　零落成泥碾作尘，只有香如故。
　　　　〔唐琬倾情投入，吟诵完毕，竟然伤感得泪水盈眶，抚琴的陆游陷入沉思。
赵士程　（拍手叫绝）三公子诗词绝妙，尊夫人吟得更好，真正珠联璧合！
唐夫人　孤芳自赏，终不成大器。
陆仲高　（圆滑地岔开话题）时间不早，请诸位入席！
陆　游　母亲，孩儿今日另有要事，恕不奉陪！（下）
　　　　〔众人震惊。暗光。

第二场　错母爱

　　　　〔时间：次日。
　　　　〔地点：陆游家中。

〔词曲【如梦令】：

　　昨夜风斜雨细，种种恼人天气。

　　寂寞待儿归，难遣闲愁滋味。

　　牵记，牵记，多少深情厚意。

〔卖花的柳三娘提花篮上，小鸿随上。

小　鸿　柳三娘，不要忘记明日多送一束花来。

柳三娘　记得记得。我去了。（下）

〔唐夫人上。

唐夫人　小鸿，多送一束花作甚？

小　鸿　咦，不是福州副统制唐老爷派人来了吗？

唐夫人　昨日务观所说要事，难道就是为此？小鸿，我兄弟那边来人了？

小　鸿　是啊，老爷正陪他说话，方才把三公子和少夫人都唤去了呢。

唐夫人　为何？

小　鸿　听说要接少夫人与三公子到福州娘家去呢。

唐夫人　（不悦）有这样的事？

小　鸿　（怯生生地）怎么，老夫人不知道啊……（下）

唐夫人　到福州去？此般大事，我会不知？！

　　（唱）闻婢报，倍惆怅，

　　　　休道我，妇人之见不刚强。

　　　　先父极品为丞相，

　　　　公爹尚书耀门墙，

　　　　我是慈母严师一身担。

　　　　渴望陆游继书香，

　　　　我为他三试不中心操碎，

　　　　重托了仲高侄儿荐贤良。

　　　　儿怎能行为偏听枕边话，

　　　　大事不与娘商量。

　　　　为什么，瞒我欲往福州去，

全不似，童年与娘贴心肠。

〔小雁上。

小　　雁　老夫人，酒菜都准备好了。

唐夫人　吩咐下去，仲高一到，就送上来。

小　　雁　是。（欲下）

唐夫人　等一等。过去找福州来的人打听打听，他们是派过来的还是我们这边叫过来的？

小　　雁　是。（下）

〔唐夫人进内室。

陆　　游　琬妹，快来呀！

（唱）岳父福州来书信，

府尹招贤情意深。

秦桧只手难遮天，

南天另有报国门。

唐　　琬　（唱）随君化作双飞燕，

来朝万里赴云程。

陆　　游　（唱）离浅水，投瀛海，

访贤臣，结豪英。

唐　　琬　（唱）指点江山，激扬文字，

陆　　游　（唱）长歌击剑，待扫胡尘。

唐　　琬　游哥，福州远在千里之外，堂上二老会允我们走吗？

陆　　游　我爹爹不愿与秦桧同朝为官，所以致仕还乡，方才看了书信，不是已一口答应了吗？

唐　　琬　那婆母她会同意吗？

陆　　游　母亲含辛茹苦，育儿成才，母子情深，非同一般，儒家孝乃根本，母亲若以"父母在不远游"为辞，倒叫我真正为难了！

唐　　琬　那你走是不走？

陆　　游　欲伸我志，不得不走，你看我如何说服母亲？

〔唐夫人自室内而出,显然,她听到了陆游与唐琬的谈话。

唐夫人　务观,你们在商量什么事啊?

陆　游　母亲,是有件事……

唐　琬　游哥正要前来禀告婆母呢。

唐夫人　(冷冷地)你们现在翅膀硬了,都会自说自话了,还要禀告我作甚?

陆　游　(一怔)母亲,莫非你还为那天赴宴之事生气?不见仲高是我任性,母亲生气,孩儿赔罪。

唐夫人　(叹口气)既然如此,你就得照我的话去做。昨天你不去赴宴,仲高十分不快,今天我特意回请,消解芥蒂。

陆　游　(一怔)什么?今日又要与他喝酒?!母亲,人各有志,望母亲多多体谅孩儿的处世为人!

唐夫人　务观,方才你还说向我赔罪呢。好了,好了,仲高即刻就到,让他好好为你谋划前程。

陆　游　(与唐琬面面相觑)这……

〔内报:"陆大人到!"

唐夫人　快快有请!

〔陆仲高上。

陆仲高　见过婶娘。

唐夫人　仲高,务观昨日有急事离开,心中却一直惦记你,故而今日特意请你过来一聚。来呀,上酒!

〔家人们送酒菜上。

唐夫人　你们兄弟二人就像当年一样,吟诗品酒,好好叙谈叙谈吧。

〔唐夫人与唐琬、家人们下。

陆　游　哦,仲高兄,请坐。

〔两人坐下,一时无言。

陆　游　仲高兄……

陆仲高　(举杯)三弟,你我好久没有一起喝酒了。

（唱）杯来盏往少时梦，
　　　　当年你我书案共。
　　　　论诗评词夜半时，
　　　　豪饮共醉酒一盅。

陆　游　（唱）酒一壶，忧心中，
　　　　踌躇满志是放翁。
　　　　怎奈是，诗界又盛靡靡风，
　　　　兵魂销尽国魂空。
　　　　到如今，江山残缺胡尘滚，
　　　　千秋毁于秦公公！

陆仲高　唉，三弟，你误会了，误会了！
　　　　（唱）只手护疆是秦公，
　　　　一片颂歌响朝中。
　　　　十年和约江南乐，
　　　　应时文章你殷勤诵。

陆　游　（唱）文章千古事，
　　　　得失寸心中。
　　　　放翁从来爱憎明，
　　　　应时文章实难诵。

陆仲高　（唱）说难诵亦好诵，
　　　　丞相寿辰你把礼送。
　　　　书生人情词一阕，
　　　　无伤大雅又得宠。

陆　游　仲高兄，好是好，只怕我给秦公公写了寿诗，即刻就有人给我写诗。

陆仲高　给你写什么诗？

陆　游　遗民泪望岳家军，歌舞朱门溢笑声。大事竟为朋党误，流芳遗臭尽书生。

陆仲高　（非常尴尬，但尽力掩饰）三弟真是才思敏捷，嬉笑怒骂皆成文章，痛快，痛快！来来来，饮酒，饮酒。三弟啊，当年你我品诗论词，你的高见我牢记在心。你说，汝果学诗，功夫在诗外。三弟，我不正是照你所言而处世为人吗？

陆　游　我所言"功夫在诗外"之境界，怕是常人难以企及也。

陆仲高　是啊是啊，三弟你盖世才华，却无缘施展，这究竟于世何益？于己又何利？三弟呀，世上做人最难的就是书生！这就是命，我们书生的命啊！

陆　游　可世上也有不认命的书生！陆游我纵然报国无门，但也恪守气节！仲高你为谋一官半职，便可颠倒黑白，认贼为父！

陆仲高　（终于有点按捺不住了）三弟，你不愿认命也罢，堂兄看在婶娘面上尚有一言规劝，骂我陆仲高无妨，辱骂秦丞相，灭门大祸！

陆　游　我若有罪，祸延九族，堂兄你陆仲高也要与我一起坐牢杀头！

陆仲高　（击案）你——

〔唐夫人与唐琬闻声急上，唐夫人见状愕然。

唐夫人　仲高，你三弟生性倔强，酒后狂言，还望你多多包涵。

陆仲高　婶娘，今天他不是顶撞于我，分明是辜负了你！三弟如此一意孤行，逆天行事，纵有满腹才华，永无功名之望，愧对祖宗啊！婶娘，侄儿仁至义尽了！告辞！（拂袖下）

唐夫人　哎哎哎……仲高，（转身，怒容满面）务观，你一而再再而三地得罪仲高，辜负于我，莫非你真想诗里词里，花前月下荒废一生吗？！

陆　游　母亲，我是辜负心中十万兵，百无聊赖诗为鸣！母亲放心，朝堂贤路虽然闭塞，四海却多忠义之臣。志同道合相互援引，孩儿不愁无有前程。

唐夫人　你说，什么前程？

陆　游　此事决定儿的一生，当请爹爹一同商议。

唐夫人　好吧，去叫你父亲来。

陆　游　遵命。

唐夫人　琬姑，你留下。

〔陆游下。

唐　琬　婆母，有何吩咐？

唐夫人　（控制一下自己的感情）琬姑，你本是我的亲侄女，我一向视你如亲生女儿。你与务观结为连理，本当事事处处与我同心同德。琬姑，婆母有言相劝，女人在世，有的事一定要做，有的事却万万不可做的。

唐　琬　（不解其意）婆母……

唐夫人　你既为陆氏儿媳，一要助丈夫成就功名，二要早生儿子传宗接代，千万不可自作聪明，在别的事上动心思啊！

唐　琬　儿媳不敢。

唐夫人　如此就好。

〔唐琬闻言黯然。陆游、陆宰上。

陆　游　爹爹请！

唐　琬　儿媳迎接公爹。

陆　宰　好，好，哈哈哈哈……

唐夫人　老爷，你怎么还有心思快活呀。

陆　宰　我为何不快活呀！

（唱）三儿是我家千里驹，

　　　　蒙亲家，关心爱婿费苦心，

　　　　荐于福州韩府尹，

　　　　千里从政佐贤能。

　　　　愿儿一飞能冲天，

　　　　愿儿一鸣可惊人。

陆　游　爹爹！

唐　琬　公爹！

陆　宰　亲家思念女儿，你们小夫妻一起去吧！

陆　　游　多谢爹爹！

唐　　琬　多谢公爹！

陆　　宰　好好好，小鸿，吩咐下去，准备车马，整治行装。

小　　鸿　是。

唐夫人　慢！福州太远了，不能去！

陆　　宰　夫人，你要以孩儿前程为重。

唐夫人　他的前程我不是早有安排了吗？

　　　　（唱）怎舍得，爱子离膝远飞走，

　　　　　　　谁照应，你我二老两鬓秋。

　　　　　　　仲高侄儿情意厚，

　　　　　　　体贴婶娘善为谋。

　　　　　　　只要务观回心转，

　　　　　　　不难找，一官半职在杭州。

陆　　游　（唱）并非任性心不孝，

　　　　　　　少壮怎敢忘国忧。

　　　　　　　仲高鸟附丞相府，

　　　　　　　孩儿我书生节气岂敢丢。

陆　　宰　（唱）吾儿从来重忠孝，

　　　　　　　远离高堂为国忧。

　　　　　　　磊落胸怀为父知，

　　　　　　　一生清白青史留。

唐夫人　（唱）陆门世代朝天子，

　　　　　　　莫把丞相视作仇。

　　　　　　　忠臣尽孝方为首，

　　　　　　　洁身自好立公侯。

　　　　老爷，难道我会叫儿子去做贪官污吏？

陆　　宰　这这这，琬姑，这是你们夫妻俩的事，你也说说，该怎么办吧。

唐　　琬　这……

唐夫人　记住刚才我讲过的话，你该怎么讲，就怎么讲！

陆　宰　对对对，坐下讲，坐下讲。一家人不说两家话。

唐　琬　婆母你是为儿操心，本无不依之理。

唐夫人　那就快快依从啊！

唐　琬　只是儿媳有些担心……

唐夫人　担心什么？

唐　琬　担心游哥耿直，若在杭州任职，他受不了秦桧约束，得罪权贵，其祸不小。

唐夫人　哦，要是去福州呢？

陆　游　母亲，福州多有忠义之士，共商恢复河山，可以摆脱秦桧约束。

唐夫人　左一个约束，右一个约束，约束约束，看来你俩早就商量好了，都只为摆脱我的约束！

陆　游　（震惊地）母亲何出此言？！

唐夫人　我话出有据！琬姑，我来问你，是谁将务观的事写信告知福州的？

唐　琬　这……

唐夫人　今日，又是谁把福州的人叫过来接你们的？

唐　琬　这……

陆　游　母亲，去福州投贤全是孩儿本意，琬姑只是替我着想，代笔而已。母亲千万休要责怪琬妹！

唐夫人　住口！堂堂陆府，书香门第，宦官之家，有人倒学会不把长辈放在眼里，竟然当着我的面自作主张？！方才听奴婢提起此事，我还不信，此时此刻，我不能不信，我怎能不信？我无法不信！

唐　琬　婆母，游哥去福州投贤定能大有作为，婆母若担心唐琬同去，纵情山水，有误游哥前程，儿媳宁愿留下。（掩面而泣）

唐夫人　照你所说，分明是我做出不仁不义之事，活活拆散你们夫妻？！

唐　琬　婆母，此话我如何担待得起？

陆　宰　啊呀，夫人不要多心，看来琬姑并非出于私心，事关我儿前程，你可要三思而行啊！

唐夫人　我望子成龙，一片苦心，不顾尊面，再三再四重托仲高为儿谋划，琬姑倒自说自话写信给福州，耽误我儿前程的究竟是我，还是她？

陆　宰　夫人，不要生气，不要生气！

陆　游　母亲息怒，琬妹绝无丝毫怠慢母亲之心，代笔书信全为怜惜我两难之境而不得为之……

唐夫人　不许你袒护她！我虽无孟母之贤，却从来教子有方。自从她进门之后，蛊惑丈夫，使我母子离心！我不怪她，我怪谁？谁还会如此狠心？！唐琬，你倒是开口说句公道话呀！

唐　琬　婆母如此看唐琬，我……我……我无言以对！

陆　宰　你们小夫妻好好听训！母亲便是话说得再重了，谁也不许顶嘴！

唐夫人　重？！我重话还在后头呢！务观不得去福州，唐琬你却可以回福州去了！

陆　宰　也好也好，免得有伤和气，让琬姑归宁探亲，秋后归来，一家高高兴兴再团聚。

唐夫人　不是归宁探亲，是唐琬今生今世再也不许上门！

陆　宰　夫人，气话可不能这样说啊！

陆　游　母亲，钢刀不斩无罪之人！

唐夫人　《孔子家语》有"七出明文"："不顺父母，逆德者出"，"不生儿男，无后者出"，"多口舌是非，离亲者出"，她"七出"之条有其三，我儿出妻，合理合法。

陆　游　哎呀母亲，陆游之妻本是你唐家骨肉亲侄，你下得了这个狠心吗？

唐夫人　她教唆你荒废学业，远走高飞，割我心头之肉，误你出头之日，我"舍不得娘娘，保不得太子"，这个狠心，到今天我是下定了！

陆　游　母亲，孩儿仕途不顺，报国无门，心头郁闷你是明明白白的呀！倘若连母亲你都如此曲解孩儿，我……我……我……

（唱）得罪仲高我承担，

　　　　秦桧不倒我出头难。

　　　　母亲不当恨琬妹，

　　　　盛怒错命且收还。

　　　　陆游不做无义男——

唐夫人　你要妻子还是要母亲?！你要妻子，还是要母亲?！

陆　游　（唱）要我出妻难上难！

　　　　母亲！

唐夫人　当初你夸我是天下最好最好的母亲，现在我怎么就成了天下最坏最坏的母亲?！事到如今，你不出妻，我出家！

陆　游　母亲……

唐夫人　小雁去取剪刀，剪下烦恼青丝下庵堂。（哭下）

陆　宰　夫人……

陆　游　母亲……

陆　宰　务观，快去劝你母亲。（拉陆游下）

唐　琬　（唱）欲哭无泪，欲说无话，

　　　　怎禁得，晴空忽起惊雷炸。

　　　　无情剑当头劈下，

　　　　忍斩断并蒂莲花。

　　　　惊得他目瞪口哑，

　　　　压得我如痴似傻。

　　　　只觉得，腿儿软，步儿斜，

　　　　混混沌沌，理不清，绞心肠一团乱麻。

〔陆游神思恍惚地复上。

陆　游　琬妹……

唐　琬　游哥，把婆婆接回来，还是唐琬走！还是唐琬走！

陆　游　琬妹！

　　　　（唱）祸起萧墙变生不测，

―――― 越剧《陆游与唐琬》 〉〉〉〉〉

　　　　　　　痛琬妹，平白无故受欺压。

　　　　　　　只怨陆游太耿直，

　　　　　　　恼怒高堂变颜色。

　　　　　　　怎奈我，情难求、理难辩、怨难诉、苦难言，

　　　　　　　眼睁睁，鸾镜破碎怎收拾。

小　　鸿　小姐，小姐你好冤枉，我与你一起走！

唐　　琬　小鸿……

陆　　游　好，你们走，我也走……

陆　　宰　啊，我儿你要到哪里去？

陆　　游　爹爹呀！孩儿为国不能尽忠，立身不能齐家，对母不能尽孝，对妻不能尽义，壮志难伸，寸心痛裂！

小　　鸿　老爷，你是一家之主，求求你要拿主意啊！

陆　　宰　好，我拿主意，我拿主意！琬姑……为父看你们从小长大，你在娘家，是个好姑娘，你嫁给务观是个好妻子，你受了无辜委屈，我全都明白，琬姑你千万要挺得住呀！

唐　　琬　公爹……

陆　　宰　儿啊……

陆　　游　爹爹……

陆　　宰　（唱）见一双，泪人儿，膝前跪下，

　　　　　　　不由人，心酸痛，泪眼昏花。

　　　　　　　扶起了，亲儿辈，听我说话，

　　　　　　　到此刻，我怎能，主意不拿。

陆　　游　爹爹……

陆　　宰　（唱）母命出妻且作假，金屋藏娇瞒过她。

　　　　　　　待母回心转意后，再把琬姑接回家。

　　〔转景。

第三场　绝亲情

〔时间：数月后。

〔地点：小红楼。

〔词曲【乌夜啼】：

　　孤梦空回菊枕，

　　愁肠懒诉琴筝。

　　兰膏香染云鬟腻，

　　钗坠滑无声。

　　冷落清吟伴侣，

　　阑珊游赏心情。

　　梧桐月照惊鸿影，

　　露冷夜寒生。

小　鸿　小姐，当心着凉，快喝药吧！小姐，你的身子……

柳三娘　小鸿！小鸿！（三娘上，唐琬避开）

小　鸿　卖花三娘来了！柳三娘，劳你送花来了！

柳三娘　少夫人呢？

小　鸿　刚才还在哭呢……花钱给你。

柳三娘　这是赵士程大官人吩咐送来的，他说这小红楼赁与陆游少夫人居住，要三娘好生照看，一切穿用物件，只管问他要。

小　鸿　多谢赵大官人！多谢三娘！

柳三娘　三公子有几天不来啦？

小　鸿　又有七天不来了。

柳三娘　这样下去可怎么办？今天东门王员外以为陆游休妻子，要我给他女儿做媒，我可不做这种伤阴骘的事，就怕夜长梦多……

小　鸿　啊，夜长梦多？！（被柳三娘拉下）

唐　琬　（早已听到她们的话，望着她们的背影，喃喃地）夜长梦多，夜长梦多……游哥，你在哪里？你在哪里啊？

（唱）如坠深渊惊离魂，

　　　只觉得心跳怦怦冷汗一身。

　　　黄叶飘飘，秋风阵阵，

　　　谁似我，冷冷清清，寻寻觅觅，

　　　凄凄惨惨的薄命人。

　　　姑不容，夫不忍，

　　　小红楼，背母留妻暂存身。

　　　愁煞人，闷煞人，

　　　只落得，雨打梨花深闭门。

　　　等得那，夏雨过，秋风起，

　　　等得那，长空雁叫断肠声。

　　　多少夜，无寐卧孤衾，敲断玉钗红烛冷，

　　　惊梦怨更深。

　　　恨不得，劈破玉笼飞天外，

　　　左思右想，我怎忍心，自摔瑶琴断知音。

〔唐琬抚琴，《咏梅》乐曲悠悠而起。陆游上。两人泪眼相对。

陆　游　琬妹，天天要来，母亲似有所察觉，总以身体多病为由，强迫我读书，不离左右，我哪里还读得进书？琬妹，我也白天想你，夜梦伴你，无时无刻，不牵挂着你。

（唱）怜卿人比黄花瘦，

　　　委屈你冷落小红楼。

　　　两心不渝长相守，

　　　一片苦心终须酬。

唐　琬　（唱）自从与君结缡后，

　　　三生有幸无它求。

　　　不料想，婆母面前总失欢，

　　　面对母妻你两相难。

　　　　　　　我学会了嘘寒问暖应酬话，
　　　　　　　学不会随风转舵本性丢。
　　　　　　　我改掉了快人快语原来样，
　　　　　　　改不掉率真天性还如旧。
陆　游　（唱）自从与君结缡后，
　　　　　　　三生有幸无它求。
　　　　　　　我母亲爱子爱成仇，
　　　　　　　你贤惠忍屈泪常流。
　　　　　　　我违母将你小楼留，
　　　　　　　你寒灯孤影备添愁。
　　　　　　　琬妹啊，缺月自有重圆日，
　　　　　　　雪里寻梅再把沈园游。
唐　琬　（唱）爱你若是误了你，
　　　　　　　此生此世长恨留。
　　　　　　　怕只怕九十九天空等待，
　　　　　　　等死我唐琬啊，料你母亲也不回头。
　　　　　　　游哥，我想透了，你就让我回娘家去吧……
陆　游　琬妹——
　　　　（唱）你伤心绝望话出口，
　　　　　　　我心痛如绞热泪流。
　　　　　　　人讥我，不识时务不得志，
　　　　　　　只有你，高山流水解我忧。
　　　　　　　到如今，婆媳不和因我起，
　　　　　　　左右为难两不周。
　　　　　　　出妻本是母错命，
　　　　　　　硬争反向火浇油。
　　　　　　　耐心等待融冰雪，
　　　　　　　我与你，今生情不了，来世也不丢。

———越剧《陆游与唐琬》 〉〉〉〉〉

唐　琬　游哥……

陆　游　琬妹,朝廷用"兵无常将"之策,束缚备战,将你爹爹也调到杭州来了。

唐　琬　爹爹到杭州来了?小鸿,我去找他为我做主。

陆　游　你爹爹威武之将,霹雳之性,爱女受欺不可忍耐,反误大事,还是我借赴杭会文为名,疏通岳父回来,与我母亲,以手足之情劝和。

唐　琬　也好,那你什么时候走?

陆　游　小舟就等在楼下河边。

唐　琬　游哥……我害怕……从此分手了!

陆　游　我三五天就回来嘛!

唐　琬　那你……走吧!

陆　游　琬妹保重,陆游去了!(下)

〔伴唱:人去也,情依依,
　　　　悲莫悲兮生别离。

〔小鸿上。

小　鸿　小姐,小姐,我家老爷来了!

唐　琬　啊!爹爹……

唐仲俊　儿啊,女儿你受欺了!儿啊,为父到此,闻知一切,快快收拾行装,随为父走吧!

唐　琬　不,爹爹,游哥刚去杭州,求你来劝和。

唐仲俊　我叫他到福州,他为什么不来?

唐　琬　是他母亲不许!

唐仲俊　这个老不贤,教子无方,虐待儿媳,怎说劝和,我今天要她赔罪!

唐　琬　爹爹啊,游哥与我情深义重,怜我受屈,背母留妻,指望求助于爹爹,若是爹爹霹雳火性不能忍耐,夫妻重圆,再无一线希望了。爹爹!女儿求你忍耐一些吧!

唐仲俊　可怜的女儿!好,好,我忍耐,我忍耐……

唐　琬　爹爹……

唐仲俊　我一定……忍耐……

〔柳三娘急上。

柳三娘　少夫人，老爷，夫人来了！老夫人请！

〔唐夫人上，陆宰跟上。

陆　宰　啊舅弟！

〔唐夫人与唐仲俊远远坐开。

唐仲俊　小弟迎接姐夫……姐姐！

陆　宰　舅弟请坐！

唐　琬　唐琬拜见二老！

陆　宰　琬姑，务观说你在此养病，你消瘦了，消瘦了！

唐仲俊　原来女儿在此养病，姐夫，养病可在府上好啊！

陆　宰　对对对，舅弟啊——

（唱）唐陆通婚已两代，

　　　世交至亲分不开。

　　　姐妹情谊深似海，

　　　正好接得琬姑回。

唐仲俊　（唱）开门见山好痛快，

　　　少帅府中你主裁。

　　　既往不咎唤姐姐，

　　　我亲送女儿上门来。

唐夫人　（唱）你亲送女儿上门来，

　　　琬姑不领我慈爱。

　　　祖传家规非儿戏，

　　　触犯之人罪已在！

唐仲俊　（唱）何故横加"七出"罪？

唐夫人　（唱）不孝公婆不生儿男。

唐仲俊　（唱）结婚尚未过三载，

陆　宰　（唱）天赐麟儿自然来。

唐仲俊　（唱）琬姑有何不贤惠？

陆　宰　（唱）知书达礼守家规。

唐夫人　（唱）教唆丈夫惰于学，

　　　　　　　离间母子两分开。

　　　　　　　怂恿务观福州去，

　　　　　　　前程不听娘安排。

唐仲俊　（唱）是我邀他福州去，

　　　　　　　仕途有望前程在！

唐夫人　（唱）我儿仕途屡遭挫，

　　　　　　　是你女儿一手害！

唐仲俊　呸！哪怕你儿子位极人臣，我不稀罕，唐仲俊堂堂副统制的千金，不怕嫁不出去！

陆　宰　不许争吵！

　　　　（唱）诗礼人家道不衰，

　　　　　　　我主裁，琬姑随我一同归。

唐夫人　（唱）宗法岂能随你改，

　　　　　　　朱买臣马前泼水怎收回？

唐仲俊　住口！你竟把我女儿比作买臣之妻！你今天胆敢泼出这盆水，我斩断你娘家之路，永不往来！

　　　　〔泼水，抽剑劈盆，暗场。

　　　　〔陆游内叫："琬妹——"上。

陆　游　琬妹，你害怕一别就此分手，想不到我回来，果然见不到我那可怜的妻啊……

　　　　（唱）回家来，惊突变，风狂雨骤，

　　　　　　　琬妹她，人影渺，燕子空楼。

　　　　　　　母亲啊，你何忍，下此辣手，

　　　　　　　亲情缘，裂开了，万丈鸿沟。

无一语，成诀别，哪堪忍受，

再不见，可怜妻，泪眼含愁。

琬妹她也曾忍痛求离去，

为只为保我赤诚心志酬。

琬妹她无辜横遭出妻难，

普天下，谁把娘亲视作仇?!

国已破，家已碎，功不成，名难就，

母子情断，夫妻悲离生死难相守。

罢罢罢，一线希望寄锦书，

破镜重圆三载后。

三载后，再咏梅，

山盟海誓，沈园长留！

〔柳三娘上。

柳三娘　三公子，老夫人找你来了。

陆　游　柳三娘，这封书信请交给琬妹。

柳三娘　我……

陆　游　此事只有拜托你了。

〔唐夫人上，三娘忙将书信藏好。

柳三娘　老夫人来了，请坐！

唐夫人　务观，回去吧！

陆　游　回去？又要为我安排前程，去投靠秦桧?!

唐夫人　哎呀，我管他什么秦桧！我只是要你母子贴心。你要到福州去，就去吧！

陆　游　当初我苦苦哀求你不放我去，如今倒让我去了。我好恨哪！

唐夫人　你恨为娘不成?!

陆　游　我恨我不忠不孝，我恨我报国无门，我恨我空有怜妻之心，却无爱妻之力。我恨我走得太晚了！

唐夫人　你马上要走！

陆　游　母亲在上，孩儿拜别！

唐夫人　务观……

〔陆游下。

唐夫人　难道他不要母亲，从此不回来了……?！柳三娘。

柳三娘　老夫人。

唐夫人　把书信拿出来！拿出来！

〔柳三娘将书信交与唐夫人。

唐夫人　"重圆有日，待我三年"。不怕他不回来！

柳三娘　老夫人，这封书信可以送吗？

唐夫人　可以送嘛，他写错一个字，我来改一下。

柳三娘　写错一个字？

〔唐夫人改毕交与三娘，三娘疑虑。灯暗。

第四场　题诗壁

〔时间：三年后，暮春时节。

〔地点：山阴沈园。

〔词曲【江南春】：

　　春水绿，柳吹绵，

　　花开还依旧，

　　人去已三年，

　　小楼谁共听春雨，

　　折损残红孰悲怜。

〔赵士程携唐琬、小鸿沈园游春。唐琬迟迟随后。

赵士程　（唱）依稀当年风光在，

　　　　　与唐琬结成连理已三载。

　　　　　时逢冬去花又开，

　　　　　携妻踏青沈园来。

小鸿，将酒放置亭内，再去好好照看夫人。

〔小鸿应声下。

赵士程 （看着远远落在后面的唐琬，自语）归去一伊人，残芳留温馨，抚琴赋新诗，终难去旧情。（下）

〔陆游上。

陆　游 （唱）浪迹天涯三长载，

　　　　　　暮春又入沈园来。

　　　　　　输与杨柳双燕子，

　　　　　　书剑飘零独自回。

　　　　　　花易落，人易醉，

　　　　　　山河残缺难忘怀。

　　　　　　当日应邀福州去。

　　　　　　问琬妹，可愿展翅远飞开。

　　　　　　东风沉醉黄滕酒，

　　　　　　往事如烟不可追。

　　　　　　为什么，红楼一别蓬山远。

　　　　　　为什么，重托锦书讯不回。

　　　　　　为什么，情天难补鸾镜碎。

　　　　　　为什么，寒风吹折雪中梅。

　　　　　　山盟海誓犹在耳，

　　　　　　生离死别空悲哀。

　　　　　　沈园偏多无情柳。

　　　　　　看满地，落絮沾泥总伤怀。

〔柳三娘上。

柳三娘　卖杏花……相公要不要买杏花。

陆　游　柳三娘?!

柳三娘　啊……三公子回来啦!

陆　游　你还在卖杏花?

柳三娘　是啊，一生花里活，从前我常为三公子送花呢。

陆　游　难忘啊，小楼一夜听春雨，深巷明朝卖杏花。

柳三娘　对对对,我常在小红楼里听少夫人念你的诗句呢……三公子,我走啦!

陆　游　回来!

柳三娘　三公子，有啥吩咐?

陆　游　是你该给我回音。

柳三娘　啊! 什么回音?

陆　游　三年前托你送锦书，为何从此石沉大海?

柳三娘　这……三公子，那封锦书我请小鸿交给少夫人，不料她爹爹看了说这是一封绝交书。

陆　游　三娘啊三娘，我哪里会投书绝交!

柳三娘　是啊是啊! 我也实在想不通，你们好好的一对夫妻，会一分两散? 少夫人还会改嫁赵士程? 哎，我刚才见赵大官人与少夫人也来游园。你看，少夫人来了! 当年的事，你当面去问问表妹，我走了。(下)

〔唐琬上。

〔合唱：骤相见，又惊又喜，
　　　　人对面屏障千重。
　　　　还不知是酸是痛，
　　　　那遗恨无尽无穷。

〔赵士程、小鸿迎上。

赵士程　啊，原来是陆游世兄!

陆　游　哦，赵大官人!

赵士程　好久不见，今日幸会! 士程偕内子游园。请受愚夫妇一礼!

陆　游　回礼!

赵士程　请君一起饮酒如何?

陆　游　请便!

〔唐琬盈盈欲涕奔下，赵士程、小鸿追下。

〔陆游悲愤难抑伏桌，唐琬强忍悲痛复上，小鸿捧酒随上。

唐　琬　游哥……

〔陆游凝视着唐琬……唐琬斟满了一杯酒，放在桌上。

陆　游　三年前，在此你也曾给我送上一杯酒，你还说……

〔唐琬抬手阻止陆游的话。

陆　游　（心头一阵苦涩）这是要我补喝你的喜酒？

小　鸿　（憋不住）三公子，你可不要辜负了小姐的一片心啊！

陆　游　好个一片心，一片变了的心！

〔唐琬掩面而下。

小　鸿　三公子，那么你的心呢？

陆　游　我锦书上写得明明白白，"其人如玉，其心如玉。宁为玉碎，不为瓦全，重圆有日，待我三年"。

小　鸿　不对，不对，分明是"重圆有日，待我百年"。

陆　游　我明明约她待我三年，如何成了百年？小鸿，你把柳三娘找来！

柳三娘　不用找，我在这里。三公子，我说实话，这封锦书是你母亲拿去，亲笔改了一个错字。我想你这个才子，怎么会写错字……

陆　游　不要说了，不要说了！（悲愤难以自制）

〔三娘悄悄下。

陆　游　琬妹……

　　　　（唱）茫茫情天难补恨，

　　　　　　　伤心你为我作牺牲。

　　　　　　　母亲改字心何狠，

　　　　　　　害儿遗恨百年身。

　　　　　　　若说是爱偏成恨，

　　　　　　　若说是恨又不能。

　　　　　　　爱越深，恨越深，

　　　　　　　爱恨交织折磨人。

　　　　　　　至死不变心许国。

　　　　　　　一生痛苦是婚姻。

———越剧《陆游与唐琬》 〉〉〉〉〉

小　鸿　三公子，小姐她早就看出改了一个字，从此绝望。她依从父命，改嫁赵大官人。今日沈园相逢，小姐将琴送还与你，要与你永不相见，宁可使你怨她、恨她、忘记她。三公子，小姐这身病只怕难治了。三公子，小姐她千般痛苦，万种伤心，都在这壶酒中了。（下）

〔陆游环顾曾经是那么熟悉的沈园，而今，物是人非，百感交集……

陆　游　（唱）红酥手，黄滕酒，
　　　　　　　满城春色宫墙柳。
　　　　　　　东风恶，欢情薄，
　　　　　　　一怀愁绪，几年离索。
　　　　　　　错！错！错！

唐　琬　（唱）世情薄，人情恶，
　　　　　　　雨送黄昏花易落。
　　　　　　　晓风干，泪痕残，
　　　　　　　欲笺心事，独语斜栏。
　　　　　　　难！难！难！

陆　游　（唱）春如旧，人空瘦。
　　　　　　　泪痕红浥绞绡透。
　　　　　　　桃花落，闲池阁。
　　　　　　　山盟海誓，锦书难托。
　　　　　　　莫！莫！莫！

唐　琬　（唱）人成各，今非昨，
　　　　　　　病魂长似千秋索。
　　　　　　　角声寒，夜阑珊，
　　　　　　　怕人寻问，咽泪装欢。
　　　　　　　瞒！瞒！瞒！

小　鸿　血……小姐……！

〔唐琬注视着远处，仿佛已经心随陆游而去……

〔灯暗。

第五场　觅梅魂

〔时间、地点：这是诗人的心理和情绪空间，是全剧的延伸和升华，它浓缩的是一代大诗人的坎坷经历，承载的是人们对诗人与唐琬一去不复返的爱情故事的想象和传诵。

〔凋零的白梅，疏影横斜，陆游苍然独立，一尊古琴与他相伴。

陆　游　（吟唱【卜算子·咏梅】）

驿外断桥边，寂寞开无主。

已是黄昏独自愁，更著风和雨。

无意苦争春，一任群芳妒。

零落成泥碾作尘，只有香如故。

〔吟诵回荡在天地之间……

〔剧终。

精品剧目·梨园戏

董生与李氏

编剧　王仁杰

第一出　临终嘱托

〔梅香扶李氏上。

李　氏　（唱）【长寡·空闺恨】

乍吟白头，

何曾到白头！

游丝悬君命，

冷月照孤舟。

虽未效孟姜哭夫、绿珠坠楼，

但恐望夫石畔，

亦做了怨妇空自守。

〔婢扶彭员外上。

彭员外　（唱）【短滚·太子游四门】

魂魄已到酆都游，

忽闻红粉哭声啾。

不忍骤然去，

惶惶急回头。

唉！

舍得下，

花朝月夕，

肥马轻裘；

舍不得蛾眉粉黛，

黄昏独自愁。

董秀才……董秀才为何未到？

仆　甲　禀老爷，董秀才即刻就到。

彭员外　速去……再请……（弥留介）

仆　甲　是。（下）

〔小鬼甲、乙上。

小鬼甲　（念）持牒出酆都，

小鬼乙　（念）勾魂不含糊。

小鬼甲　（念）阎王要你三更死，

小鬼乙　（念）谁人敢等四更鼓？

小鬼甲　兄弟呀，此宅哭哭啼啼，正是彭府，速速入内去捉人。

小鬼乙　走！我来动手……呀，美……美……

小鬼甲　什么美美？

小鬼乙　那彭夫人真美，你看一下。

小鬼甲　都不见头面，因何知伊美？

小鬼乙　这点我在行。你来看，小蛮腰、樊素口……

小鬼甲　臭死狗呀！叫咱来勾魂摄魄，管人家什么小蛮腰樊素口？难怪你曾经做色中饿鬼，打入香粉地狱。闲话莫说，把他勾来！

小鬼乙　勾来！

〔彭员外魂上。

彭　魂　且慢，我有要事商量。

小鬼甲　你有何要事？

彭　魂　二位鬼哥，事因发妻病故，前年续弦，娶得李氏青春貌美……

小鬼乙　果然，果然，此话不假。

彭　魂　因此不忍撒手而去。

小鬼乙　难怪，难怪。想我当初……

小鬼甲　噫……阳世之人，有此艳福者多矣，人人不肯撒手，我等岂不失业？

彭　魂　哎呀，二位鬼哥，吾不忍者，实疑虑也。

——梨园戏《董生与李氏》 〉〉〉〉〉

小鬼甲
小鬼乙　有何疑虑？

彭　魂　二位鬼哥，可曾读过古人怨叹之词？

小鬼甲
小鬼乙　唱来相分听一下也好！兄弟啊，家伙拿过来。（整起乐器）兄弟啊，和来呀！

彭　魂　（唱）【水车歌】

　　　　妻妾眼前花，
　　　　死后冤家。
　　　　每是墓前草未绿，
　　　　则见她，别长了情芽。
　　　　学抱琵琶犹恨晚，
　　　　山盟海誓成虚赊。

小鬼乙　好，唱得好！真乃古今同一慨也！

小鬼甲　说得虽是，然改嫁的多，守节的少，自古皆然。否则，这阳世岂不遍地都是贞节坊了？

小鬼乙　你双眼一闭，两脚一伸直，四大皆空，管它琵琶是直抱还是横抱？

彭　魂　鬼哥你说这话，比刺我心槽第三坎还痛苦。

小鬼乙　怕她改嫁，要不，我们连她的魂一齐勾去如何？

彭　魂　且慢！此事未尝不可。只是未知到了冥司，是否依旧结成夫妻？

小鬼乙　冥司点的鸳鸯谱，你我如何得知？

小鬼甲　难说！

彭　魂　既然如此，不可，不可！

小鬼甲　既是不可，赶路要紧，走兮！

彭　魂　鬼哥且从容，吾尚有一法。

小鬼甲
小鬼乙　你有何法？

彭　魂　吾托一人监管。

小鬼甲　你上无父母伯叔，下无昆仲子侄，谁人替你监管？

彭　　魂　　有秀才董四畏，蒙馆为业，与吾为邻。

小鬼乙　　孔夫子只有三畏，叫做畏天命、畏大人、畏贤人之言，此君何有四畏？

彭　　魂　　外加一畏，畏妇人也。

〔小鬼甲、乙失笑。

彭　　魂　　此人虽久困场屋，然君子固穷，信而好古，好德不好色，年过四旬，尚鳏居而洁身自好……

小鬼乙　　小兮，听他讲一通《山海经》，你说世上有此等人无？连咱们鬼也不信！闲话莫说，把他枷上！

小鬼甲　　走兮！

彭　　魂　　且慢！我有纹银百两，权当作"红包"，向你们宽容一刻钟，容我将后事交代明白。

小鬼乙　　大兮，明来了，你打定主意！

小鬼甲　　"不吃白不吃，不收白不收"……

小鬼乙　　"有权不用，过期作废"……

小鬼甲　　准他乎？

小鬼乙　　准他乎？

小鬼甲
小鬼乙　　准你呀！限你一刻钟，速去速回！

〔小鬼甲、乙下。彭魂隐去。
〔内声："董秀才到！"
〔董四畏上。

董四畏　（唱）【短潮】

　　　　　　亦广文，亦五柳，

　　　　　　古人文章，

　　　　　　描我在前头。

　　　　　　今日出场缘底事，

　　　　　　细思量，端的无来由！

彭员外　董秀才啊——

董四畏　哎呀员外，馆务缠身，探望来迟，恕罪恕罪！

彭员外　董兄何罪之有？董兄，今有一纸，烦兄视过。

董四畏　哎呀，这不都是借据！此乃借据，前年葬母无资，暂向员外借银十两，至今本息共二十两。一俟束修到手，自当奉还，望员外……

彭员外　来人！

彭员外　此纸拿下，付之一炬！

仆　甲　晓得。（下）

董四畏　不可！借贷不还，岂不陷吾于不义不信！

彭员外　此乃吾意，非关你事，拿下。

仆　甲　是。

彭员外　董兄，彭某有一事重托。

董四畏　重托？除了拟文修书诸事，尚无人对我言托，何况还是重托！未知员外……

彭员外　（一纸与董）我此处尚有一纸，烦兄视过。

董四畏　（接读）要我日探夜窥，密察夫人行止，莫使交结匪类，淫心萌起，遂生再醮之意……

彭员外　你再读，你再读下去。

董四畏　还要每月到他墓前禀告详情，夫人若有差错，可代其行家法……哎呀，不可啊不可！员外，此吾万万不能为也！

（唱）【浆水令】过【朝天子】

　　　鸡鸣狗盗所为，

　　　煮鹤烹琴何异。

　　　吾乃堂堂儒生，

　　　忍教斯文扫地？

　　　更哪堪授人笑柄，

　　　一世清名毁于兹。（还纸与彭）

彭员外　哈……吾正喜听你这一席话，此事更非董兄莫属！董兄恩重如

　　　　　山，请受彭某一拜。

董四畏　员外啊，不可。此吾万万不能为也！

彭员外　董兄你若不应允，吾死不瞑目也……

董四畏　员外！

　　　　〔小鬼甲、乙内声："时辰已到，速提去冥司复命！"

小鬼甲
小鬼乙　魂兮随我来！

　　　　〔小鬼甲、乙勾彭魂过场，下。

董四畏　员外……来人呀，快来人呀，员外去了！

　　　　〔众人上，李氏扑上低泣。

李　氏　老爷……老爷……

梅　香　去都去了，眼睛不愿闭！

李　氏　老爷……

梅　香　还不闭！手里还拿着一张纸。

董四畏　（无奈何）员外，我……我应允就是……（无奈接纸）

　　　　〔彭手缓缓垂下，死去。

梅　香　眼睛闭了！

第二出　每日功课

　　　　〔学童甲、乙上。

学童甲
学童乙　（唱）【翁姨叠】

　　　　　　读书读书，

　　　　　　苦乐知何如。

　　　　　　人生识字糊涂始，

　　　　　　刘项原来不读书。

学童甲　（念）人之初，性本善。

　　　　　　　性相近，习相远。
学童乙　（念）苟不教，性乃迁，
　　　　　　　教之道，贵以专……
学童甲　子曰："君子喻于义，小人喻于利。"
学童乙　孟子曰："上下交征利，国危矣！"
学童甲　此话怎说？
学童乙　王争利、官争利、士争利、民亦争利，举国上下，人人见利忘义。堕纲纪，坏礼乐，不见真善美，唯有假恶丑，国岂不危哉？
学童甲　读书无用，是数百年后的事，与我等何干？
学童乙　也是。只是先生尚未来……
学童甲　先生未来，咱到内面寻一清静所在背课文，你看如何？
学童乙　好！（与学童甲同下）
　　　　〔梅香内声："夫人走好……"与李氏同上。董四畏暗随上。
李　氏　（唱）【短相思】
　　　　　　　巫山云散，
　　　　　　　霜雪折雁行。
　　　　　　　角枕泪痕湿，
　　　　　　　五更钟鼓独自伤。
　　　　　　　虽每坟前细细诉，
　　　　　　　又一语何曾到冥乡？
　　　　　　　只落得满目萋萋芳草，
　　　　　　　长随个迂腐秀才郎。
　　　　　　　空对着断梗飘絮，
　　　　　　　古道夕阳。
梅　香　唉！我夫人也真是的……人说夫妻本是同林鸟，大限到来各自飞，割吊什么愁肠呀！再一说，我家员外……那个老朽头，死就死，眼睛还不愿闭，分明是买嘱那个老古董，托他来监视我夫人！夫妻到这份上，有何恩义?！若是换做我呀，还上什么坟？

　　　　　连鬼也饿死他！你看，老董又来了。老董……
李　氏　（急止）梅香，快走！
梅　香　哼……
董四畏　（唱）【浆水令】过【福马郎】
　　　　　悔却当初受嘱托，
　　　　　君子竟在妇人后。
　　　　　害得我一路经书遮羞颜，
　　　　　不敢抬头走。
李　氏　哎哟，我死了，我脚痛走不了……
梅　香　夫人有坐轿的命，轿不坐，偏要来磨死这双三寸金莲。来，待我与你揉一下。
李　氏　对，你来与我揉一下。
董四畏　（边走边读）"子见南子，子路不说（音：悦）。夫子矢之曰，予所否者，天厌之，"（无意中踏住李氏裙角）"天厌之……"
李　氏　（伸手牵裙，见董四畏心慌不觉）……书呆！
梅　香　（拨开着）大路通天，各走一边，没因来撞咱怎说？
董四畏　呀……我……
梅　香　你……哼，读书人不去做官，却来做跟随，好见无志气！适才我和我夫人去上墓，你跟上的跟上，随下的随下，成何体统？
董四畏　这……
李　氏　荒郊野外，正是读书好去处，咱都到厝了，快开门入内去。
梅　香　是。狗跟屁！（与李氏开门入内，同下）
董四畏　唉，受人身后托，秀才狗跟屁！（唱）【大倍·长相思】
　　　　　盯得我眼乜斜，
　　　　　跟得我双足麻，
　　　　　骂得我口变哑。
　　　　　数月来，
　　　　　未见蛛丝马迹、雪月风花，

　　　　　　夫人分明守节无差。

　　　　　　每月墓前报，

　　　　　　白璧应无瑕。（下）

　　　　〔李氏上。

李　氏　（唱）【中滚·杜韦娘】

　　　　　　学馆隔巷相望，

　　　　　　尽日书声绕梁。

　　　　　　且听那诗三百，

　　　　　　九曲回肠……

　　　　　　也好见他老冬烘，

　　　　　　恼人痴模样。

学童甲
学童乙　先生！

董四畏　唔……上课。（见学童坐定）今日功课，乃《诗·卫风·硕人》篇。诗曰——手如柔荑……

学童甲
学童乙　手如柔荑。

董四畏　肤如凝脂。

学童甲
学童乙　肤如"荔枝"……

董四畏　凝脂，冻结之脂油也，非食之荔枝。

学童甲
学童乙　是，肤如凝脂。

董四畏　领如蝤蛴。

学童甲
学童乙　领如蝤蛴。

董四畏　齿如——

学童甲
学童乙　先生，齿如什么？

董四畏　齿如瓠犀。

学童甲
学童乙　齿如瓠犀。

董四畏　螓首蛾眉。

学童甲
学童乙　螓首蛾眉。

董四畏　巧笑倩兮，美目盼兮。（禁不住向李宅长时间注目）

学童甲
学童乙　巧笑倩兮，美目盼兮……（也随董四畏视线看去）

董四畏　（唱）【杜韦娘】过【翁姨叠】

　　　　门儿半掩，

　　　　南风微卷珠帘。

　　　　玉影隐约识半面，

　　　　更教书生何以堪！

　　　　虽道非礼勿视，

　　　　每日里但求一瞻。

学童甲
学童乙　且看先生——

　　　　岂心如止水，

　　　　风乍起忽卷微澜。

李　氏　（唱）【醉相思】

　　　　放落珠帘，

　　　　一抹余晖入翠轩。

　　　　小巷里，朗朗书声断，

　　　　读书人，渐行已渐远。

　　　　怎奈何，

　　　　帘里人，意未阑，

　　　　倚栏独顾盼。

〔李氏内声："梅香，将那盘榴莲，捧去给伊。"

〔梅香应声上。

梅　香　（出门）董先生，吃榴莲。老董，吃榴莲！

董四畏　是……什么连？

梅　香　榴莲！这是我夫人恐恁口渴，叫我送来的，捧去吧！

董四畏　那……

梅　香　那什么，捧去乎！（下）

学童甲　（捧走）榴莲者，"流连"也！先生，你的份额，我们会帮你留着！（与学童乙同下）吃榴莲啦！

董四畏　失态、失态，我今日实是失态呀！（唱）【翁姨叠】

　　　　魂似云阶叩月宫，

　　　　却为何忘了两鬓霜，

　　　　竟一时有那非分想。（下意识地摸摸袖中纸契）

　　且来呀，想我董四畏家徒四壁，形销骨瘦，尚有一念之差；李氏少年美艳，青春守寡，岂无非分之想？然数月观察，不见有何形迹，却是为何？哎呀，是、是了！从来男女苟合，岂在白昼？月上柳梢头，人约黄昏后……是我一时疏忽，不知奸情也未可知。我与伊乃一墙之隔，今夜……正是——

　　　　（念）一语豁然解迷津，

　　　　登墙今夕窥东邻。

第三出　登墙夜窥

〔李氏、梅香上。

梅　香　（念）一日吃三顿，

　　　　百事皆不问。

　　　　管他天子啥字姓，

　　　　日落我就爱困。

　　　　夫人，该要歇息了。

李　氏　梅香，你先去歇息，我要赏月。

梅　香　月有什么好赏？也不是中秋，也不是初二、十六……

李　氏　爱困就去困，啰嗦什么。

梅　香　是。(打个呵欠下)

李　氏　（唱）【双闺】

　　　　　彩云归去月满庭，

　　　　　岂独对青蛾翠画屏。

　　　　　素手推绿窗，

　　　　　为向银河窥双星。

〔董四畏上。

董四畏　（唱）【锦板·四朝元】

　　　　　平生不沾酒，

　　　　　今夜微醉何由？

　　　　　且借杯中物，

　　　　　遮得秀才满面羞。

　　墙高过人，如何是好？那处有一竹椅，不免拿来垫脚，尚可探得分明……这墙角有株梧桐，正好遮我身影，不致被人发现。（探头）哎呀！好景……好景啊……（唱）【寡叠】过【潮叠】

　　　　　好景——

　　　　　月影花影树影灯影，

　　　　　更哪堪亭亭玉立佳人影。

　　　　　云汉无声，

　　　　　四周好寂静。

　　　　　书生何幸，

　　　　　如到桃源境。

　　　　　方羡得刘阮入天台，

　　　　　不忍问归程。

　　哎呀，我死了！是何物叮得我好疼？是蚊子。死蚊呀死蚊，明知我此时但恐出声，不敢拍你，你才来咬我，任你叮，任你咬……

(唱)【寡叠】

　　　任你肆把凶逞，

　　　任你咬断我颈。

且慢，人说世上万物，皆有灵性，此蚊莫非彭员外所遣，见我夜窥其寡妻，故意来警戒我也未可知！死蚊呀死蚊，非是老董钻穴逾墙，我乃受人之托，不得已而为之。况且，古人有说，目欲其颜，心顾其义，扬诗守礼，终不过差，可也！这一说，果然飞去了。待我再探来……

〔李氏一声叹息。

董四畏　夫人赏月，为何长吁短叹？我好呆，尽日子曰诗云，不省人伦。夫人新寡，怨风愁雨，见月伤心，亦妇人常情。想她孤身一人，日子也大不易。彭员外啊彭员外，你撒手而去，好不自在，你看她呀……（唱）【短潮】

　　　空对着朗朗窗外月，

　　　独守那荧荧榻前灯。

　　　谁怜她绣帏锦被，

　　　怀抱里冷冷冰冰。

李　氏　（唱）【慢头】

　　　东邻多病萧娘，

　　　西邻清瘦刘郎……

董四畏　是元人小令"天净沙"……

李　氏　（唱）【中滚·杜韦娘】

　　　被无端一堵粉墙，

　　　将人隔断，

　　　抵多少水远山长。

董四畏　奇哉，夫人果有好才情！只是今夜为何唱出此曲？哎呀，更奇者……（唱）【序滚】过【浆水令】

　　　乍见一身缟素，

刹那间春衫窄窄衬柳腰。

灯下对镜，

重把双眉仔细描。

虽非蜀中卓文君，

却比文君别样娇。

教人隔墙，

魂儿销，心旌摇。

〔董生一时失足自椅子上跌倒，发出声响。

〔梅香闻声披衣上。

梅　香　夫人夫人，有贼！

李　氏　有何贼？

梅　香　我眠中听见一声响动，定是贼子跳入咱墙内，待我提灯四周巡巡咧……

李　氏　想必是猫在咬老鼠！

梅　香　是猫在咬老鼠？若是猫在咬老鼠，我要来睡续下去。要死，疯猫公！正是——

（念）一场好梦正待圆，

　　　　猫咬老鼠化云烟。（下）

董四畏　日间曾做狗跟屁，夜里变成猫咬鼠。李氏呀李氏！你今夕行止好蹊跷，莫非你燕约莺期。

李　氏　（唱）【叠字倍工】

骂你个短命薄情材料，

小可的无福怎生难消。

想着咱月下星前期约，

受了些无打算凄凉烦恼。

我呀，想着记着梦着，

又被这雨打纱窗惊觉了。

董四畏　又是元人小令——（唱）【潮叠】

分明艳词淫调,

唱与那浪子情苗。

胸中无名火,

熊熊燃起今宵。

彭员外呀彭员外——(唱)【前腔】

你果然胸中有神算,

后来事早料。

彭员外你快来看,此时她必定是……

李　氏　(唱)【福马郎】过【沙淘金】

提灯,我今提灯出绣闱,

掩门,我来掩门闭了双扉。

再整罗裙共云鬟,

绣弓鞋,莫得斜欹。

我恰是,私奔红拂女,

莺莺赴佳期。

莲步今夕何处移?!

堪怜墙上那一个,

望眼欲穿时!(下)

董四畏　李氏呀李氏!(唱)【逐水流】过【杜韦娘】

把你行径,

俺看了真切;

西厢房,

原是你风流穴。

此时那奸夫,正好跳墙而入、跳墙而入!他……她……

(唱)【前腔】

一对野鸳鸯,

好欢悦。

捉奸,正大好时节。

只是呀——

（唱）此岂书生为，

　　我又何太绝？

不可呀不可，奸情一露，李氏有何面目存世？

李氏呀李氏，我好恨你，好恨你呀！（唱）【短潮】

　　我心郁结，

　　更与何人说？

　　煞费踌躇，

　　此时有计计亦拙。

罢、罢了！此时若无个彭员外有托，我也要跳墙到西厢看个明白！

（唱）【中滚·杜韦娘】

　　我心也如铁，

　　顾不得四体不勤，

　　管不得手裂脚折。

　　学一下张君瑞，

　　我意已决。

〔董四畏艰难地爬上墙头，跌了一跤。

第四出　监守自盗

〔李氏上。董四畏跟踪随上，在房门外伫步。

李　氏　（唱）【中倍·麻婆子】

　　人在西厢，

　　心事在回廊。

　　他呀，但见他咫尺如天涯，

　　禁不住我倚门望。

　　虽笑他书生行藏，

———梨园戏《董生与李氏》

　　　　　　为何我一时也心慌忙？

董四畏　（唱）【潮叠】过【翁姨叠】

　　　　　　如临深渊，

　　　　　　如履薄冰；

　　　　　　瓜田李下走，

　　　　　　战战亦兢兢。

　　　　　　西厢门外，

　　　　　　欲进无胆，

　　　　　　欲退却不能。

李　氏　（一声娇柔的笑）哈哈……

董四畏　李氏呀李氏！（唱）【中滚·杜韦娘】

　　　　　　耳听你笑语吟吟，

　　　　　　无名火烧心！

　　　　　　排闼入，

　　　　　　把你……淫妇奸夫双双擒。

　　　　（欲破门，又止）且慢！我与李氏非亲非故，岂不唐突？况且，若被奸夫逃脱，到时李氏反咬一口，道我夜半闯入，欲行非礼，那时黄河水岂洗得清？然我当初受人所托，虽曾推却，但一诺千金，岂能不司其责！此时顾不得许多，待我推门而入！（推门）

李　氏　（报以笑声）哈……秀才呀！（唱）【双闺】

　　　　　　早知你大驾光临，

　　　　　　恕贱妾有失远迎。

　　　　　　但恐室内昏暗，

　　　　　　你看不清，

　　　　　　待我点起灯，

　　　　　　好教你仔细看分明。

董四畏　（唱）【浆水令】过【朝天子】

　　　　　　灯火忽通明，

　　　　　但见她故作无事，

　　　　　处变不惊。

　　　　　这房内哪有他人影？

　　　　　倒教我汗颜，

　　　　　名不顺来言不正。

　　　　李氏，我问你，这房内尚有一人呢？

李　氏　（故作疑虑地）尚有一人吗……

董四畏　对，尚有一人在何处？

李　氏　在何处呀在何处？

董四畏　你莫得支吾其词，快说！

李　氏　你爱要我说乎？若爱我说，我就说！

董四畏　说！还有一人……

李　氏　还有一人，就是你！

董四畏　你……莫得乱说！

李　氏　我因何有乱说？这房内就你我两人，都也一目了然。

董四畏　我苦！我今都没话可应她了。也对，这房里只有她和我两个人，不见有第三个。今要怎样？正是进来容易出去难。这闺房变作了白虎堂！彭员外呀，你真害人！你无因来托老董这事……此时怪死人也没何益，我现得赶紧出去……夫人……（说不出口，唯脚步不住地外移）

李　氏　（厉声）董四畏，你且住！（一阵大笑）哈哈……

董四畏　你……你笑什么……你笑什么……

李　氏　我笑，我笑你！（唱）【叠韵悲】

　　　　　笑你如蝇附膻冬到秋，

　　　　　身后随去来。

　　　　　笑你夜攀东墙，

　　　　　失足蒙尘埃。

　　　　　闯深闺，胡乱猜，

　　　　　今夕你易入不易回！

董四畏　啊！天要灭我！天要灭我！

李　氏　（唱）【锦板叠】

　　　　　　你，你这无用乔才，

　　　　　　今生投了王八羔子胎。

　　　　　　枉有贼心无贼胆，

　　　　　　心想使坏使不了坏。

　　　　　　阎王殿判你当儿男，

　　　　　　贻笑天下究可哀！

董四畏　痛哉！快哉！好痛快哉！（唱）【慢头】过【锦板叠】

　　　　　　一声臭骂好快哉！

　　　　　　骂得我大汗淋漓，

　　　　　　骂得我如芒刺背，

　　　　　　骂得我浑身通泰。

　　　　夫人！

　　　〔伴唱：【短潮】

　　　　　　但见她一团红晕上玉肌，

　　　　　　纤手抚弄香罗带。

　　　　　　眼底里半嗔半怪，

　　　　　　脸庞儿万千仪态。

董四畏　我好呆呀！（唱）【序滚】

　　　　　　灵魂儿飞到了天外，

　　　　　　　一时间我万般难捺——

　　　　夫人！

李　氏　书呆！（示意门未关）

董四畏　我……（关门，与李氏熄灯，同下）

　　　〔击乐声渐起。鼓师与小锣师于场上演奏，惟妙惟肖。

　　　〔激烈处，忽停鼓。

小锣师　（尚在倾情演奏，见停鼓）哎，师傅，"七邦鼓"正在兴头起，无因叫停做何?!

鼓　师　哪里是我叫停?是里面报停。

小锣师　里面报停?我不信,此时就是电闪雷鸣,一粒雨打死一个人,也停不下来。

鼓　师　你不知道,都是为着一句话。

小锣师　一句话?一句什么话?

鼓　师　董秀才表现良好,李氏夫人十分欢喜,称赞他说:"你行他不行!"

小锣师　李氏说"你行他不行"?

鼓　师　是啊!那傻秀才反问李氏:"这个他是谁?"

小锣师　是呀,他是谁?

鼓　师　李氏说"彭员外"。这"彭员外"三字一出口,董秀才顿时脸红脸青,大汗淋漓,直至丢盔弃甲,落荒而逃。

小锣师　拉闸停电!师傅,咱们呢?

鼓　师　咱们跟董秀才收拾家私,报停。

小锣师　报停!

〔董四畏颓然上。

董四畏　明日又是我到他墓前禀告夫人"守节无差"的日子。真正是——
　　　　（念）无意春光春自临,
　　　　　　　书生暗室竟欺心。
　　　　　　　墓前怎报春消息,
　　　　　　　蒿草萋萋鬼气森。

第五出　坟前舌争

〔梅香上。

梅　香　（念）昨夜鼾声如雷动,
　　　　　　　醒来一片灰蒙蒙。

但见夫人满脸泪，

定是伤心哭老翁。

想当初我老翁过世，死人落土，我大哭三日，哭到天昏地暗、日月无光，从此我笑脸看人，好不自在。夫人初头不肯来，经不起我三劝二说，才备了香烛纸钱和我来。夫人……

〔李氏上。

李　氏　（唱）【倍工·玉树后庭花】

跋涉过山坡，

素衣裙牵住了藤萝。

李氏恍如昨夜死，

重到墓前滋味多。

梅　香　墓庭我都扫干净了，就等夫人你来点香烛。

李　氏　香烛点好，今要怎样？

梅　香　傻夫人，你哭你叫呀！老爷在阴间就会来听，若听到伤心处，说不定他会和你一起哭。

李　氏　梅香……

梅　香　夫人，哭老爷因何哭梅香怎说？

李　氏　老爷，老爷啊……梅香，我不哭了！

梅　香　夫人你哭不出来是吗？梅香先来与你"引"一下。哎！"老爷啊，死人你哪怎侥幸，放我一个守孤零；死人你哪怎无良，放我一人守空房……"

〔忽然刮过一阵阴风。

梅　香　哎呀夫人，我与你"引"来了！一阵阴风吹，定是员外果然到。梅香我要别处去了……（下）

李　氏　梅香……

〔彭员外魂上。

彭　魂　李氏——

李　氏　我怕……

彭　魂　李氏，你怕什么？

李　氏　老爷……

彭　魂　李氏，还有一人呢？

李　氏　还有何人？

彭　魂　你莫装聋作哑，今日正是此人来禀告之时。李氏，你看，他来了！

〔李氏被阴风扇到一边。董四畏上。

董四畏　（念）昔日来时快如风，

　　　　　　　今朝顿觉路千重。

　　　　　　　一番旧话难开口，

　　　　　　　偏教真言塞在胸。

　　　　彭员外……

彭　魂　嗯……

董四畏　奇哉，今日他为何叫会应？待我再试叫一声：彭员外！

彭　魂　董先生。

董四畏　不但叫会应，还会叫我董先生？彭员外呀，尊夫人为你守……节，依旧……心……坚志……诚……无么……差、差……池……

彭　魂　哈……董先生，你睁眼看看我是谁？

董四畏　彭员外！

彭　魂　（唱）【慢头】

　　　　　　　人若亏心，

　　　　　　　雷殛天谴。

　　　　　　　神明有眼，

　　　　　　　偏教我魂儿见。

　　　　董先生，当初我临终之时，曾有重托，你不受也罢，既已受了，当知一诺千金。何乃监守自盗，做出那不仁不义不智不信之事！（唱）【锦板·南北交】

　　　　　　　只道你谦谦君子，

　　　　　　　知书礼仪，

———— 梨园戏《董生与李氏》 〉〉〉〉〉

　　　　　　方寄你重托。
　　　　　　谁知你衣冠禽兽，
　　　　　　所为毁人亦自毁。
　　　　　　你可知罪否？
董四畏　知罪、知罪，我知罪呀！怎区处，全凭你决断！
彭　魂　……岂有如此便当之事？董四畏，当初你可曾答应，李氏若有失节败名之处，当代我行家法？
董四畏　是，我曾……答应。
彭　魂　现李氏就在这墓边。
董四畏　夫人……
李　氏　先生呀！（唱）【沙淘金】
　　　　　　万千事，莫惶恐，
　　　　　　自有妾身能担当！
彭　魂　住口！董四畏，鬼头刀一口，这贱人就交你处置！
　　　〔鬼头刀现于墓上。
李　氏　老爷——
董四畏　哎呀员外，夫人无罪，罪在学生。要杀，该杀我才是！
李　氏　老爷，先生无过，过在李氏！（唱）【前腔】
　　　　　　愿甘引颈受刑，
　　　　　　不愿命如浮萍。
　　　　　　秀才快动手，
　　　　　　愿血溅坟庭。
董四畏　员外，刀下留人！
彭　魂　莫得多话，速速动手！
董四畏　你不肯谅情？
彭　魂　我说到做到！
董四畏　果然？
彭　魂　果然！

董四畏　当真？

彭　魂　当真！

董四畏　呀呸！逼人太甚，你逼人太甚乃尔！（唱）【寡北】

　　　　　　自古我儒生，

　　　　　　浊世为精英。

　　　　　　威武不能屈，

　　　　　　危难见坚贞。

　　　　　　董生诚不肖，

　　　　　　未敢污令名。

　　　　一介武夫，尚且能"冲冠一怒为红颜"，我董四畏虽无拳无勇，今日也要变成董不畏！（唱）【前腔】

　　　　　　书中百万兵，

　　　　　　更作不平鸣。

　　　　彭员外，我问你，你撒手西去，留下夫人为你守活寡，一旦有差池，更以刀剑相加，你仁乎？

彭　魂　这……

董四畏　我再问你，你是人还是鬼？

彭　魂　我鬼也！

李　氏　真真，你不是人！

董四畏　好哉！你不是人。孔子曰："不知生，焉知死；不事人，焉事鬼。"你明知她寡，我鳏，竟以怨妇而托旷男，你智乎？

彭　魂　我……我不智，我是大不智啊。

董四畏　员外，吾与夫人，两厢情愿，礼也，义也，信也！你若知趣也罢，若不知趣，吾秀才吾不降其志，愿舍身求仁，与你一拼到底！员外啊——（唱）【序滚叠】过【锦板】

　　　　　　劝你泉下安睡，

　　　　　　莫到人间作祟。

　　　　　　烧你三炷香，

——梨园戏《董生与李氏》

　　　　　　　供你一灵位，

　　　　　　　你尸位素餐可矣——

　　　　　　　何必再把活人累！

彭　魂　（唱）【慢头】

　　　　　　　一席话，教人心折，

　　　　　　　不容我，枉费口舌。

　　　　　　　再多事，但恐他，

　　　　　　　掘坟挖穴。

　　　　　　　倒不如，识时务，

　　　　　　　回到阴间为俊杰。

　　　　　　　罢罢了，吾归去呀！（阴风中隐去）

李　氏　先生，壮哉！（唱）【长滚·大河蟹】

　　　　　　　乍以为国中无男儿，

　　　　　　　谁知你凛然有正气。

　　　　　　　刮目重相看，

　　　　　　　正儒者雄风再继！

董四畏　若非他辱我千年道统，肆意曲谤圣贤书，欲加害夫人你，学生一时都也无言以对。夫人，我意已决，我要用红花轿，"红甲吹"，吹吹打打，明媒正娶，和你结成夫妻。未知你愿否？

李　氏　我愿不愿，你昨夜都明白了。

董四畏　夫人……

李　氏　先生……

董四畏　贤妻！

李　氏　官人！

董四畏　贤妻！

〔梅香、学童上。

梅　香　什么现炊啊？！夫人，你真的要嫁给他？

李　氏　真的啊！

梅　香　教书人一世人清贫，你甘愿？

李　氏　我甘愿！

董四畏　好啊！

梅　香　你们好，那我呢？

董四畏
李　氏　有我们的份，就有你的额。

梅　香　这句就中听。

董四畏　夫人啊——（唱）【锦板叠】

　　　　　　馆后小园屋一椽，

　　　　　　　相如赋得白头篇。

李　氏　为君当垆效卓女，

　　　　　忍教东墙眼欲穿。

学童甲
学童乙　老树着花无丑枝，

　　　　　风流古艳未曾迟。

梅　香　新人上花轿。

　　　　〔李氏上花轿。

梅　香　起轿。走兮！

董四畏　且慢！

众　　　戏都完了，又要何事？

董四畏　待我烧几张纸钱，敬奉我的老前辈——

众　　　老前辈？

董四畏　彭员外呀！（拿出纸契，点燃）

　　　　〔纸钱飘落，化作满空花雨。

梅　香　走兮——

　　　　〔剧终。

（本剧部分情节取材于尤凤伟现代题材短篇小说《乌鸦》）

精品剧目·川剧

变 脸

编剧 魏明伦

时间

二十世纪二十年代，中华民国。

地点

川江沿岸，大小码头。

人物

水上漂　　江湖艺人。
狗　娃　　流浪儿童。
活观音　　川剧名伶。
师　长　　川军将领。
少奶奶　　绅士贵妇。
天　赐　　少奶奶的三岁爱子。
局　长　　某城警察局长。
科　长　　警察局稽查科长。
人贩头　　绑匪老大。
人贩子　　绑匪老二。
管　事　　戏班外场管事。
奶　妈　　高家女仆。
丫　头　　高家女婢。
老警察　　勤杂狱卒。
副　官　　川军幕僚。
艺人、行人、警察、士兵、玩友若干

——川剧《变脸》

第一场

〔水上漂坐在船头，竹琴声起。

　　道情一响话沧桑，

　　返璞归真唱善良。

　　请君试问川江浪，

　　人情与之谁久长？

〔竹琴声中一行纤夫拉纤艰难而行。

〔闹台锣鼓大作，人们从四面八方涌向舞台。

〔观音诞辰，小城赶场，三教九流大会哨。五光十色土产民俗之间，杂有洋货洋装，带着民国初年特征。

〔干什么吆喝什么，汇成一支川味叫卖交响曲。

众　人　（合唱）跑滩要跑！叫卖要叫！

　　　　闹台要闹！高腔要高！

　　　　面娃娃、人人宝、

　　　　柳连柳啊冲冲糕；

　　　　地黄摊、连珠炮、

　　　　花鸡笼啊糖关刀；

　　　　西洋镜、东洋帽、

　　　　洋布撑花洋旗袍……

　　　　土产更比洋货好，

　　　　请尝川味红海椒！

行　人　（呼）哎，快看水上漂变脸喽——

〔卖艺圈子引出艺人水上漂。

〔他头扎英雄结，身穿武打衣，手挥纸扇，面若金刚。扇来扇去，几次变脸；赤、橙、黄、绿、青、蓝、紫，最后变出本来面目——一张饱经风尘的老脸。

〔看客喝彩，鼓掌如雷。

〔水上漂行袍哥礼，爆发一串巴蜀江湖话。

水上漂　在家靠父母，出门靠朋友。兄弟我外号"水上漂"，承蒙青龙背上的弟兄伙瞧得起，独驾扁舟一叶，在川江两岸混碗饭吃。今天初到贵龙码头，拜会仁义几堂、中左几社、士农工商带袍哥，外加天主耶稣教……（制止小孩乱窜）喂，小娃儿不要调皮，维持一下生意嘛。唉，要是我的福气好，孙子都有你这么大了……（继续招揽顾主）列位看官，兄弟我祖传变脸绝招，只此一家，别无分号。（绕口令）任它京戏班子、川戏班子、马戏班子、杂耍班子、大小班子，都没有我变得快，变得多，变得好，变得巧。平时龙不现爪，今日喜逢观音菩萨寿辰，我来沾光露一手……（忽见顾客散伙）列位，不要走，不要散，看了变脸要给钱噻……（遥望）啊，十字路口打对台，迎神拜佛过大街。（惊叹）不看不像，越看越像，远看是观音菩萨，细看是男人反串。川戏名角梁素兰——活观音啊！

〔迎神队伍潮涌而来，淹没街头卖艺人。

〔灵幡佛幛招展，抬上送子观音。由男旦梁素兰装扮。玉面雪肤，粉臂酥胸，几乎乱真。

〔迎神队伍游到闹市中心停留，让善男信女瞻仰菩萨。

〔众多妇女争先恐后抚摸观音脚下莲台，企望摸莲便怀孕，抚花必生子。

活观音　（仿女声小嗓唱）

　　　　　送子观音坐莲台，

　　　　　前呼后拥过大街，

———川剧《变脸》 >>>>>

    老百姓求子求孙求后代，

    妇女们望星望月望怀胎。

    莲花落，莲花开，

    手摸莲花生男孩。

   〔迎神队伍帮腔合唱，绕道而行。水上漂闪出巷口，触景生情。

水上漂　（唱）可叹我流浪一生无后代，

    挥彩笔梦绕魂牵画小孩。

    娃娃巧，娃娃乖，

    娃娃脸谱变出来！

   〔水上漂卖艺，变出娃娃脸，看客鼓掌。

   〔活观音居高临下，俯瞰变脸绝技，连声喝彩。

活观音　好、好、好！（本声大嗓唱）

    猛然开眼界，

    变脸真快哉。

    十步之内有芳草，

    十字街头遇奇才。

    惺惺惜，惺惺爱，

    引得观音下莲台。

   〔活观音步下莲台，奔向卖艺圈子，朝水上漂深深一揖，表示敬佩。

   〔水上漂受宠若惊，大礼回拜。

   〔雷声忽起，天色突变，路人仰望。

众　人　（合唱）苍天变脸比人快，

    阴晴不定暴雨来！

   〔大雨淋散迎神队伍。活观音携水上漂避雨下。

   〔小孩狗娃奔上，衣衫褴褛，神色慌张。甩掉头上草标，在散乱的迎神队伍里穿梭逃避。

   〔人贩子追上，在行人的雨伞丛中追觅狗娃。

〔人贩子抓获猎物，劈头一阵毒打。狗娃遍地翻滚，贱如畜牲。

〔人贩子降伏猎物，再给狗娃插上草标。孩子垂头抽泣，任其摆布。

〔水上漂陪活观音打伞上，与人贩、狗娃对面撞过，失之交臂。

〔人贩牵狗娃下。活观音与水上漂进茶馆。

〔幺师引入雅座。托茶碗，提炊壶，特技泡茶。另一堂倌抛呈洗脸帕子待客。

幺　师　（吆喝）茶钱，梁老板开了！

〔活观音已卸戏装，身穿洋服，手玩折扇，中西合璧。与水上漂嗑瓜子，品香茶，用艺人之间的特殊语言交谈。

水上漂　梁老板，您是大班子的招牌先生，龙灯的脑壳，耍亮了的；三月间的樱桃，红透了的。我水上漂区区一个跑滩匠，在梁老板莲台脚下献丑。好有一比：乌龟爬桅杆，高攀不上啊。

活观音　老师傅客气。今日麻布洗脸粗（初）相会，有事商量，不便启齿。（将两个茶盖扣到一起，表示亲近）

水上漂　（戒备）梁老板若是探问海底，就请免开尊口！（将两个茶盖分开，表示拒绝）

活观音　啊，老师傅关了大门！

水上漂　抱歉。叫花子也爱惜自己的打狗棍。衣钵虽然穷，传儿不传女；茶碗虽然小，水是不会漏的哟。

活观音　老师傅误会了。（解释）我梁素兰还不至于偷经盗艺，骗取蟾酥。老师傅一技之长应有用武之地，我是想替川戏班子招兵买马呀！

（唱）九流归厂，

　　　　十流归班，

　　　　江湖艺人归梨园。

　　　　老师傅单丝难成线，

　　　　欢迎你合伙搭戏班。

　　　　万年台好变七彩脸，

———川剧《变脸》 〉〉〉〉〉

为川戏百花锦上再添一朵紫罗兰!

水上漂　（唱）油黑人不受粉装扮，

　　　　　　一叶舟不攀大轮船。

　　　　　　多谢您提拔流浪汉，

　　　　　　怎奈我隔行如隔山。

　　　　　　单身成习惯，

　　　　　　盟誓对祖先；

　　　　　　脸变心不变，

　　　　　　绝技不外传。

　　　　　　只求苍天开慧眼，

　　　　　　赐个男孩续香烟。

活观音　（唱）天有不测风云变，

　　　　　　人有祸福旦夕间，

　　　　　　万一是后继无人广陵散？

水上漂　（唱）我带着家传绝技进坟山！

活观音　话已说绝，人各有志，不便勉强。我只好赠送薄礼，帮补老师傅一点盘缠。（送大洋）将军不下马，各自奔前程。

水上漂　多谢梁老板开茶钱，送盘缠。在下我"打千"告别。

　　　　（欲行满清"打千"礼）

活观音　（忙扶）都是中华民国了，不搞满清规矩。我们还是行个"摩登"礼，握握手吧。（握手）老师傅，祝您添人进口，子孙绵长。

　　　　〔活观音去了，水上漂独自怆然。

水上漂　（唱）听一句子孙绵长，

　　　　　　回身看膝下荒凉。

　　　　　　长叹出茶坊，

　　　　　　解闷逛市场。

　　　　　　天上毛毛雨，

　　　　　　江边雾茫茫。

何处花鼓响？

哀声唱凤阳。

凤阳川江皆一样，

卖儿卖女度饥荒。

〔凤阳花鼓声"小户人家卖儿郎……"隐约回荡。

〔卖身葬父的孝女展开自白书，跪地泣诉。

孝　女　我愿卖身葬父，善人伯伯做个好事，……

〔水上漂爱莫能助，挥手避开孝女。

〔农妇怀抱婴孩，寻求买主。

农　妇　老大爷，这娃娃我家养不起了，只卖两块钱，你收下吧。

水上漂　（看看婴孩）有没有茶壶嘴嘴儿？

农　妇　不瞒你说，是个女娃子……哎，一块钱，等于送给你。

水上漂　（摇头）太小了，又是个女娃子。算了，我要"雄起"的！

人贩子　（闻声响应）男娃儿，要不要？

〔人贩子往后一指，狗娃头插草标出现。

〔花鼓声中断，静场。水上漂打量狗娃：短发大耳，粗眉楞眼，酷似男孩。

人贩子　看，九岁男孩，小名狗娃。粗手粗脚，虎头虎脑。现在从小吃得苦，将来长大"雄"得起。要不是闹水灾，我还舍不得卖。他可是我的亲生儿子！

〔狗娃默不吭声，瞟了人贩子一眼。水上漂随之观察人贩子。

人贩子　老人家，逢人减岁，遇货添财。我看你红光满面，今天有缘收个孙儿，传宗接代。

水上漂　少摆"聊斋"，快讲价钱！

人贩子　相因卖，十块大洋，这个娃娃就是你的了。

水上漂　漫天叫价，哼，我是艺人，不是财神。

〔水上漂扭头就走，人贩子缠着，左挡右拦。水上漂摆脱纠缠，直奔"耳幕"。

————川剧《变脸》 >>>>>

狗　娃　爷爷！

〔孩子首次开口，如同婴儿初啼，水上漂闻声猛然停步。

狗　娃　爷爷！

〔水上漂被呼声吸引，转过身来。

〔音乐起。狗娃目光嗷嗷待哺，水上漂目光殷殷垂爱，一老一小似被一根无形的情结牵引靠近。

〔水上漂决然摘掉草标，抱起男孩！

第二场

〔几天后，人贩子与人贩头在角落私议。

人贩头　老二，行情怎样？

人贩子　这几天出手十几条"牲口"，总共卖了这个价钱。（袖里交易）

人贩头　小猫小狗，油水不大。我看干脆放开手脚，牵一牵大户人家的肥猪儿。

人贩子　绑票？

人贩头　说文雅点，"请"嘛。只要能请到一个土老肥的小宝贝，那个价钱……

人贩子　要当它一百个狗娃！

〔水上漂内呼："狗娃！"

〔狗娃内应："爷爷！"

〔水上漂内呼："船拢码头，开饭，打牙祭喽！"

〔人贩子、人贩头隐退。

〔音乐锣鼓欢快，水上漂带狗娃驾舟舞蹈上。

水上漂　（唱）啊！一江风——

　　　　　　渔夫唱晚，古寺敲钟，

　　　　　　鸟儿归巢，鸭子归棚，

　　　　　　一群群携儿带崽回家中。

　　　　　　爷爷我家住在小船上，
　　　　　　漂流停泊芦花丛。
狗　娃　爷爷，靠岸。
　　　　　〔水上漂靠岸，系缆，弄炊，摆饭。
狗　娃　爷爷，喝酒。
　　　　　〔狗娃穿着一新，吃得香甜，给老人斟酒添菜，做事手勤脚快。
　　　　　水上漂怡然自得，饮酒抒情。
水上漂　（唱）芦花丛，白头翁，
　　　　　　娃娃敬我酒三盅。
　　　　　　往日独叹黄昏冷，
　　　　　　今朝笑看夕阳红。
　　　　　　沾阳光，好乘风，
　　　　　　老少有缘巧相逢。
　　　　　　呼爷爷，唤公公，
　　　　　　甜蜜蜜，乐融融。
　　　　　　三十年重圆天伦梦，
　　　　　　陪孙子唱儿歌啊——
　　　　　　我返老还童，
　　　　　　返老还童！
　　　　　〔老陪少，拍巴掌，手舞足蹈，合唱儿歌。
狗　娃　（唱）张打铁，李打铁，
　　　　　　打把剪刀送姐姐。
　　　　　　狗娃没姐姐，
　　　　　　剪刀送爷爷。
　　　　　　爷爷留我船上宿，
　　　　　　小小船儿飘荷叶。
水上漂　（与孩子同做摇船游戏）哈哈……
狗　娃　（唱）荷叶船，摇啊摇，

———川剧《变脸》

摇到外婆桥。

外婆桥，水淹了，

不见外婆只见桥！

苦命的狗娃没人要，

好心的爷爷双手抱。

水上漂　（搂抱孩子）小嘴巴好甜，哈哈……（回溯儿歌）"打把剪刀送姐姐"又没姐姐！"摇到外婆桥"又没外婆！狗娃，你的家在哪里？

狗　娃　我的家就住在船上，爷爷。

水上漂　爷爷是问你老家在哪里？

狗　娃　大水淹了，啥都记不得了。

水上漂　（黯然）狗娃，你姓啥？

狗　娃　我爹说，我就姓"苟"。

水上漂　你爹？前几天卖你那个人会是你爹？哪有亲爹卖儿子不流泪的？他满口生意经，明明是个人贩子嘛。（挽起孩子衣袖）看，打得来青一块，紫一块，对畜牲也不能这样下死手打呀！小苦瓜啊，你被那些黑心萝卜害得好惨啊！

狗　娃　（涕泣）爷爷……

水上漂　（抚慰）狗娃，打在你的身上，痛在爷爷心上。爷爷是个糍粑心肠，你有缘遇上我，时来运转了。从今往后，你就是我的孙子。哪个再敢欺负你，爷爷我给他拼命！（冲动，咳嗽）

狗　娃　（忙给老人家捶背）爷爷，坐……

水上漂　捶轻点，再轻点……

狗　娃　爷爷，还痛不痛？

水上漂　不痛，就是痒起来了。

狗　娃　爷爷，我给你抠痒。

水上漂　好，抠上去一点，下来一点，对了，舒服，好安逸……

〔音乐徐起，水上漂享受天伦之乐，拉起家常话。

水上漂　狗娃，爷爷也是个苦命人哪。爷爷的爷爷没有留下田地房廊，只

　　　　　　留下小船一只，闯江湖不宿客店，跑码头俭省号钱，我一辈子都在水上漂来漂去，年轻那时候，娶了一个婆娘，生了一个儿子……

狗　　娃　爷爷，你的婆娘儿子到哪里去了？

水上漂　唉，儿子出天花死了，独苗苗早就断了。婆娘哩，嫌我穷，跟男人跑了。哼，幸好，我没把变脸绝活儿传给她，从此赌咒再也不跟女人打堆了。呸，女人家，扫把星，去她妈的三十三！

　〔狗娃一震，停止挠痒……

水上漂　哎，咋个不抠了？

狗　　娃　（掩饰）我，我抠累了。

水上漂　莫累坏了，来，过来歇息。（将孩子揽到怀里）

狗　　娃　（依偎）爷爷，你真好。

水上漂　爷爷待你好，是对你有厚望啊。爷爷老了，越老越怕。一怕断了我家香烟，二怕断了祖传绝活儿，所以才收你做我的孙子。爷爷把心掏给你，教你变脸本事，望你给我传宗接代。

狗　　娃　（喜悦）爷爷，你教我变脸嘛！

水上漂　好，我先教你几句口诀。记住：家传绝技，独孤一枝。

狗　　娃　家传绝技，独孤一枝。

水上漂　传内不传外，传儿不传女！

狗　　娃　传内不传外，传儿不传……女……

水上漂　记清楚……传女背叛祖先……要遭天打雷劈哟……

　〔水上漂连声哈欠，渐转呓语，打起盹来。

　〔狗娃轻轻松松出老人怀抱，童心独语，对月抒情。

狗　　娃　（唱）月亮走，我也走，
　　　　　　我和月亮交朋友。
　　　　　　给你说句悄悄话——
　　　　　　我是黄毛小丫头！
　　　　　　又是喜，又是忧，
　　　　　　小丫头遇上好老头。

————川剧《变脸》 〉〉〉〉〉

　　　　心事不敢说出口，

　　　　害怕爷爷把我丢！

　　　　月亮走，我不走，

　　　　我和月亮分分手。

　　　　月亮躲进乌云后，

　　　　我愿留在小船舟。

　　〔音乐行弦，水上漂睡眼惺忪嘀咕。

水上漂　狗娃，你在干啥？

狗　娃　爷爷，我在看月亮。

水上漂　早点睡，明天还要赶场卖艺，快进舱去睡吧……哎，你到哪里去？

狗　娃　上岸去撒尿，尿了好睡觉。

水上漂　用不着上岸，就站在船头，往河里一冲嘛。

　　〔狗娃没法站着撒尿，趁老头朦胧打鼾，蹑手蹑足下船，拨开芦丛寻视方便之处。猛然发现草中一物，骇得步步后退。

狗　娃　（呼救）蛇！有蛇呀！

水上漂　蛇！

　　〔水上漂一跃而起，猛省出事，飞步上岸救护孩子，奋不顾身与蛇搏斗，抓住蛇尾一抖，甩进草丛。反身抱起孩子，跳上船头，喘息未定，忙着关怀狗娃。

水上漂　蛇咬着你没有？伤着哪里没有？

狗　娃　（惊魂未定）没有、没有，吓死我了！

水上漂　阿弥陀佛，保佑我孙儿逢凶化吉。（长吐一口气，责备）我叫你不要上岸，你为啥不听话……（忽感手腕疼痛，发现自己受伤）哎哟，老子被蛇咬一口，起先不痛过后痛！（急忙用嘴吮毒）

狗　娃　爷爷、爷爷，都怪我……

水上漂　（吐出毒液）端酒，擦洋火！

　　〔狗娃掌灯火，捧酒碗。水上漂喝一大口，喷到手腕伤口消毒。

　　　　　　再撕下衣裳一角，用灯火点燃布条，装进碗内。
水上漂　（命令）狗娃，撒尿！
狗　娃　（一怔）尿！
水上漂　童子尿，拌布灰，祖传单方，消肿去毒！快撒尿！
狗　娃　（猝不及防，失去对策，本能地捂住裤子后退）不，不……
水上漂　（疑心顿起，似有所悟，厉声催逼）你，你咋个了？快撒尿！
狗　娃　（被迫哭叫）我，我是女的！
水上漂　啊！（恍然大悟，重新审视假小子，气得双手颤抖）格老子的眼睛瞎了！
　　　　〔酒碗粉碎，灯火熄灭。暗中，远处吼起无词的川江号子……
　　　　〔复明，满天阴霾，满江愁浪。水上漂手腕伤口已草草包扎，闷坐岸边，狠抽旱烟。狗娃在一旁愧疚而紧张地等待老头取舍。
狗　娃　爷爷……
水上漂　（苦笑）谁是你的爷爷？格老子一场空欢喜！（斥责）你小小年纪就充当假货，串通人贩子来骗了我老江湖。
狗　娃　（断续分辩）我不是骗子。我被卖过七次了，都嫌我是女娃子，都把我当牲口卖……我怕说出来，你也把我卖了。
水上漂　我不会卖你，可也不会留你。男娃子是个宝，女娃子是根草，格老子要宝不要草。这是盘缠，这是干粮，送给你，自谋生路去吧。
　　　　〔水上漂送钱送粮，欲解缆登舟。狗娃呼叫下跪，抱住老头后腿哭泣。江水呜咽，为之帮腔。
　　　　〔帮腔人幕内代言：
　　　　　　小小心灵受损害，
　　　　　　童言诉苦童声哀——
狗　娃　（唱）千不该，万不该，
　　　　　　不该错投女儿胎！
　　　　　　不该生在穷乡里！

———川剧《变脸》

    不该遇上大水灾！

    被人拐，被人卖，

    被人骑，被人踩……

    只见人人良心坏！

    鞭打牲口爬悬崖。

    没想到世上还有好人在，

    爷爷出现笑颜开。

    把我当作人看待，

    亲亲热热贴胸怀。

    舍不得这份情啊！

    割不断这般爱！

    天上雁鹅排对排，

    扯烂衣裳不分开！

    好雁鹅快飞来，

    给狗娃帮腔说情补补台。

 〔帮腔人应声而出。

帮腔人 啊！

    帮腔帮她说句话，

    幕后走到台前来！

    满场观众也悲哀，

    要求老汉留女孩！（隐退）

水上漂 （唱）老汉心并非铁石块，

    是留是丢几徘徊……

狗 娃 （抓住一线希望，急唱）【快板】

    我比男孩更勤快，

    能干粗活能挑抬。

    下河帮你洗铺盖，

    煮饭帮你劈干柴……

　　　　　　你桌上只添一双筷，

　　　　　　我不贪嘴，不挑菜，

　　　　　　学本事，听安排……

　　　　　　爷爷呀——

　　　　　　你收个孝顺的孙女划得来！

水上漂　（唱）可怜可爱，

　　　　　　好灵好乖，

　　　　　　催人滚滚泪！

　　　　　　背着娃娃揩……（反身望天三思）

　　　　　　雁鹅阵阵飞天外，

　　　　　　炊烟袅袅起楼台。

　　　　　　我家香烟今何在？

　　　　　　愧对祠堂祖先牌。

　　　　　　养儿方能续后代，

　　　　　　女生外向招祸灾。

　　　　　　事出无奈，

　　　　　　快快丢开。

　　　　　　狗娃休把老汉怪——

　　　　　　重男轻女自古来！

　　〔水上漂心一横，跺脚推开女孩，跳上小舟，轻篙一撑，船如箭发，开往下游。

　　〔狗娃沿着河岸追赶小舟，踏进浅水呼唤爷爷，水漫到膝，波涌到腰……

　　〔水上漂回头一看，女孩在水中沉浮……

水上漂　死丫头，不要命了！

　　〔水上漂嘴上大骂，行动却很果断——投河救人！

　　〔艺人不愧外号水上漂，弄潮之术极高，迅速救起女孩。

狗　娃　（一息尚存）爷爷……

――――川剧《变脸》 〉〉〉〉〉

水上漂　死丫头，蚂蝗缠到鹭鸶脚，想甩脱又甩不脱啊！

　　　　〔男领腔：过了一滩又一滩，

　　　　　　　　　前面还有十八弯。

　　　　〔川江号子无奈地长叹……

第三场

　　　　〔几月后，某城戏园门前，竖立戏牌。外场管事吆喝接客。

管　事　诸位，要开戏啰。

　　　　〔护国军内呼："立正！"

　　　　〔护国军、"玩友副官"引出"傻儿师长"。

管　事　师长驾到，有失远迎。梁老板在后台扮妆，吩咐小人出来接待。

师　长　管事，今天这台《舍身崖》是哪条河道的戏哟？连我手下这一伙"玩友副官"都说不出个唐宋元明清。

副　官　是不是三庆会窝子头的"改良川剧"哟？

师　长　（满口术语）不！我猜是目连戏《观音得道》。

管　事　（奉承）内盘儿、内盘儿，您老人家真是艺术人的"福星"啊！

师　长　莫奉承。我是戏迷，命中注定，该给戏班子捧场。（带人下）

　　　　〔丫头、奶妈引高家少奶奶上，奶妈牵着三岁少爷天赐。

管　事　高家少奶奶光临，小人给少奶奶请安。哎哟，孙少爷都这么高了，贵人天赐，一脸福气。

少奶奶　管事，今天这台戏苦不苦啊？

管　事　苦得很，比《安安送米》还苦呃。

少奶奶　我就是喜欢看苦戏，不苦不过瘾，越苦越安逸！丫头子，手帕带够了没有？

丫　头　（捧出一叠手帕）带了这么多，够不够？

少奶奶　嗯，够我揩眼泪水了。奶妈子，你把孙少爷带好，临场莫叫唤，我好专专心心看苦戏！

管　　事　请进包厢。(引少奶奶一行人下)

〔人贩头、人贩子尾随上，窃窃私议。

人贩头　盯住那条小肥猪，手脚要做干净。(窜进戏园)

〔水上漂带卖艺家什上。

水上漂　戏园门口人多热气大，正好扯圈子做生意。狗娃出场，翻——

〔水上漂敲锣，狗娃翻跟斗上。她已还原女装，头扎羊角小辫，模仿卖艺口诀。

〔管事上。

管　　事　水上漂，你到戏园门口扯圈子，关公庙前卖大刀啊！

水上漂　戏园亮煌煌，在下借个光。

管　　事　梁老板就在园子里登台压轴，老师傅走到门口也不顺便进去看看戏吗？

狗　　娃　老板(一听被吸引)老板，你常常夸奖活观音的戏唱得好，今天就让我牵着你的衣裳角角儿进去瞅一眼嘛。

水上漂　好，带你去长长见识。可也不能看白戏，要买两张票。

管　　事　内盘儿买啥子票啊，快进去看压轴戏。(引水上漂、狗娃进戏园)

〔佛乐梵音响彻戏台，正唱到金面佛祖差遣十八罗汉。

佛　　祖　将昏王押上来！

众罗汉　领法语。

〔罗汉押一老年囚犯到台侧，做打入地狱状。

〔慈航内呼：佛祖手下留情！

众罗汉　(仰望)三公主慈航来也！

〔梁素兰扮演慈航(即观音)从空而降，做吊挂悬岩姿势。

慈　　航　火烧白雀寺，非我父王本意，望佛祖开恩，念我慈航一片孝心，饶我父王一条老命。

佛　　祖　法门不二，天规不饶。

慈　　航　佛祖若不准情，我便割断绳索，跳下舍身岩，与我年迈父王同归于尽啊。

───川剧《变脸》 >>>>>

众罗汉 （阻止）三公主不可轻生啊。

狗　娃　跳不得啊！

佛　祖　（无动于衷）何必阻拦，由她去吧。

〔慈航割绳跳岩，台下惊呼！

〔佛祖彰扬慈航，罗汉释放老囚，慈航盘膝莲台，冉冉上升，观音从此得道。

师　长　（台下欢呼）观音得道了，放火炮！

〔鞭炮齐鸣，傻儿师长带领护国军从现场观众席巷道登上舞台捧场。

〔护国军抬着竹竿，竿上晾满绸缎衣料礼物。师长大冒傻气，向活观音行合十佛礼。观音、佛祖、罗汉、老囚摘下帽子、面具、髯口，向台下行民国三鞠躬礼。

〔师长携活观音进马门，众人四散退场。

〔唱戏的与看戏的混杂一台之时，高家少奶奶也随大流挤在当中。戏迷沉进剧情，独自啧啧回味。

少奶奶　这个戏苦得有盐有味儿，看了上本还想看下本。（低哼"朝山拜佛"调门）文殊呃，普贤啊，当不隆冬呛呛，当当呛……（忽然发觉站在台上，环顾四周）哎，这是啥地方？我咋个拱到戏台上来了？（呼）奶妈子，丫头子，你们钻到哪里去了？

丫　头　少奶奶，我在这儿！

奶　妈　少奶奶，挤不过来！

少奶奶　孙少爷呢？你把娃娃带好，不要挤掉了！

丫　头　（大叫）少奶奶，锣鼓一响，你拍巴巴掌……

奶　妈　（大叫）是你牵着孙少爷，随大流挤到台子上……

少奶奶　（侧耳听）你说啥？是我把娃娃牵上来了？（寻视）牵到哪里去了？（惊呼）糟了，娃娃挤掉了！奶妈子、丫头子，快去找娃娃哟！

〔奶妈、丫头应声分别从现场寻出太平门。

〔人贩子拐走小天赐，混乱中溜走。

〔少奶奶急得团团转，做拥挤寻人身段，与水上漂、狗娃对碰。狗娃手捧小型瓷器观音，被碰被挤。老翁女孩一同绊倒。少奶奶急下。

水上漂　人挤人，挤死人！狗娃，你在哪里？

狗　娃　老板，我在这里。（爬起摸索）

水上漂　这里是哪里？（一听水声"哗哗"）嘿，一转身挤到河边上来了！

狗　娃　哈哈，一跟斗摔到家门口来了！老板，你没有摔坏吧？我搀你上船。

水上漂　我不要紧。哎，刚才梁老板在后台送我们那个瓷观音该没有打烂吧？

狗　娃　（怀中捧出瓷塑）这个小菩萨跟戏台上的三公主一模一样。三公主从那么高的舍身岩上跳下来都没事儿，这小菩萨也经得摔，打不烂。

水上漂　（检查瓷塑完好无损）平安吉祥，抱回船去供起。（入舱，供奉观音，唱）

　　　　宝剑赠烈士，

　　　　红粉赠佳人。

　　　　梨园朋友赠礼品，

　　　　活观音送我瓷观音。

　　　　早烧香，

　　　　晚敬神，

　　　　渴望净瓶杨枝水，

　　　　祷告南海紫竹林。

　　　　菩萨呀，可怜我想儿成病……

狗　娃　（跟着拜佛，唱）

　　　　菩萨呀，我会对老人尽孝心。

水上漂　唉，不要乱扯藤藤！你是帮工打杂的，孝心再好也管不长久。起

———川剧《变脸》 >>>>>

来，劳累一天，你该歇息了。

狗　　娃　（习惯性地练功压腿，小脑袋一啄一啄）老板，我精神好，再练一趟功。

水上漂　（以骂的口吻赞叹）死丫头，干活不歇息只抢重头！吃饭不拈肉光抢骨头！赖着不想走自讨苦头！挨骂不还口没有舌头！

狗　　娃　（笑）我有舌头，还口了——你这个老头，刀子在口头，豆腐在心头！哈哈……

水上漂　（失笑）嘿嘿……（忽又板起脸孔）不准笑！死丫头，人小鬼大，一踩九头翘。几个月就学到了我几十年的卖艺功夫……

狗　　娃　（摇头）唉，我还没学变脸嘞！

水上漂　（警觉）变脸？

狗　　娃　（好奇）老板，你的脸变得好神啊！窍门在哪里呢？

水上漂　（训斥）我给你点颜色，你就想开染房！莫把肠子想断了。我留这一手，肥水不落外人田，怎会传给女娃子？

狗　　娃　（反抗）女娃子咋个了？男娃子干的活路我都能干，我哪一点也不比男娃子差。

水上漂　你就是差一点，你差个茶壶嘴嘴儿！

狗　　娃　（忽然提出奇怪的问题）菩萨有没有茶壶嘴嘴儿？

水上漂　（一怔）啥子菩萨？

狗　　娃　看——（举起瓷塑观音，理直气壮）观音菩萨是女娃子，你为啥给她作揖叩头？

水上漂　这……（被问住了，搔头强辩）我好像听哪位禅师说过：观音菩萨是女貌男身……

狗　　娃　不对！（挥舞小手，指点观音半袒隆起的双乳）观音菩萨就是女的，她有奶！她有奶！

〔水上漂目瞪口呆，无言答对，渐渐隐退。

〔帮腔人内唱：童言无忌，

　　　　　推理出奇！

　　　　　　天真的想象插双翼，
　　　　　　　幼稚的提问触禅机——
　　　　〔天幕闪耀大大小小的问号。
　　　　〔周围幻化为童话世界。陆续出现莲花开放，彩蝶飞舞，猫趣犬乐，鸡雏之爱，羊羔之情……
　　　　〔女孩心灵纯洁，渴望美好，上下求索。
狗　娃　（唱）观音跳岩唱苦戏，
　　　　　　　狗娃低头猜哑谜。
　　　　　　　三公主是男还是女？
　　　　　　　舍身岩在东或在西？
　　　　　　　好人活在我心里，
　　　　　　　洁白莲花出污泥。
　　　　　　　为什么一草一木有情义？
　　　　　　　为什么猫通人性叫咪咪？
　　　　　　　为什么羊羔喂娘跪在地？
　　　　　　　为什么母鸡天生爱小鸡？
　　　　　　　是鸡生蛋？
　　　　　　　是蛋生鸡？
　　　　　　　生死好像车轮转，
　　　　　　　又哭又笑变脸皮！
　　　　　　　变得快，变得奇，
　　　　　　　变出蝴蝶五彩衣。
　　　　　　　机关窍门在哪里？在哪里？
　　　　〔帮腔人内唱：娃娃好奇探秘密！
　　　　〔狗娃悄悄开箱寻底，取出脸谱。天黑看不清楚，女孩掌灯，照亮一张一张彩色斑斓的面具。
　　　　〔狗娃在猜测变脸技法，左比右试，不得要领。她将薄薄的脸谱绷伸，放到灯前透视。

————川剧《变脸》 >>>>>

〔江风一吹，火苗一飘，面具燃起！狗娃慌忙扑火，但风助火力，顷刻蔓延。

狗　　娃　（骇得大哭大叫）老板、老板，救火啊！

〔水上漂急上扑火，大骂顽童。

水上漂　死丫头，你烧我的窝子啊！这回饶你不得，滚，给我滚！

狗　　娃　（羞愧，无地自容）我滚，我滚！

〔狗娃捂面出走，水上漂余怒未息……

〔烈火冲天，哭闹交织……

第四场

〔半月后，艄子轻舟载活观音上，行船舞蹈。

活观音　（唱）频传绑架儿童案，

又闻火烧乌篷船！

世上疮痍多忧患，

台上老唱大团圆！

我化装打扮救世主，

下装长叹做人难！

〔水上漂埋头撑船，与活观音轻舟擦舷而过。

活观音　（连声招呼）老师傅、老师傅，久违了。

水上漂　（回顾还礼）啊，是梁老板！行色匆匆，迁往哪座台口？

活观音　我赶往下游码头唱堂会。

〔锣鼓作"云里白"，移船放流，飘荡对话。

活观音　老师傅，怎不见你那个乖巧的小女娃子？

水上漂　就是这个死丫头玩火闯出祸来。她做错了事，怕我责怪，当天夜里她就跑了！

活观音　哎呀，好可惜。老师傅呃，你打起灯笼火把，也找不到这么一个又乖巧又能干的小帮手啊！

水上漂　（流露惋惜）找不到了。她就像江上的浮萍……她自己跑了，我还想她则甚？滚她妈的三十三！

活观音　哈哈，你离不开小女娃子，小女娃子也离不开老爷爷。她此时说不定在想念你，你不觉得耳根发烧吗？

〔水上漂摸耳……

〔二船分开，艄子轻舟载活观音踏波远去。

水上漂　（怅惘）唉，俗话说得好：癞子在，嫌癞子丑；癞子走了，砍断一只手！（靠岸泊舟，唱）

又是船泊芦花荡，

又是炊烟绕斜阳。

只听见归巢鸟儿在歌唱，

再没有鸟儿一样的小姑娘！

狗娃啊——

你哪里流浪？流浪何方？

〔追光映出狗娃，蓬头垢面，露宿荒郊。

狗　娃　（唱）流浪啊，到处流浪，

草作铺盖天作帐，

砖当枕头地当床。

半夜三更睁眼望，

梦见睡在小船舱！

老板啊——

你哪里划船？船靠何方？

水上漂　（唱）偏东雨，

狗　娃　（唱）隔堵墙。

水上漂　（唱）西边落大雨，

狗　娃　（唱）东边出太阳。

水上漂　（唱）江上朝霞红似火，

狗　娃　（唱）看见霞光想火光！

————川剧《变脸》 >>>>>

水上漂　（唱）你失火，我原谅。

狗　娃　（唱）我惹祸，自惊慌。

水上漂　（唱）望你回到我船上，

狗　娃　（唱）没脸留在你身旁。

水上漂　（唱）哪里去？

狗　娃　（唱）走四方。

水上漂
狗　娃　（合唱）老天爷，

　　　　　　　保吉祥。

水上漂　（唱）保佑娃娃吃白米，

　　　　　　　遇着个善人好心肠！

狗　娃　（唱）保佑老板得兴旺，

　　　　　　　收个孝子好儿郎！

〔水上漂渐隐退。

〔狗娃踽踽独行，黑影尾随于后。人贩子揪住女孩，不由分说，拖进巢穴。

人贩子　狗娃，山不转水转，你转回来了，就老老实实帮"爹"做事。

〔狗娃仇视，沉默……

人贩子　大半年不见面，你聋了？哑了？不会说话了？

狗　娃　（苦笑）又到了贵龙码头，鸟儿关进笼子头，还有啥子说头？

人贩子　嘿，嘴巴学油了，皮子造痒了，看打！

〔人贩子举鞭欲打，高处传来了孩子哭声。

人贩子　听着，阁楼上面老地方，关了一个三岁娃娃，不吃不睡，吵得烦人。你上楼去哄娃儿乖乖睡觉，莫哭莫闹。我免你一顿打，赏你三顿饭。去，快去！

狗　娃　莫吼，我找得到路。

〔人贩子驱赶狗娃上危楼，抽了楼梯。

狗　娃　我晓得你会抽楼梯！

人贩子　老地方，老规矩，跟从前一样！（下）
狗　娃　（独白）楼是一样，人不一样了！我学了本事，会爬竿，会跳高，还会走绳子！
　　　　〔狗娃熟悉地在角落里打量啼哭的小孩。高家孙少爷天赐已无华丽的外衣，剥出来折腾成邋遢娃儿。
　　　　〔狗娃见小孩身边有食物，饥不择食，以手代筷，狼吞虎咽。
　　　　〔天赐见狗娃吃得香甜，停止哭泣，将手中干粮递给狗娃。
天　赐　姐姐，姐姐。
狗　娃　你从哪里来？你是小弟弟，还是小妹妹？
　　　　〔天赐一问摇头三不知……
狗　娃　你叫啥名字？
天　赐　（奶声奶气）天赐。
狗　娃　你姓啥子呢？
天　赐　（依然）天赐。
狗　娃　嘿，只会说"天赐"？又哭起来了！来，姐姐抱。（搂抱哄睡）
　　　　〔两个孩子渐隐。人贩子伴人贩头上。
人贩子　老大，你听，楼上小儿停止夜哭，狗娃这个丫头还真顶用。
人贩头　交票限期快到了，高家财主答应出钱，后天在山神庙会哨，钱货两清。老二，水口把紧，门户守牢，不要大意失荆州！
人贩子　老大放心，煮熟的鸭子不会飞。前面抽了楼梯，后面窗外是悬崖。两个小娃儿又没长翅膀，要想跑，除非是爬壁虎儿！
狗　娃　（楼上独白）对不起，我就是爬壁虎儿，牵牛藤藤顺墙爬！
　　　　〔阴锣鼓起，人贩头与人贩子隐没。狗娃翻寻、整理绳索。
狗　娃　天赐，你有茶壶嘴嘴儿，爷爷会喜欢你。我把你带走，送给爷爷，好吗？
天　赐　（嘤嘤学语）爷爷，爷爷……
狗　娃　爷爷叫水上漂，良心好，本事多。我爬竿、跳高、走绳子……都是爷爷教的。爷爷也会教你！

〔狗娃说着将长绳一头系紧窗户,一头甩出窗外,身段舞蹈,背缚天赐。

狗　娃　天赐听话,抓住姐姐,不要松手,跟我跳——
　　　　〔切光。佛乐木鱼声声!
　　　　〔水上漂拎着香袋回船,忽见船头坐着一个陌生男孩。

天　赐　爷爷!
水上漂　哪个是你的爷爷?
天　赐　水上漂!
水上漂　(惊喜)你、你叫啥名字?
天　赐　天赐!
水上漂　你姓啥?
天　赐　我姓天赐!
水上漂　天赐!苍天所赐,菩萨灵验啦!(举起天赐)天赐,快说,你从哪里来?
　　　　〔天赐一问摇头三不知……
水上漂　哪个带你来的?
天　赐　姐姐!
水上漂　(愣住)姐姐?(忽然省悟)啊,是狗娃!(急问)她在哪里?(四处呼唤)狗娃、狗娃……
水上漂　(回顾天赐)不忙,看是不是妹妹。(撩起叉叉裤,验明正身)哈哈,有个茶壶嘴嘴儿!
水上漂　孙子,是孙子啊!哈哈……
　　　　〔水上漂得意忘形,举起天赐绕圈子!
　　　　〔暗中闪出狗娃身影,在远处替老人高兴……

第五场

〔某城警察局。警笛口哨长鸣,警察小跑集合,面向台口。
〔警察局长背朝观众,向部下发号施令。

警　察　立正！

局　长　局里得到几处举报，被绑架的高家孙少爷天赐在合江门附近船上露面。二支队立即赶往合江门，包围小船，抓贼救人，立功领赏。（众警察一溜小跑下）

〔警察局长转过身来，扶扶大盖帽——面貌肖似人贩头！多了两撇当时军警流行的翘角胡须。

〔台侧乐队哗然争看，七嘴八舌议论。

乐　队　快看，变脸了——绑匪头子变成警察局长了！

局　长　（正襟危坐）什么"变脸"？官府当局从来都是一成不变，一脸正经！

乐　队　（吹拉弹唱）一人双扮演，

　　　　　　警匪分两边！

局　长　（唱）民间闹拐骗，

　　　　　　政府管治安。

　　　　　　有官就有案，

　　　　　　有案就有钱。

　　　　　　一任警察局，

　　　　　　几千大银元！

　　　　　　不算贪，

　　　　　　算清廉。

　　　　　　爱民如子，

　　　　　　执法如山！

乐　队　（吹拉弹唱）山连山，水连水，

　　　　　　官与盗，盗与官！

〔警察上。

警　察　报告：公务执行完毕，人贩子与小孩子一并带回来了。

局　长　啊，这样轻巧？坛子头捉乌龟——手到擒来！

〔警察下。稽查科长上，面貌肖似人贩老二！多了一架文质彬彬的眼镜。

———川剧《变脸》　〉〉〉〉〉

科　　长　　报告：高家少奶奶闻风而至，迫不及待来领小孩。

局　　长　　费用没交齐，我们稳一手，看见兔子才放鹰。

〔丫头、奶妈拥少奶奶上，坐下就嚷。

少奶奶　　儿啦，我的儿呢？

科　　长　　自从贵府悬赏寻人以来，局长操心，警察奔忙，大海捞针，虎口救人。今日与绑匪血战合江门，局长以身殉职……

局　　长　　嗯？！

科　　长　　啊……身先士卒，警察英勇搏斗。现在虽然救出天赐，然而少奶奶还不能领回府去。公事公办，许多手续有待清理清理……

少奶奶　　清理清理？直说，领人要交钱嘛？这个漂亮，少奶奶操了！（掏出银票）

科　　长　　大方。

少奶奶　　我算了一下账：绑匪来信敲诈勒索，也要的这个要的这个价钱，捆起绑起差不多！

局　　长　　你咋个混为一谈呢？（与少奶奶争执）

科　　长　　皆大欢喜，有请天赐少爷！

〔警察引出天赐。少奶奶、丫头、奶妈一拥上前，争相呼唤。小孩久别家人，有些陌生，在哭叫包围中不知所措！

少奶奶　　天赐，幺儿，你认不得妈了……

奶　　妈　　天赐，快喊妈。

天　　赐　　（大呼）妈！

〔母子团圆，啼哭交织，帮腔人助以《莫词歌》之类。

少奶奶　　帮腔的，快帮啊，我要唱一板！

科　　长　　少奶奶和孙少爷请回府团圆，这里忙着办案审人贩！

少奶奶　　（一听人贩，激情更加，说说唱唱，自念自帮）骂人贩，遭天杀……

局　　长　　送少奶奶，带人贩子！

〔警察内呼："带人贩子！"

〔丫头、奶妈，拥少奶奶、天赐下。

〔水上漂上。

水上漂 （唱）大吼一声衙门开，
　　　　　　黑衣警察两边排。
　　　　　　遭遇曲折三道拐，
　　　　　　人生好似戏一台。
　　　　　　昨日喜得小宝宝，
　　　　　　今日变成大祸胎。
　　　　　　老天给我开玩笑，
　　　　　　玩笑开得好悲哀！
　　　　　　哀含笑，笑含哀，
　　　　　　口喊冤枉上堂来。

警　察　走！（一掌推入）

水上漂　（跪呼）长官，我冤枉啊！

局　长　中华民国废除跪拜。文明办案，坐下受审。

水上漂　（自我庆幸）菩萨保佑，我遇着一个清官！（坐下就说好话求澄清，艺人语言随口溜出）长官大人一脸文明，作古正经。清如水，明如镜，公平如秤，断案如神。清官在上，决不会冤枉良民。

科　长　嘿！出口一套一套，像是卖狗皮膏药？

水上漂　报告长官：我不卖膏药，是卖艺变脸⋯⋯

局　长　少啰嗦，你叫什么名字？

水上漂　报告长官：我姓水，小名水生娃，艺名水上漂。

局　长　好野的外号！（揶揄地）原来是江湖老手，失敬、失敬。

水上漂　不敢、不敢，凭手艺吃饭，靠本事跑滩。（下意识行袍哥礼）

科　长　嘿，丢"歪子"！你"嗨"过袍哥？

水上漂　"嗨"过、"嗨"过。兄弟我早在青龙背上虚占义字一名幺大，仰仗拜兄栽培提拔。

局　长　（顺藤摸瓜）说下去——谁是你的拜兄？哪路浑水袍哥？同伙有

——川剧《变脸》 >>>>>

多少？棚口在何方？快说，快招！

水上漂　（沮丧地）唉，我自己说来笼起了！（自打耳光）

科　长　自己笼起自己叫，自己挖坑自己跳。你怎样拐卖儿童？怎样绑票撕票？还不从实招来。

水上漂　（赌骂）上有天，下有地，几个雷公几个闪？几个腰子几个胆？我怎敢拐卖儿童，你们弄错了！

局　长　没错，高家孙少爷就在你的船上！

水上漂　（叫屈）天嗬，我咋个知道他是少爷哟？只晓得他叫天赐。

局　长　哼哼，天赐！真是从天上掉下来的么？

水上漂　水有源头树有根，是狗娃送给我的。

局　长　狗娃？

水上漂　（实事求是）狗娃见我年老无后，送个茶壶嘴嘴儿给我当孙儿。

局　长　（捕风捉影）狗娃在哪个棚口？哪座山头？后台是座山雕？是钻山豹？茶壶嘴嘴儿又是谁人的外号？

水上漂　（失笑）哈哈，我说你们弄错了嘛。（认真解释）狗娃是九岁女娃子，这么高，这么小，茶壶嘴嘴不是外号——（小声）开裆叉叉裤，来尿的。

警　察　（竖耳谛听，哄堂大笑）哈哈……

局　长　不准笑！

科　长　不准笑！

〔警察捂着嘴巴，背过身去。

局　长　（拍案）装疯卖傻，嘲笑公堂，分明是老油条滚大案！

水上漂　（无奈哀告）长官呃，这件事说好大有好大，说好小有好小。你若真想弄清楚，我几句话就能说分明；你安心给我加罪名，我浑身有口也说不清！

科　长　（弦外有音）照你说来，这桩案子能伸能缩，可大可小。好，算你懂窍。设法通知你的铁杆弟兄，喊起来画押取保！

水上漂　（一怔）取了保，就放我么？

171

科　　长　（低语）如此如此，这般这般……（暗比手势）

水上漂　（咂舌）我的天，好大的价钱！

科　　长　一分钱一分货，你是条大肥猪啊！

水上漂　长官呃，你一亮底牌，我们双方都变脸了！

科　　长　（愕然）变脸？

水上漂　我变成被你绑票，你变成绑票要钱！

局　　长　啥子话？

水上漂　老实话！

局　　长　（大怒）拉下去，打打打！

〔警察拖拉水上漂下，拷打惨叫声声。

科　　长　看来榨不出什么油水？

局　　长　那就把那十几桩拐卖绑票案一齐打在他的头上，关进死囚牢——

〔警察局长、稽查科长隐退。一缕追光照射站堂的老警察背影。

〔帮腔人在拷打惨叫声中咏叹：

　　　　天下乌鸦一样昏，

　　　　洪洞县中无好人！

老警察　（转身答话）莫把话说绝了。洪洞县中怎么无好人？《苏三起解》还有个崇公道嘛！我今天也做一点好事，放个小女娃子进来探监。（呼）水上漂，有个小女娃子看你来了——

〔狗娃内呼："老板！"

〔狗娃奔上，水上漂拖镣戴铐上，面如死灰，遍体鳞伤。

水上漂　狗娃！

老警察　水上漂，有什么后事快点交代。时间抓紧，不要喧哗！（下）

狗　　娃　（扑到水上漂身边，唱）

　　　　阴风惨惨寒冷夜，

　　　　活天冤枉监牢黑。

　　　　只怪狗娃想答谢，

　　　　送个孙儿报恩德。

　　　　　藤儿牵，叶儿扯，
　　　　　扯成乱麻打死结。
　　　　　害得你，好"造孽"——
　　　　　坐牢挨打流鲜血！
水 上 漂　（悲痛至极，强颜欢笑，唱）
　　　　　小狗娃，莫悲切，
　　　　　铁窗外一轮团圆月。
　　　　　老少重逢监牢内，
　　　　　今夜偏是，中秋节。
　　　　　前生欠你断头债，
　　　　　今生才会结冤孽。
　　　　　不怪女孩怪命运，
　　　　　秋风无情扫落叶。
　　　　　今夜晚，是永别，
　　　　　秋后推上死囚车。
　　　　　待明年，清明节
　　　　　到我坟前烧纸蝶！
　　　　　奠酒一杯五粮液，
　　　　　怪味胡豆加两碟，
　　　　　麻婆豆腐祭死者；
　　　　　张打铁，李打铁，
　　　　　打把剪刀送姐姐。
狗　　娃　老板！（泣不成声，唱）
　　　　　这世道遇了邪，
　　　　　黑的说成白！
　　　　　白的说成黑！
　　　　　娃娃能分好与孬，
　　　　　大人为啥不明白？

哎呀呀，

官老爷：

告状怎样办交涉？

我有手不能写！

有字认不得！

求叔叔，求伯伯，

一声娘，一声爹——

喊冤喊得声气涩。

我家老板没有罪啊，

他、他、他不是绑票贼。

这场大祸是我惹，

杀狗娃不要杀爷爷！

水上漂　狗娃！（感动，老泪涕零，唱）

就凭你这番心肠热，

格老子死了也值得。

休看娃娃是女子，

比多少七尺男儿有人格！

休看娃娃才九岁，

比多少千岁万岁有道德！

我早该向她传绝技，

想传授……已没有几分时刻！

悔之晚也，

悔之晚也，

绝技失传香烟灭！

老警察　（急上）小女娃子快走，查监了，查监了，快走！

〔狗娃不舍，被老警察强拉下。

水上漂　狗娃，转来，教你变脸！……变脸了！又变了！变了！都变了！

〔水上漂变态，狂呼惨叫……

——川剧《变脸》 〉〉〉〉〉

第六场

　　　　　　〔古城文庙，川军某驻地。

合　　唱　　师部驻扎文庙内，

　　　　　　笙箫伴和军号吹。

众　　唱　　风雅将军爱国粹，

　　　　　　玩友师长有口碑。

　　　　　　〔活观音内呼："师长！"气喘吁吁上，急促一礼。

师　　长　　哟，观音菩萨，只有你跨进我这道门坎不喊"报告"！

活观音　　哎呀，师长！事关人命冤案，后天就要绑赴刑场。我赶着代写状子一张，请师长过目一览。

师　　长　　（玩友术语应付）梁老板，你的鼓签子就这么递过来，是逼我吹一支"紧风入松"啊！

　　　　　　〔吹奏紧急牌子，师长匆匆敷衍看状。

活观音　　师长一目了然，必会一手解危。

师　　长　　对不起，手长衣袖短，爱莫能助。

活观音　　（正色）师长，你们国民革命军是仁义之师啊！

师　　长　　素兰嘞，案子与你何关何涉，你何必找些虱子到头上爬哟？

活观音　　我这样弯腰赔笑代人说情，一是可怜水上漂含冤送命，二是可惜老师傅绝技失传，三是被一个小女娃子的孝心感动。师长，你来看——

　　　　　　〔活观音招手，管事引狗娃上，满身风尘，额有血痕。

狗　　娃　　师长，伸冤啊！（张开大写"冤"字的白布，跪步膝行，牵衣叩头）

　　　　　　〔帮腔人内唱：耳听冤枉，

　　　　　　　　玩友师长暗思量……

师　　长　　（背唱）面带玩相，

　　　　　　心头嘹亮。

　　　　　师长是本色，

　　　　　玩友是装潢。

　　　　　多管自家升与降，

　　　　　少管民间瓦上霜。

　　　　　慈悲人莫当官长，

　　　　　当官长铁石心肠。

　　　　　手一挥，

　　　　　脸几张——

　　　　　笑脸玩川戏，

　　　　　翻脸打官腔！

活观音　（催问）师长……

师　长　对不起，地方上的案子，军队管不了。

副　官　（已知长官意图）师长，围鼓摆好，各路玩友到齐，等您去坐"统指"。

活观音　师长……

师　长　（板下脸来）梁老板，师部今天是请你来打围鼓，你不要给师部出难题。（下）

管　事　（暗念）脸变得好快，扯根眉毛就不认人了！

活观音　（搂住女孩）狗娃，莫看梁老板虚名在外，上下周旋；其实我也跟水上漂一样，是个卖艺的，只有陪有权有钱之人玩耍而已！

管　事　狗娃，我送你回班子去，走。

狗　娃　（仰视屋宇）完了，完了，完……

　　　〔围鼓大作，佛乐梵音。师长高坐"统指"，打小鼓兼说唱自娱。戏到压轴，夜过中宵，一折《舍身岩》煞尾。活观音清唱主角，各路玩友伴奏帮腔。

师　长　众罗汉听旨：速将下界小国昏王打入阿鼻地狱，永世不得超生。

众玩友　领法语。

活观音　佛祖手下留情！

———川剧《变脸》

众玩友　三公主慈航来也！

活观音　望佛祖念我慈航一片孝心，饶我父王一条老命啊！

师　长　法门不二，天规不饶。

活观音　佛祖若不准情，我便割断绳索，跳下舍身岩，与我年迈父王同归于尽！

众玩友　三公主不可轻生。

师　长　何必阻拦，由她去吧……

〔清唱到此，忽然屋顶传来狗娃呼吁。女孩腰系长绳，从房檐下来，倒悬两丈——显然是效法《舍身岩》救父的观音！

〔梁发现了什么，叫"狗娃"。

〔众绅士挤向台前指高处议论，一个女娃，这么高？啥事，啥事，同时师长、副官皆起看。

狗　娃　师长，水上漂冤啊！

师　长　（惊望）这场围鼓虚虚实实，假戏成真。梁素兰，莫非是你口授心传巧安排？

活观音　我？我安排不出她那种赤子心肠！（仰呼）狗娃，这样悬梁告状，摔下来粉身碎骨，你不要命了！

狗　娃　师长，水上漂没有拐骗小孩，那小孩是我救出来送到船上的。师长，你要伸冤做主啊……

活观音　师长通商量。

师　长　这事没商量。不管就是不管。

狗　娃　师长不管，我就割断绳索摔死！

活观音　狗娃，你不要白送性命。

师　长　哈哈，小孩子吓唬起大人来了。我不信她真不要命。让她摔吧，我们喝酒去！走，走！

活观音　师长，我……

狗　娃　老板，我先走了！

〔师长带众玩友欲归座继续作乐；狗娃绝望惨呼，决然割断绳索，摔下高楼！

〔活观音闪电一样冲过去，双臂接住女孩。冲力太大，两人紧抱，滚下几级台阶。

〔师长震撼，满场发呆，一时鸦雀无声。

〔活观音手抚昏厥的女孩，悲愤陈词。

活观音　师长，你眼睁睁看着这拼死喊冤的小女娃子，还能无动于衷吗？你们当官的真是铁石心肠吗？

（唱）官场混沌，

　　　有冤无处伸！

　　　人欲横流，

　　　哪里寻真诚！

　　　天边远，咫尺近，

　　　眼前有水晶透明。

　　　活观音不是我，

　　　她才是活观音！

〔活观音慷慨激昂，高歌入云，唤起师长与众人几分良知。

贵客甲　（从中说情）这女娃娃是活观音，师长就是活佛祖啊！

贵客乙　对，请活佛祖大发慈悲！

众　人　（齐呼）请大发慈悲啊！

师　长　（顺风转舵，接过状子）好，这件冤案，我管了！

〔切光——

〔过山号频吹，破锣破鼓声中，刑警推出五花大绑、背插斩标的水上漂。

水上漂　（半死半活地）狗娃，爷爷走了啊！

科　长　举枪……

〔刑警举枪。

〔副官急上。

副　官　枪下留人。

〔副官出示公文，刑警放人，撤离。

———川剧《变脸》 〉〉〉〉〉

〔水上漂死里逃生，形同噩梦醒来。

〔帮腔谁人救命？

水上漂　（似有所悟，猛地挣起）嗯，是狗娃！

〔活观音上，怀抱奄奄一息的狗娃。

活观音　（接唱）为救你，她舍身！

水上漂　（惊呼）狗娃，我的好狗娃！

狗　娃　我的爷爷……（昏厥）

水上漂　哎呀！你救了爷爷的命，你可不能死啊！快醒来，活下去，爷爷教你变脸，教你变脸——

〔灯光变异，满台幻觉。水上漂向狗娃传授变脸绝技，化为多人密集变脸。

合　唱　锣鼓响，唢呐昂，

　　　　新手变脸登了场。

　　　　天皇皇，地皇皇，

　　　　赤橙紫绿青蓝黄。

　　　　人生如戏变、变、变，

　　　　变回了童子面桃李芬芳。

〔众多变脸的儿童隐退。垂危的狗娃依偎在水上漂怀内。

狗　娃　（回光返照）哈哈，我学会变脸了，变得好安逸……

水上漂　（改称呼）孙女、孙女！我的乖孙女……

〔狗娃含笑瞑目……

〔水上漂抚尸痛哭。竹琴凄然倾诉。

　　　　道情一响话沧桑，

　　　　返璞归真唱善良。

　　　　请君试问川江浪，

　　　　人情与之谁久长？

〔纤夫伴和琴声拉纤而过……

〔剧终。

精品剧目·豫剧

程婴救孤

（根据元杂剧《赵氏孤儿》改编）

编剧　陈涌泉

时间

春秋。

地点

晋国。

人物

程婴、公主、屠岸贾、公孙杵臼、彩凤、孤儿、韩厥、魏绛、门客、校尉、宫女、家将

———豫剧《程婴救孤》 >>>>>

序　幕

〔大幕徐启。

〔追光下，屠岸贾手托圣旨，飞扬跋扈。

屠岸贾　国君有令：查晋国丞相赵盾父子居功自傲，欺君罔上，罪在不赦，着令满门抄斩，诛灭九族！

门　客　（谄媚）哈哈哈，大人，魏绛小子不听话，让你赶走了；赵盾老儿敢挺头，让你杀绝了，这一文一武全让你收拾了，从此咱这晋国您老可是这个了哇！（竖大拇指）

屠岸贾　（肆无忌惮地仰天大笑）哈哈哈——（突然收住）不，还没有杀绝。

门　客　咋没杀绝，三百多口全杀了哇。

屠岸贾　驸马虽死，但公主身怀有孕，不久就要临盆。尔等要严密监视，一旦分娩，不管是男是女，即刻斩草除根！

〔孩子哭，收光。

一

〔婴儿的啼哭声从黑暗中传来。

〔特写光下，公主形容憔悴，抱婴儿上。

公　主　（唱）天下人悲苦，尽在我心头；
　　　　　　　犹如秋夜雨，一点一声愁。
　　　　　　　人家生儿喜，我满腹都是忧。

怕儿再遭贼毒手，

赵家这一脉骨血也难留！

苍天哪！

为什么蠹国的奸臣权在手，

报国的忠良一旦休？

〔婴儿啼。

〔程婴内唱：屠岸贼霸朝廊晋国蒙难，

〔程婴身背药箱，随彩凤上。

程　婴　（接唱）悲丞相与驸马饮刀衔冤，

叹公主被困在深宫内院，

忧孤儿刚落地即陷深渊。

随彩凤进宫去把公主探看，

救孤儿脱危难抢在贼前。

彩　凤　公主，程先生来了。

程　婴　参见公主。

公　主　程先生！

程　婴　（打开药箱）快把婴儿交给我吧。

公　主　程先生，你果真敢救他出宫？

程　婴　公主啊，想我程婴，不过是个草泽医人，深受赵家垂青，常在府上走动，耳闻目睹，深知赵家七世忠良名不虚传。只因屠岸贼蛊惑国君寻欢作乐，不理朝政，赵丞相看透了屠岸贼独霸朝政的窃国之心，为社稷、为黎民冒死直谏；奸贼屠岸贾残害忠良，将赵家三百余口俱已斩尽杀绝，晋国百姓怨声载道，危机四伏，无不痛心疾首。今日孤儿危在旦夕，我岂能袖手旁观，见死不救！

公　主　程先生，赵家仅此一脉，你若能救他出宫，三百英灵地下有知，定会感激你的大恩大德！

程　婴　请公主放心，我程婴豁上性命，也要将赵家的孤血救出宫去。

公　主　儿……啊！

程　婴　小官人哪，我只求你一件，出宫之时，千万莫要啼哭，你要记下了哇。

〔内突然传出屠岸贾的声音。

屠岸贾　校尉军！把住宫门，严密盘查出入人等，有盗出孤儿者，全家斩首，九族不留！

众校尉　啊。

彩　凤　程先生，快走。

程　婴　告辞了。

〔公主、彩凤目送程婴向宫门走去，两颗心都提到了嗓子眼儿。

〔宫门口，韩厥率校尉把守。

〔程婴忐忑走来，被韩厥拦住。

韩　厥　站住！

程　婴　韩将军。

韩　厥　什么人？

程　婴　适才进宫的草泽医人程婴。

韩　厥　干什么？

程　婴　给公主探病。

韩　厥　公主身患何症？

程　婴　惊风之症。

韩　厥　出宫可有夹带？

程　婴　并无夹带。

韩　厥　去吧。

程　婴　谢将军。（慌下）

韩　厥　回来。箱内装些什么？

程　婴　甘草、桔梗、薄荷。

韩　厥　打开我看。

程　婴　（紧张）不看也罢。

韩　厥　一定要看。

程　婴　将军。

韩　厥　来。

程　婴　慢，将军要看？

韩　厥　要看。

程　婴　一定要看？

韩　厥　一定要看。

程　婴　韩将军……请看。

韩　厥　啊，程婴，怎么还有人……参呢？

程　婴　将军，事已至此，我就实话实说了吧，只因忠良被害，如今只剩下这一条小小根苗，屠岸贼还不放过，定要斩草除根，是我冒死相救，今被将军识破，还望将军念在死去的冤魂，给赵家留根血脉，给孤儿留条性命。事已至此，要杀要剐悉听尊便。

韩　厥　低头看孤儿，抬头观程婴，草民尚如此，将军岂惜身？

程　婴　将军！

韩　厥　（唱）你为赵氏存遗胤，

　　　　　　　韩厥也有保孤之心；

　　　　　　　放你山林深处隐，

　　　　　　　快携孤儿出宫门。

程　婴　谢将军。（抱药箱下，思考后又转回）

韩　厥　因何不走？

程　婴　我走，我走。将军，你放我和孤儿出宫，屠岸贼面前你如何交代？

韩　厥　先生是怕我封不住口吗？

程　婴　将军，不如咱们一同逃走了吧？

韩　厥　程婴，大丈夫敢作敢当，宁可站着死，决不跪着生。俺韩厥保孤之心苍天可鉴，你出宫去吧。（拔剑自刎）

〔程婴一下子被韩厥的壮举惊呆。

程　婴　（痛呼）将军放心，程婴在就有孤儿在。

〔切光。

〔校尉引屠岸贾、门客上。

门　　客　　大人，韩将军他……自刎而死了啊！

屠岸贾　　（察看）其中定有隐情，速速进宫搜验。

众校尉　　啊！

门　　客　　（带校尉下，复上）大人，婴儿不见了。

屠岸贾　　定是被贼人盗走。传令：三日之内献出孤儿有赏，如若不献，晋国半岁以下的婴儿我要斩尽杀绝。

门　　客　　大人，彩凤姑娘跟随公主左右，定知其中隐情。要不叫来问问？

屠岸贾　　当着公主多有不便。带回府中审问！（下场）

〔追光。校尉鸣锣过场，反复吆喝。

校　　尉　　屠岸大人有令：三日之内，献出孤儿有赏，如若不献，晋国半岁以下婴儿全部处死。（吆喝下）

〔收光。

二

〔程婴家，公孙杵臼上。

公孙杵臼　　（唱）辞朝廊返故里田园归隐，

忧社稷怀黎民难改赤心。

屠岸贼矫传令追杀声紧，

眼看着众婴孩要成冤魂。

离柴门来程宅传递音信，

带惊哥避凶险同隐山林。

（叩门）程贤弟开门来，我是公孙杵臼啊！

程　　婴　　公孙兄请稍候，公孙兄请稍候，是哪阵风把你给吹到寒舍来了。

公孙杵臼　　贤弟有所不知，闻听人言公主生下一子，被人救走，那屠岸贼子到处张贴告示，言道：三日之内献出孤儿，如若不献，晋国上下不满半岁的婴儿定要斩尽杀绝。贤弟新得贵子，愚兄放心不下，我有心将他带到山林暂避凶险，不知贤弟意下如何？

程　婴　这个……唉！（叹气）

公孙杵臼　贤弟为何叹气？莫非有什么为难之事，快讲出来，让愚兄替你分担一二啊！

程　婴　此事我不能牵连与你呀！

公孙杵臼　贤弟呀，你我交往多年，情同手足，说什么牵连不牵连！你要还认得愚兄，你就快快讲来才是啊！

程　婴　公孙兄。老大夫，你可知救孤之人他是哪个？

公孙杵臼　他是哪个？

程　婴　他就是我。

公孙杵臼　啊，你，你、你要做甚哪？

程　婴　我要舍子救孤。

公孙杵臼　你要舍子救孤。

程　婴　此事既然你已知晓，我乞求老大夫前去出首，就说我程婴隐藏孤儿不献，那时屠岸贼必将我父子斩首，一来保住忠良之后，二来免去晋国上下不满半岁婴儿之灾，这孤儿嘛，还乞求老大夫把他抚养成人，赵家三百英灵九泉之下忘不了你的大恩大德呀！

公孙杵臼　贤弟，你能舍命也罢，难道你能舍得失去你那亲生的儿子么？

程　婴　能！

公孙杵臼　你能舍去亲子，可你夫人她能舍去你和你那儿子么？

程　婴　（落泪）你不要问了！

公孙杵臼　我一定要问。

〔抒情音乐切入。

程　婴　实不相瞒，昨夜我们夫妻抱头痛哭，彻夜难眠，别人的孩子是孩子，可我程婴的孩子他也是孩子啊，况我中年得子，我舍得让他去死么？我们夫妻恩爱多年，一下子让她经历夫丧子亡的双重打击，她实在受不了啊！公孙兄如不这样做，咱可是救不了孤儿啊!

公孙杵臼　贤弟之意？你舍命我抚孤？

程　婴　是啊!

公孙杵臼　贤弟呀，你想过无有，把孤儿抚养成人，少说也得十几年哪，你看愚兄已是风烛残年，时日无多，哪一天突然闭了眼，留下孤儿叫他如何是好哇？

程　婴　这个……

公孙杵臼　贤弟既能舍去亲子，难道老夫就舍不下这条老命吗？依我之见，将你儿带到太平庄，而后你到屠岸贾那里出首，就说老夫隐藏孤儿不献，那时贼子必定来搜，搜出必然要杀，就让老夫陪你儿惊哥一同去死吧!

程　婴　公孙兄啊，我怎忍心让你去死呀!

公孙杵臼　贤弟，死有时比生要容易得多啊，我一死了之，全当睡过去了。可你要留下来，把孤儿抚养成人，在真相大白之前，更要承受世人唾骂，骂你背信弃义，贪图富贵，势利小人……那滋味不好受哇，贤弟，你要撑得住，忍得住，熬得住啊!

程　婴　公孙兄!

公孙杵臼　贤弟!

〔程婴伏在公孙杵臼肩上恸哭无声。

公孙杵臼　（唱）从今后你要受万般苦痛，
　　　　　　　　身和心受煎熬艰难丛生。
　　　　　　　　望贤弟咬紧牙忍辱负重，
　　　　　　　　待孤儿成人后自会正名。

程　婴　（唱）为孤儿你舍命令人钦敬，
　　　　　　　叮咛语为弟我常记心中。
　　　　　　　霎时间年迈人就要丧命，
　　　　　　　都怪我连累你不能善终。

公孙杵臼　（唱）你不要为此事伤心悲痛，

　　　　　　　　救孤儿死贼手称得善终；
　　　　　　　　叫贤弟再莫要犹豫不定，
　　　　　　　　将惊哥交给我依计而行。
程　婴　（唱）仁兄你黄泉路上耐心等，
　　　　　　　　待孤儿成人后我随你而行；
　　　　　　　　那时间咱哥俩泉下相会，
　　　　　　　　咱二人再叙说别后之情。
程　婴　公孙兄。
公孙杵臼　程贤弟。
程　婴　老哥哥。
公孙杵臼　好兄弟。
程　婴　我的公孙兄啊！
　　　　　〔二人相抱，切光。

三

　　　　　〔屠府。
　　　　　〔屠岸贾抚琴低吟，透着杀气。
屠岸贾　（吟）宫门外我撒下天罗地网，
　　　　　　　　谁料想小孤儿飞出宫墙。
　　　　　　　　那韩厥自刎死定有文章，
　　　　　　　　小彩凤侍公主定知端详。
　　　　　带彩凤！
校　尉　带彩凤！
　　　　　〔彩凤内唱：贼府好比阎罗殿。
　　　　　〔校尉押彩凤上。
校　尉　走。
彩　凤　（接唱）屠岸凶似鬼判官。

　　　　　　校尉如狼声声喊，

　　　　　　彩凤昂首到堂前。

屠岸贾　彩凤姑娘，你冰雪聪慧，你可知老夫为何请你而来？

彩　凤　司寇大人高深莫测，彩凤实在不知。

屠岸贾　我来问你，公主生下的婴儿哪里去了？

彩　凤　死了，落地就死了。

屠岸贾　（怒）哼，说什么落地而死，分明是勾结外人，盗走婴儿，还不从实招来，免受皮肉之苦。

彩　凤　我劝你快快放我回宫，否则任你动刑，死而无招。

屠岸贾　（唱）良言相劝你不听，

　　　　　　不由老夫恼心中。

　　　　　　钢胆铁心要你软，

　　　　　　校尉与她上拶刑。

彩　凤　（唱）拶刑之下指欲断，

　　　　　　钻心疼痛似刀剜。

　　　　　　任你老贼再凶残，

　　　　　　想让我招难上难。

屠岸贾　用刑。

校　尉　啊！

门　客　（近前）哎呀呀，彩凤姑娘，你还是放聪明些。看你这双小手，原本是白白嫩嫩，好美呀！他们就这样轻轻地一拉，哈哈哈，霎时血肉模糊，好惨哪！不过这还是轻的，再不招的话，你这花容月貌连同小命怕就保不住了哇。

彩　凤　告诉你，进来我就没打算活着出去。

门　客　你……

屠岸贾　看你的嘴厉害，还是老夫的刑具厉害。来，大刑侍候！

　　　　〔校尉动大刑。彩凤昏迷。

　　　　〔门客兴冲冲上。

门　　客　　大人，好消息，有人出首孤儿。

屠岸贾　（惊喜）请。

门　　客　　有请。

〔门客下，领程婴上。程婴进门后注意到地上倒一女子，心头一震。

程　　婴　　叩见屠岸相爷。

屠岸贾　　你是何人？

程　　婴　　草泽医人程婴。

〔彩凤昏迷中像被雷击，惊起怒视程婴。

彩　　凤　　你……你来做甚？

程　　婴　　（这才认出地上的女子原来是彩凤，惊，一时不知说什么好）我来出首孤儿。

彩　　凤　　我骂你这背信弃义、丧尽天良的小人！

〔彩凤挣扎着扑上去撕咬程婴。屠岸贾一剑将她刺中。

程　　婴　　（惊叫一声）啊！

彩　　凤　　程婴到阴间……我也不放过你。（倒地死去）

程　　婴　　（强压悲痛）哎呀！

屠岸贾　　程婴，程婴你怎么了？

程　　婴　　（掩饰）小人怕见杀人。

屠岸贾　　程婴，孤儿现在何处？

程　　婴　　现在太平庄公孙杵臼家中。

屠岸贾　　（睨视程婴）你与公孙杵臼有冤？

程　　婴　　无冤。

屠岸贾　　有仇？

程　　婴　　无仇。

屠岸贾　　既然无冤无仇，因何告发于他？

程　　婴　　只因屠岸相爷有令，三日之内无人献孤，就要将晋国半岁以下的婴儿斩尽杀绝。程婴四十有五，新得一子，怕受牵连，前来密告。

——豫剧《程婴救孤》

屠岸贾　孤儿在公孙杵臼家中，你是如何知晓？

程　婴　小人与公孙杵臼常有来往，那日去他家探望于他，见他卧房之内有一婴儿。我想公孙杵臼年过花甲，哪来的婴儿呢，况且这婴儿裹有五凤彩帕，这五凤彩帕乃是宫中之物，猜想定是孤儿无疑。

屠岸贾　噢？果真如此，老夫会大大封赏于你。

程　婴　小人不愿领赏，只有一事相求。

屠岸贾　讲。

程　婴　只因赵家结交多有侠义之士，小人替大人办了这件大事，怕日后被人报复，只求大人保我父子平安才是啊。

屠岸贾　这有何难，老夫膝下无子，就将你儿认为螟蛉义子，搬入我府，看谁敢加害于你。

程　婴　如此小人高攀了。

屠岸贾　校尉军，兵发太平庄！

〔切光。

四

〔太平庄。公孙杵臼坐在门首把酒临风。

公孙杵臼　（吟）美酒醉人兮人不醉，
　　　　　　　笑看沧桑兮如浮云。

屠岸贾　校尉军将太平庄团团围住了。

校　尉　啊！

〔屠岸贾率众上。程婴随上。

公孙杵臼　屠岸大人，既到门前，何不到寒舍一坐哇。

屠岸贾　老匹夫，你可知罪？！

公孙杵臼　老夫何罪之有？

屠岸贾　快讲，你将孤儿藏在何处？

公孙杵臼　什么孤儿？老夫一概不知。

屠岸贾　程婴，上前与他对证。

程　婴　公孙杵臼，如今相爷什么都知道了，你还是实话实说了吧。

公孙杵臼　程婴，老夫与你有何仇恨，为何陷害老夫，老夫与你们拼了。

屠岸贾　不交？就别怪本相不客气了，程婴你去打。

程　婴　相爷，小人乃草泽医人，捏药尚觉腕弱，我怎敢打人哪？大人，老匹夫嘴硬，打也无用，不如咱们挖……

屠岸贾　挖什么？

程　婴　挖地三尺。

屠岸贾　校尉军挖地三尺。

　　〔众校尉冲下。

　　〔内传出婴儿啼哭。

　　〔门客内："在地窖中搜出孤儿。"

　　〔门客托程婴之子惊哥上。

门　客　哈哈哈，大人，在地窖中搜出孤儿。

　　〔公孙杵臼冲上前抢夺，被校尉拦住。

屠岸贾　（接过婴儿，一阵狞笑）小孽种，你让我找得好苦啊！（猛地摔到地上）

　　〔婴儿哭声陡止。屠岸贾又补上一剑。

　　〔程婴心在淌血，浑身颤抖。

公孙杵臼　贼子。

　　〔众校尉用戟把公孙杵臼刺死。

门　客　哈哈哈，大人杀绝了。

屠岸贾　我累了。

门　客　回府。

程　婴　公孙兄，惊哥儿，我的儿呀。

　　〔光渐压。

　　〔追光，程婴踉跄奔向一老一小两具尸体。

程　婴　（悲痛欲绝）公孙兄，惊哥儿！我的儿啊！

———豫剧《程婴救孤》

（唱）哭一声我儿惊哥，

　　我再叫了声公孙仁兄，

　　你们惨死贼手、双双丧命，

　　血染黄土，尸首不整，

　　我，我肝胆欲碎，叫天不应，

　　两眼泣血、万箭穿胸！公孙兄啊！

　　都是我给你招的祸，

　　连累你年迈苍苍无善终。

　　先前相知是你我，

　　今后知心还有何人？

　　你为保孤丧了命，

　　我程婴绝了我的后代根。

　　惊哥儿！

　　可怜你十几天前才落地，

　　来世上满打满算半月零。

　　言语你还听不懂，

　　我的儿呀儿啊。

　　人情世故看不清；

　　没明白人间咋回事，

　　已被夺去小生命。

　　临行前没吃上一口奶，

　　没听到爹娘唤儿声。

儿啊儿，

　　普天下哪个父亲都爱儿，

　　我中年得子更心疼。

　　人常说虎毒不食子，

　　爹爹我竟成了害你的元凶！

　　眼睁睁看着贼人将你害，

我不能挡、不敢救、不能躲、我不敢吭，
　　　眼泪往肚里流，我不敢哭出声。
　　公孙兄，惊哥儿啊！
　　〔话外音："程婴，你个背信弃义的小人。"
　　"你的良心叫狗吃了？天打雷劈，你不得好死啊！"
　　〔世界突然静止，远远地传来儿歌声：
　　　老程婴，坏良心，
　　　他是一个不义人。
　　　行出卖，贪赏金，
　　　老天有眼断子孙……
　　〔儿歌声中，四季轮回，程婴原来乌黑的胡子已变得花白，他佝偻着身躯向远处走去……
　　〔儿歌声回荡着。
　　〔光渐暗。

五

　　〔十六年后。
　　〔郊外春意盎然。
　　〔众宫女引公主上。
公　主　（唱）冷宫深锁重重怨，
　　　　　　　血泪暗弹十六年。
　　　　　　　梦里常见亲人面，
　　　　　　　哀哀相告鸣屈冤。
　　　　　　　喜新主登基天地变，
　　　　　　　禁锢的身心回归自然；
　　　　　　　更喜那魏元帅就要回转，
　　　　　　　阴霾将尽见晴天。

———豫剧《程婴救孤》

翘首西望把魏绛盼，

盼早日慰忠魂铲锄权奸。

亲人们一个个含冤死，

至今含恨在九泉。

众侍儿前面把路引，

京郊外清酒祭英贤。

〔孤儿内声："家将们，随我郊外射猎去者！"

〔公主抬头不经意地看眼孤儿，目光便被牢牢吸引住了——在这少年身上，她看到了熟悉的影子。

军　士　梅花鹿带箭而逃。

公　主　且慢。

孤　儿　请问这一妇人，你是叫我吗？

公　主　正是。

孤　儿　请问这一夫人，唤我何事呀？

公　主　请问少将军家住哪里？

孤　儿　家住京城啊。

公　主　今年多大了？

孤　儿　打罢新春刚满一十六岁。

公　主　一十六岁！

孤　儿　这一夫人，你怎么哭了？莫非谁欺负了你，告诉俺，俺最爱打抱不平了！

公　主　没什么，我只是想起一个人来了。

孤　儿　一个人？

公　主　一个和你一样大的少年。

孤　儿　那，我猜他一定是你的儿子吧？

公　主　是啊。

孤　儿　那他到哪里去了？

公　主　他去了一个很远、很远的地方。

孤　儿　其实你也不必难过,去得再远,总有一天会回来的。

公　主　只怕是回不来了。

孤　儿　会回来的,儿子都想妈妈。他真好,有妈妈想;不像我,一生下来母亲就去世了……

公　主　原来你也是个苦命的孩子。

　　　　（唱）猛然间闯眼里一个身影,
　　　　　　　真好似夫赵朔当年音容。
　　　　　　　我的儿若在世与他同龄,
　　　　　　　回想起小娇儿热泪汹涌。

孤　儿　（唱）为什么她这样伤心悲痛,
　　　　　　　两眼泪潸然下为了何情？
　　　　　　　鹿引路我与她有缘相会,
　　　　　　　就应该施援手问个究竟。

家　将　少将军,鹿找到了。

孤　儿　找到了？

家　将　天色不早,咱们该回去了。

孤　儿　知道了。

家　将　少将军,临来之时司寇大人特意交代,不要玩得太久,咱们还是回去吧。

孤　儿　（朝公主一揖）这一夫人,你多保重,我该回去了。（欲下）

公　主　（一愣）慢！司寇大人是你什么人？

孤　儿　乃是我的义父。

公　主　（急问）那你父亲他……

孤　儿　程婴。

公　主　（雷击一般）程婴？！

孤　儿　（扶）夫人,你怎么了？

宫　女　（冲过来推开孤儿）滚开！我当是谁呢,原来是背信弃义、丧尽天良程婴的孽种。

家　将　你敢骂我家老爷！

宫　女　骂他是轻的，见了他，我还要咬他几口呢！

家　将　你！

孤　儿　（拦）这位小姐姐，你把话说清楚，我爹爹怎么背信弃义，怎么丧尽天良了？

公　主　侍儿，不要怪罪于他，他也是无辜的。

宫　女　公主，他爹害死了您的儿子，您还护着他。

孤　儿　（惊）她是公主？我爹爹害死了她的儿子？不，这不可能，我不相信。

宫　女　不相信回去问你爹爹去！

孤　儿　好，你等着。（叫家将）走。（下）

　　　　〔公主目送孤儿远去，心力交瘁。

　　　　〔内喊："魏元帅班师还朝，闲人闪开！"

　　　　〔众兵士、魏绛上。切光。

六

〔书房里，程婴正激动地提笔作画。

〔远处儿歌声隐隐传来：

　　老程婴，坏良心，

　　他是一个不义人。

　　行出卖，贪赏金，

　　老天有眼断子孙……

程　婴　（唱）儿歌声一阵阵耳边回荡，

　　　　　　　骂程婴行出卖丧尽天良。

　　　　　　　十六年每闻儿歌心欲碎，

　　　　　　　无限的屈辱悲愤胸中藏。

　　　　　　　十六年孤儿他不知真相，

　　　　　　多少次欲说实情口难张；

　　　　　　十六年熬得两鬓如霜降，

　　　　　　熬到了魏元帅返回朝廊。

　　　　　　提竹笔把往事画成图样，

　　　　　　等孤儿回书房打开天窗。

　　〔孤儿急匆匆上。

孤　儿　（唱）公主郊外泪汪汪，

　　　　　　宫女话里有名堂。

　　　　　　此事叫人费猜想，

　　　　　　急问原因进书房。

　　　　（一脚踢开房门）爹爹！

程　婴　儿啊，你吓我一跳，我看你急匆匆的为了何事啊？

孤　儿　街头巷尾常有人骂你背信弃义，到底为何？

程　婴　你怎么又问起此事了？

孤　儿　因为你从来就没给我解释清楚。

程　婴　你想知道些什么呀？

孤　儿　你是不是把公主的儿子害死了？

程　婴　（吃惊）公主，你听谁说的？

孤　儿　公主。

程　婴　（震惊）儿啊，你、你在哪里见到公主的？

孤　儿　你慌了，难道说这都是真的，你为什么要害一个无辜的婴儿？

程　婴　儿啊，别人误解我，怎么连你也不相信我吗？

孤　儿　（赌气）我不是你的儿子，你、你也不是我的父亲！

程　婴　（欲怒又止）慢，你本来就不是我的儿子，我本来也不是你的父亲哪！

孤　儿　（惊）爹爹，爹爹我是怕别人骂你呀！

程　婴　（取画）儿啊！我到底害没害公主的儿子，答案可都在这画中啊！

孤　儿　〔怀疑地接过〕在这画中？（看画）

———豫剧《程婴救孤》 〉〉〉〉〉

程　婴　儿啊，你要仔细看哪！

孤　儿　（端详一会儿）这个穿红衣的见人就杀，男的、女的、老的、少的，包括这个婴儿，爹爹他怎么这样残忍哪？

程　婴　我儿看得不错呀！

孤　儿　这个大哥哥自杀了，这个小姐姐受尽酷刑，这个老爷爷在骂这个穿红衣的，他肯定活不成了。（抬头问）爹爹，这是真的吗？

程　婴　这个吗？（泪水夺眶而出）

孤　儿　你怎么哭了？难道这……

程　婴　这可是与你有关哪！

孤　儿　与我有关？（急切地）这到底是怎么回事？快讲给我听听！

程　婴　十六年了，我一直藏在心里，没有敢给你讲清楚，今天就告诉你。儿啊，你来看哪！

〔特写光下，画中人以不同的造型猛然重现舞台。

〔程婴领孤儿一步一步走向画中人。

〔幕后男声独唱起：

　　漫长的等待，

　　等待这一刻。

　　心中无限事，

　　慢慢地、慢慢地说出来——

孤　儿　（沉浸在故事中）这么多人为我献出了生命，他们都是好样的，我一定要为他们报仇。爹爹，这个穿红衣的，他是何人？

程　婴　这个穿红衣的就是你的义父屠岸贾！

孤　儿　那这个穿蓝衣的呢？

程　婴　这个穿蓝衣的就是我呀！

孤　儿　不，这不可能，我不相信。

程　婴　儿啊，你怎么还不相信？

孤　儿　你们告诉我，这不是真的，这不是真的！

韩　厥　难道我们流的血是假的不成？

孤　儿　十六年来教我练武的义父，竟是杀害我全家的仇人。他的双手竟沾满了善良人的鲜血，不，我不相信。

彩　凤　人都有两面，你看到的只是他的一面。

孤　儿　不，我还是不信。

公孙杵臼　孩子，十六年啦，你爹爹熬到今天才告诉你呀，相信他吧，这一切都是真的。

孤　儿　都是真的，都是真的……

〔孩子哭声。

〔众烈士隐去。

孤　儿　（唱）霎时间只觉得天旋地转，

这世界这人生突然还原。

是义父将俺居家害，

又是仇人育我十六年。

我该怎么办，怎么办？

剑在鞘难出手心意茫然。

（转身跪地）爹爹——

不是你舍去亲生将我换，

哪有我今世十六年。

你为我经历了各种磨难，

情如海恩如山义薄云天。

程　婴　（搀起孤儿）孩子。

孤　儿　（接唱）哭一声亲人们难相见，

哭一声众烈士难生还。

可怜的亲生母被囚宫院，

她怎样熬过这许多年？

恼上来拔出了青锋剑，

斩元凶慰先人大报仇冤！（欲冲下）

程　婴　儿啊，屠岸府家将、护者甚多，你一人寡不敌众，不可贸然行事。

孤　　儿　难道罢了不成？

程　　婴　儿啊，听说魏元帅班师还朝，他和你爷爷有莫逆之交，不如咱们找他商议商议便了。

孤　　儿　走。

〔切光。

七

〔魏府。

魏　　绛　（唱）受排挤到边关一十六载，

屠岸贾霸朝政社稷蒙灾。

喜新主登基来朝纲重整，

受密旨还朝来扫除阴霾。

〔内喊："公主驾到。"

魏　　绛　有请。

〔公主上。

魏　　绛　参拜公主。

公　　主　老元帅快快请起。

魏　　绛　谢公主。公主，臣知道你这些年受苦了。

公　　主　我哪里是受苦，分明是受煎熬啊！

魏　　绛　公主放心，臣奉新主密旨还朝，定要除去奸党，但有一事为臣不明，当年程婴献孤可是实情？

公　　主　是实情。

魏　　绛　好恼！

（唱）闻言怒火胸中燃，

程婴竟然敢欺天。

公主你且拭目看，

定叫贼子拿命还！

〔内报:"程婴求见!"〕

魏　绛　他来的好。伺候了!

程　婴　儿啊,我进去先给他讲清楚,你在此等候。

程　婴　元帅,总算把你盼回来了。

魏　绛　你这个卖友求荣的势力小人!(打程婴一耳光)

程　婴　元帅你听我说呀!

魏　绛　你讲的够多了,来,把他的嘴给我堵上。

程　婴　元帅,孤儿他……

〔程婴挣脱校尉,跪向公主。〕

公　主　(打程婴一耳光)

（唱）你救孤又把孤儿献,

　　　　出尔反尔心最奸。

　　　　卖友投贼太阴险,

　　　　纵然是千刀万剐恨难填。

魏　绛　狠狠地打。

校　尉　晕刑。

魏　绛　去刑。

程　婴　(唱) 无情棍打得我皮开肉绽,

　　　　老程婴我又闯一次鬼门关。

　　　　公孙兄在天之灵你睁眼看,

　　　　我总算熬到了,

　　　　想哭就哭,想笑就笑,

　　　　说出真相的这一天。

〔孤儿上。〕

孤　儿　爹爹,他们怎么把你打成这个样子了?你们打错了,你们打错了,我就是赵氏孤儿。爹爹。

程　婴　(接唱) 为救孤我舍去惊哥亲生子,

　　　　为救孤我妻思儿赴黄泉;

——豫剧《程婴救孤》

为救孤我每日伪装与贼伴，
为救孤我身居贼府落不贤；
为救孤我遭人唾骂千万遍，
为救孤我忍辱含垢十六年！
十六年啊十六年，
哪一年不是三百六十天哪？
我又当爹来又当娘，
含悲忍泪蒙屈衔冤度日如度年。
自己的亲生子我送他死呀，
我的惊哥儿。
别人的孩子我当心肝。
夏天我怕他热，
冬天又怕他寒；
吃的少了怕饿着，
吃多了又怕消食难。
三岁上有一次你把病患，
发烧发了整三天。
三天三夜我可就是没合眼哪，
煎汤熬药提心吊胆我守在你身边。
我苦命的儿啊。
生怕你有个三长并两短，
我对不起赵家满门、死去的英贤。
三天后等你烧退去，
我一头栽倒在床前哪……
十六年我经历了七灾八难，
心头上时刻压着一座山。
天天等来夜夜盼，
盼望着早日洗去我这不白冤。

　　　　　本想今日乌云散，

　　　　　搬去我心头这座山！

　　　　　哪料想见面不容我分辩，

　　　　　挨打受骂蒙屈冤。

　　　　　公主请您仔细看，

　　　　　是何人站在你面前——

　　　　　当年的孤儿长成汉，

　　　　　他就是你的亲生赵家的儿男。

魏　绛　程兄啊——

　　　　（唱）都怪愚弟太鲁莽，

　　　　　不分皂白把英贤伤。

　　　　　还望程兄多见谅，

　　　　　想打想骂我承当。

公　主　（转向程婴）程先生！

　　　　（唱）这些年我只说自己苦，

　　　　　谁知你比我更凄凉！

　　　　　你的恩德比天广，

　　　　　今生今世难报偿。

　　　　〔魏绛、公主、孤儿跪向程婴。程婴挽起。

魏　绛　程兄、公主放心，待我禀明新主，即带本部人马捉拿屠岸贾。

　　　　〔切光。

八

　　　　〔屠府。

　　　　〔杀声四起。屠岸贾惊慌四顾。

门　客　（跌跌撞撞）大人，大人，魏绛他……杀过来了。

屠岸贾　（吸口凉气）终于来了，这一天终于来了。

———豫剧《程婴救孤》 >>>>>

门　客　大人，咱们还是逃走了吧！
屠岸贾　我府已被团团围困，可往哪里去逃？
门　客　难道我们要在这里等死不成？
　　　　〔屠岸贾抽刀欲杀门客。
门　客　我对你可是忠心耿耿啊。
屠岸贾　（仿佛是在自言自语）可叹我雄踞晋国一十六载，一人之下，万人之上，呼风唤雨，任意而为，到头来竟落此下场，该还了，该还了……
魏　绛　校尉军！
校　尉　有！
魏　绛　将屠岸府团团围住了，屠岸贼子你的死期已到。校尉军，拿下了。
公　主　屠岸贼子，你恶贯满盈，人人可得而诛之。
程　婴　对呀。
屠岸贾　程婴。
程　婴　屠岸相爷，你没有想到你也有今天哪。
屠岸贾　你……哈哈哈……
魏　绛　杀了他。
　　　　〔孤儿拿剑走向屠岸贾。
屠岸贾　儿啊，你这是做甚？
孤　儿　谁是你儿？我就是十六年前，你四处追杀的赵氏孤儿。
屠岸贾　还是没有杀绝呀。
孤　儿　十六年来，你毕竟给了我不少关爱，我不忍杀你。（掷剑于地，背过身去）你自尽了吧！
屠岸贾　还是没有杀绝，还是没有杀……绝。
　　　　〔屠岸贾拾起宝剑，仿佛是要自裁，突然调转剑锋朝孤儿刺来。程婴大叫一声，冲上前护着孤儿，剑直刺他的腹部。
孤　儿　爹爹！

公　主　程先生！

魏　绛　程兄！

孤　儿　爹爹！

程　婴　公主，十六年前，我把他救出宫的时候，他还是个长不足尺的婴儿……如今已经长成汉子了……（把孤儿的手放到公主手里）

公　主　程先生！

魏　绛　程兄！

孤　儿　爹爹，你不能死啊，你受了这么多年苦，我要好好孝敬你呀。

程　婴　有你这句话，我死也值了……我要去见你的亲人、你的公孙爷爷、韩厥将军……还有彩凤姑娘，彩凤姑娘临死的时候还在骂我……我要去给她说清楚，我的儿啊，你在哪里，我想你，我想我的老伴……儿啊……

孤　儿　（一声痛呼）爹爹——

众　　　程先生。

〔幕后伴唱：

　　　一诺千金重，取义轻舍生。

　　　历尽万劫眉不皱，留一腔浩然正气贯长虹！

〔幕徐落。

〔剧终。

精品剧目·吕剧

补 天

编剧 刘桂成 孟令河 赵均伦

时间

新中国成立之初至八十年代。

地点

西北戈壁，新疆建设兵团某团场。

人物

小沂蒙　女，十九岁，新疆建设兵团女战士，来自山东沂蒙山。

张潍坊　女，二十二岁，兵团女兵班长，来自山东潍坊，习称潍坊。

青　岛　女，二十岁，兵团女战士，来自山东青岛。

烟　台　女，二十一岁，兵团女战士，来自山东烟台。

盲　流　女，二十三岁，被兵团收容的逃荒者，山东梁山人，后加入兵团。

小济宁　女，十九岁，兵团女战士，来自山东济宁。

小蓬莱　女，十八岁，兵团女战士，来自山东蓬莱。

协理员　女，四十岁，新疆建设兵团协理员。

杨连长　男，三十二岁，大名杨昌泰，新疆建设兵团连长。

石骆驼　男，四十二岁，兵团骆驼运输队队长。

张羊倌　男，四十五岁，兵团畜牧队长，牧羊人，战争年代被炸掉一只脚，装着假肢。

小关东　男，二十九岁，兵团东北籍战士。

小四川　男，二十七岁，兵团四川籍战士。

群众、建设兵团男女战士若干

——吕剧《补天》 〉〉〉〉〉

第一场

〔幕后苍凉的歌声：
　　火辣辣的天呀冰凉凉个山，
　　干巴巴戈壁望不到边。
　　沙埋不死骆驼草，
　　风吹不倒胡杨干。
　　是谁抛下这片荒原——
〔启幕。黑暗中亢奋的火车轮轨声撞击着人们的心灵——
〔幕后朗诵：
　　新中国建立之初，二十万征尘未洗的解放大军挺进西部，投入固土守边和开发建设新疆的工作。为了国家长治久安，为了二十万官兵长存永驻，国家又紧急征调两万女兵奔赴新疆——
〔在火车轮声中传来姑娘们欢快的嬉笑声、打骂声：
"你们知道吗？咱们去的那个地方是无边无际的绿草原，羊群像天边的白云一样！"
"那可比我们青岛海美啊！"
"还有扎着满头小辫的维族姑娘跳起新疆舞欢迎我们！"
〔笑声——
"小沂蒙，给唱个家乡的歌吧？"
〔小沂蒙歌声：人人那个都说沂蒙山好，
〔众姑娘齐唱：沂蒙那个山上好风光——

〔车声渐远。歌声渐逝——

〔灯光渐亮。暮秋。一望无际荒凉的戈壁滩，山坡下孤独地飘扬着一面国旗，一个简陋的宣传栏上歪歪扭扭画着远景规划图。两个石头垒的地窝子洞口，千年不倒的胡杨枯干上挂满欢迎的标语口号——

小四川 （挥舞着帽子惊喜跑上，喊）连长！来了！来了！

〔一群穿戴着帽子没有帽檐儿、上衣没有领子的破旧军装的男兵在连长杨昌泰带领下突然冲出地窝子！杨昌泰指挥，男兵们热烈而有节奏地敲打着手中的锅碗瓢盆！

杨连长 停！姑娘们来了，一切听我指挥！要热烈而有节奏，紧张而有秩序！

〔协理员幕后唱：

　　　　跨泰山越黄河告别东海万顷波，

〔一队着苏式新军装的山东姑娘在班长张潍坊带领下齐步走上。

〔协理员幕后唱：

　　　　穿祁连出玉关风烟滚滚入大漠。

杨连长 （突然大喊一声）奏乐！

〔男兵队列噼噼啪啪一阵敲打！姑娘们突然被眼前人群吓住，混乱中惊慌退下。复在协理员身后推挤着上——

杨连长 （激动奔上，敬礼）协理员同志！你辛苦了！

协理员 连长同志！八千山东姑娘，第一批安全到达！这位是班长张潍坊！

张潍坊 （大方地敬礼伸手）连长同志，你好！

杨连长 （不知先握手还是先敬礼，尴尬地）噢，你好！

〔众笑。

杨连长 （笑望女兵）同志们！辛苦了！

姑娘们 首长辛苦！

杨连长 （登到一块石头上）同志们！女姑娘们来了！（众笑）不，女战友

————吕剧《补天》 >>>>>

　　　　们来了！（望着傻笑的男兵）欢迎啊！（又一阵暴打）有了女人，兵团就有了母亲！有了种子！边疆就有了根！我们的事业就后继有人了！

　　　　〔盲流腆着大肚子提着篮子和桶，大呼小叫地上。

盲　流　哎哟，俺那老乡来！俺那亲老乡，俺可见女人了！（逐个拉女兵手）一路上饿了吧？渴了吧？来，吃馍，吃馍就大葱，咱山东人就爱吃大葱！来来……（挨个分发）

　　　　〔男兵们争着递葱、递饼献殷勤！

张潍坊　（冲盲流）大姐，你，你也是山东人？
盲　流　是啊，山东梁山好汉村，去年逃荒来的。
小沂蒙　你是逃荒来的？
盲　流　逃荒碰上队伍，他们收留了俺，男兵们都叫俺盲流，盲流就盲流！这里有饭吃，有活干，俺就不盲流了！
小关东　（和小四川争着剥葱给青岛）你们山东人为啥喜欢吃大葱啊？
小青岛　（望着脏乎乎的小关东、小四川，朝后躲）啊！你们离俺远点！
杨连长　小关东、小四川！就你们两个猴急！
烟　台　（指盲流肚子）大姐，你这……
盲　流　（笑）你说俺这母猪肚啊？怀上了呗！
青　岛　那你男人，是他们——
盲　流　他们？俺可没这福分！
张潍坊　那他是……
盲　流　窝窝头！
众姑娘　窝窝头？
盲　流　那年逃荒俺饿昏在路上，一个要饭的给了俺个窝窝头，俺俩在桥底下——
杨连长　盲流，不要乱讲！

　　　　〔姑娘们围住潍坊。

烟　台　协理员大姐，这里有工厂吗？

众　　　　"有学校吗?""有文工团吗?"

杨连长　　姑娘们!你们看!(指着宣传栏和一望无际的戈壁滩,唱)

　　　　　这里是工厂,这里是学校,

　　　　　这里是汽车总站过街桥。

　　　　　这里横贯沙漠林荫道,

　　　　　这里万亩果园花香飘——

青　岛　　这是给我们画了一幅画呀!

杨连长　　(接唱)别看它现在只是一幅画,

　　　　　好日子要靠你们双手描。

　　　　　搬走石头成大道,

　　　　　拾尽荒沙长绿苗。

　　　　　一榔头一个定厂桩,

　　　　　一镢头一个楼基槽。

　　　　　咱敢想敢干敢创造,

　　　　　万古荒漠变新貌,到那时,城也大,楼也高,

　　　　　街也宽,人也多,羊也叫,牛也哞,车水马龙红旗招。

　　　　〔男兵热烈鼓掌。女兵大眼瞪小眼不知所云。

杨连长　　好了!先进营房安排铺位,然后集合会餐,举行欢迎宴会!

青　岛　　营房在哪里?

姑娘们　　(疑惑地)营房在哪里啊?

杨连长　　(指)石头这边是男兵地窝子!石头那边是女兵地窝子!

青　岛　　住地窑子啊?

烟　台　　老鼠洞!(一屁股坐在背包上)我不住!

　　　　〔姑娘们纷纷放下背包坐在地上,只有小沂蒙站着。

青　岛　　(命令地)小沂蒙,坐下!

小沂蒙　　(犹豫地)——俺爹,叫俺听领导的!(走到潍坊跟前)潍坊,你是党员,是班长,应当起带头作用!

张潍坊　　是!

———吕剧《补天》 >>>>>

青　岛　（"哇"地哭出声来）俺要回家——
众　　　（齐哭）哇——俺也要回家——
男　兵　（着急地）啊！连长？
杨连长　（两眼圆睁，大吼一声）女兵列队！向右转！目标地窝子——齐步走！
　　　　〔女兵们一惊，起立，着装不整、斜挎背包、手提行囊齐步走……
　　　　〔切光。

第二场

　　　　〔秋末。荒滩。两株枯杨干孤傲而立，一架枪支刺刀流光。
　　　　〔杨昌泰带领腰间横绑着棍子的男兵伏身拉犁；潍坊带领脱去军装的姑娘们，艰难劳作。

男　队　（唱）拓荒哟拓荒……
女　队　（唱）拓荒哟拓荒……
　　　　〔拉犁队下，张潍坊带刨石队在风沙里挥坎土镘刨石、搬石。姑娘们满脸泥水，疲惫不堪，有的在刨，有的在搬。沂蒙费力地抱起一块大石头连人带石一块摔倒在地。姑娘们围拢过来。
烟　台　沂蒙，没事吧？
小沂蒙　没有……
青　岛　天哪！这真不是人呆的地方！
张潍坊　（一把扯下青岛脸上包的丝巾）青岛，你太娇贵了！
青　岛　这风沙把脸都打烂了，俺也没影响干活！
张潍坊　你影响别人！快！抓紧把这些石头搬出去！快！
　　　　〔姑娘队抹着眼泪搬石下。
张潍坊　（望着姑娘们心绪难平，唱）
　　　　　　日头毒沙尘漫天地昏暗，
　　　　　　风声吼石头走满川乱翻。

　　　　　　脸皮打破沙似箭，
　　　　　　双手震裂血斑斑。
　　　　　　来时价万里欢笑万里梦，
　　　　　　至如今风沙满面无笑颜。
　　　　　　潍坊我连日来饭难入口夜难眠，
　　　　　　众姐妹思想波动心难安。
　　　　　　一个个怨声伴着泪和汗，
　　　　　　不知道该讲何理说何言？
　　　　〔杨连长上。

杨连长　潍坊！你们怎么搞的？拉犁队拐过来啦！你们这边石头还没刨完！
张潍坊　（不高兴地）这满地石头要一个一个地刨，一块一块地搬！着急也没用！
杨连长　你看你们这些姑娘！包头捂脸的，像个干活的样子吗？这是垦荒！不是绣花！
张潍坊　你就知道熊人，你好好看看姑娘们，脸皮一天被风沙打烂一层，手上新泡套老泡，回去吃饭连筷子都拿不起来！
杨连长　这是军队！干革命不是请客吃饭！
张潍坊　不通人情！（赌气转身朝山坡上走去）
杨连长　我不管那些，石头挖不出来，窝工我找你算账！
张潍坊　爱找谁找谁！（突然大叫一声坠入地下）
杨连长　（大喊冲上）潍坊！潍坊！
烟　台　（惊呼）班长！班长！（哭喊）班长掉到洞里去了！
杨连长　（冲洞喊）潍坊，别乱动！里面有毒蛇！（探身将潍坊拉出）
小沂蒙　潍坊姐，你掉了一只鞋！
杨连长　（从腰里拽下毛巾扔给潍坊）先用毛巾把脚包上！
烟　台　（后怕地）这要是一个人在这里，命都得搭进去！
小关东　（冲烟台）烟台，你看，我们身上都整根棍儿，你们咋不整一根呢！

——吕剧《补天》

烟　　台　（夺过棍子甩到小关东怀里）不整不整就是不整！

小四川　（冲青岛）女娃子讲漂亮是对头的，漂亮与生命相比，生命更宝贵嘛！

青　　岛　（发泄地）漂亮漂亮，脸上晒得像黑炭，头发粘成泥巴蛋！一天一身臭汗，回去连个洗脸水都没有，晚上睡地窝子，白天再绑根棍子，我们还是女人么！

烟　　台　（抽泣）我想家！想娘！想大海……

〔众人沉默。

杨连长　姑娘们，我知道你们委屈，知道你们山东有大海，有疼你们爱你们的爹娘。可你们现在是军人，军人就要学会在恶劣的环境中生存！好啦，都干活去吧！

〔众人三三两两离去。烟台放下工具走向山坡后方便，小关东随下。

〔张羊倌、石骆驼、协理员担心地跑上。

协理员　杨连长，出什么事了？

杨连长　潍坊掉进了旱獭洞，没事了！

协理员　（叫住回走的石骆驼）哎！石骆驼啊，你常年跑外，我让你买的东西，你买了没有啊？

石骆驼　（会意）嘿嘿，买那啥用啊！

协理员　你个傻骆驼！

石骆驼　（不好意思地从兜里掏出一块红丝巾塞到协理员手里）不着急！不着急！（跑，跌倒，下）

协理员　（喊）老石，石骆驼——（追下）

〔张羊倌转身欲逃，被杨昌泰一把抓住。

〔盲流挑水上，见人，把桶放在脚下。

杨连长　你跑啥？大姑娘又不是老虎！

张羊倌　这事和我不沾边！

杨连长　谁说不沾边啊！组织最关心的就是像你和老石这样的老革命！

张羊倌　胡说！这又不是分房子分地，先照顾老弱病残！你看，我天马行空，独来独往——

（朝后转，被桶绊倒，盲流急忙扶起，羊倌爬起，下）

盲　流　（哈哈大笑）哎哟娘哎，找个媳妇两个人加起来三条腿！瘸儿八百地他还天马行空哩！

杨昌泰　瞎咧咧啥！忙你的去！

盲　流　我不是那个意思，连长！他一条腿是顶天立地的英雄！八条腿的蛤蟆不值钱！哈哈——

杨昌泰　嘿嘿嘿，（怪模怪样地打量着盲流）你拖拖拉拉，稀里马哈，放东西也不放个地方！立正！向后转！担桶！

盲　流　是！

杨连长　齐步走！一一，一二一，一二一……（望着挺着大肚子走去的盲流笑）嗯，有点军人气质了！

〔山坡后突然传来烟台的哭骂声："流氓！臭流氓！"系着裤带跑上。小关东追上。

烟　台　流氓！臭流氓！

小关东　烟台，咱不是故意的，真的不是……

杨连长　（怒吼）小关东！

杨连长　烟台，他怎么你了？

烟　台　他，他偷看我解手！啊——（捂脸跑下）

小四川　嗨哟！常言说得好，宁绕百步走，不看人解手哟！

杨连长　胡闹台！小关东呀小关东，你到处给我捅娄子！写检查！

小关东　俺，俺怕她掉进旱獭洞，给她送棍子，送棍子！

杨连长　你先管好你自己的"棍子"！

小关东　连长……俺，俺不是有意……

杨连长　我早看你对烟台有意！

小关东　俺是想……

杨连长　你想？谁他妈不想啊！

———— 吕剧《补天》 〉〉〉〉〉

〔众笑。协理员内喊："杨连长！"急上。

协理员　杨连长！盲流同志在回营房的路上摔了一跤，下身流血不止，怕是要早产！

杨连长　啊！这咋办？这咋办……

协理员　你赶快组织人绑担架送县城！我先回去照顾她，啊！（急回）

杨连长　集合！

〔男兵和姑娘们拥上。

杨连长　女同志由班长潍坊负责，继续劳动！男同志跟我走！

小关东　连长，俺呢？

杨连长　走哇！

烟　台　（从高坡上张望跳下）姐妹们！趁着连长不在，咱们跑吧！回老家吧！这里不是人呆的地方！

张潍坊　（吃惊地）烟台！你怎么说出这种话来？

烟　台　我受不了啦，实在受不了啦……（哭）

小济宁　种地，我们在家也种地，何必跑这儿来种！我做梦都想家！（哭）

张潍坊　我是班长，是党员，咱们都是军人，逃跑等于背叛革命，我不答应！

青　岛　潍坊姐！

　　　　（唱）这戈壁荒滩石不化，

　　　　　　　几辈人种不出草芽芽。

　　　　　　　地如蒸笼日如火，

　　　　　　　狼吼狐啼风卷沙。

烟　台　（唱）一年半载咬牙过，

　　　　　　　谁能够受罪终生不还家？

众姑娘　（唱）一年半载咬牙过，

　　　　　　　谁能够受罪终生不还家。

　　　　（白）我们坚决不当这种种地兵！

小沂蒙　（唱）姐妹们，咱曾在领导面前表决心到边疆安下心来扎下根。

烟　　台　（唱）安下心，扎下根，
　　　　　　　　这是叫咱们献终身！
　　　　　　　　咱真要在这里把婚订，
　　　　　　　　一辈子再难回家门！

张潍坊　不行，谁也不能走！

烟　　台　（拉住潍坊乞求）潍坊姐！

张潍坊　（气愤地推开）烟台！你听话！

烟　　台　（突然跑过去抱起冲锋枪，决绝地）走！都走！谁不走我打死谁！
　　　　〔姑娘们吓得捂头大叫！

张潍坊　（威严地）烟台！你把枪放下！

烟　　台　走！走啊！

小沂蒙　（冲过去护住潍坊）烟台！你要开枪就先打死我吧！

烟　　台　（突然调转枪口，对准自己喉咙）你们不走，我走！

张潍坊　烟台！（扑过去夺下枪，把烟台紧紧抱在怀里）
　　　　（唱）姐知你在家中娇生惯养，
　　　　　　　　初来乍到咋就能悲观绝丧。
　　　　　　　　咱这样怎对得起组织托付与期望？
　　　　　　　　怎对得起家乡中望眼欲穿老爹娘？
　　　　　　　　姐虽是党员也是父母生来父母养，
　　　　　　　　地窝子咱一块滚，汗和泪咱一块淌，
　　　　　　　　姐怎能让你万里大漠盲目冒险误入绝境把命亡！
　　　　〔烟台哭。

青　　岛　（跪求）姐，咱们都是一个车皮拉来的，你不能看着我们都死在这里吧！你就睁一只眼闭一只眼吧！
　　　　〔小蓬莱等四五个姑娘一齐跪倒。

姑娘们　潍坊姐！咱一块跑吧！

张潍坊　你们这是怎么了？你们的理想，你们的誓言，难道都忘了吗？

烟　　台　这沙漠戈壁石头蛋，什么理想也破灭了！

———吕剧《补天》

张潍坊　胡说！人家男兵战争年代流血牺牲，建设边疆和我们一样吃苦！遇到困难你们就害怕了，气馁了——（爆发地）你们都是软蛋！草包！

小济宁　潍坊姐！求求你，求求你就放我们走吧！（跪）

张潍坊　……怎么？你们都想走吗？（走向沂蒙）沂蒙，你也走吗？

小沂蒙　……俺爹，叫俺听领导的！

〔几个胆小的姑娘紧张地围在潍坊周围。

姑娘们　潍坊姐！

张潍坊　（暴躁地）你们围着我干什么？不走的，都干活去！走！（小沂蒙和几个姑娘散去，转身望着烟台、青岛等）……你们一定要走，我也拦不住你们！（眼含泪水）路上你们让狼吃了，到时候可别后悔——

烟　台　走！快走！（与青岛、小济宁、小蓬莱等转身逃走）

张潍坊　站住！

青　岛　（回身）干什么？

张潍坊　把我绑上……

姑娘们　（犹豫地）你——

张潍坊　我是你们的班长，是党员，我不能眼看着你们逃跑啊！

姑娘们　班长……

张潍坊　（冲烟台、青岛）绑！绑呀！

青　岛　潍坊姐……

张潍坊　（命令地）绑！

〔青岛、烟台流泪绑潍坊。

张潍坊　我左边兜里还有两块钱，掏出来，你们路上用！……掏出来呀！

〔烟台、青岛流泪掏出钱，与小济宁、小蓬莱等转身欲走。

张潍坊　慢着！（哽咽地）我也想家呀！你们路过潍坊的时候，替我去看看俺爹，俺娘，就说我在这里很好，很幸福……

姑娘们　姐……

〔烟台、青岛、小济宁等鞠躬跑下。

张潍坊　（追喊）青岛！烟台！你们路上千万要小心啊——（哭）

〔切光。

〔风雪中，戈壁山路上。

〔小关东与三个男兵抬着担架上的盲流，疾步奔驰。路滑人倾，盲流嚎叫。

小关东　妈妈的！咋整的，抬稳点！抬稳点！

〔绕山包而去。

〔青岛、烟台、小济宁等被风雪卷上。

青　岛　（唱）风卷雪雪埋路路断迹沉；

烟　台　（唱）天黯黯野茫茫东西难分。

小济宁　（唱）拼命奔逃力已尽，

烟　台　（唱）拔出双脚雪又深。

四　人　（合唱）再往哪里去？

　　　　　　　　再往哪里奔？

　　　　　　　　啥时候才能看见东海波涛泰山云？

〔一阵风雪卷来，四人被吹倒，青岛从身下捡起一只鞋。

青　岛　（惊喜地）鞋！是男兵的鞋！还没被雪埋住！

烟　台　前面肯定有人，快追！（四人绕山包而下）

〔小关东等绕山包而上。

男　甲　小关东，风雪太大喽，找个地方避一避吧？

小关东　不能停！这里是风口，停下要冻死人哩！

盲　流　（嚎叫）啊！放下我！放下我！我夹不住了，我要生了！要生了！啊……

〔男人们将担架放到山崖下。

小关东　脱下衣服，大家站成一排，挡住风雪！

〔四个男人脱下棉衣盖在盲流身上，围成一道人墙；盲流发出一阵阵分娩的惨叫。

————吕剧《补天》 >>>>>

〔苍凉的主题歌：

　　火辣辣的天呀冰凉凉个山，

　　干巴巴戈壁望不到边。

　　沙埋不死骆驼草，

　　风吹不倒胡杨干。

　　是谁抛下这片荒原——

〔婴儿一声响亮的啼哭，在肆虐的风雪中震荡。

〔烟台、青岛等奔上。

青　岛　（听到婴儿啼声）啊！孩子哭声！这里有人！

烟　台　啊，是盲流姐！盲流姐生了！

青　岛　（奔上）盲流，盲流姐……

烟　台　（喊）盲流姐！你醒醒！你生孩子了！生孩子了！

〔盲流呻吟着醒来，看到怀中的婴儿。

盲　流　（有气无力地）——这个小窝窝头，他还真爬出来了！（看一眼身旁赤背站立的小关东等）小关东！你个憨熊，穿上衣服吧，我没事了。

〔四个男人一动不动。

盲　流　（脱衣去盖）小关东！老山西！

〔在盲流的晃动下，四具冻僵的尸体"哗啦"倒下。

〔连长、协理员、潍坊和女兵们急上。

盲　流　（发疯哭喊）小关东！马大鼻子……你们醒醒，你们都醒醒呀！你们醒过来，我嫁给你们，我嫁给你们！小关东！小关东——

协理员　盲流同志，你刚生过孩子，不能这样，不能这样啊——

盲　流　（怀抱婴儿，挣扎站起）窝窝头！你王八蛋！你一颗野种，害死四条人命啊……（举孩子要摔，协理员急忙夺过）

杨连长　（含泪脱帽深鞠一躬）小关东！你用生命写了份检查！这就是我们的战士啊！建设兵团的战士！他们身上带着枪伤弹痕，他们都是国家的功臣！他们完全有理由回到家乡，娶妻生子，孝敬爹

223

娘，可是他们没有这样做，你们知道为什么吗？知道吗？！因为这里有全中国六分之一的土地，四分之一的国境线啊！因为他们是军人！军人啊！（擦把泪）军人，是不能开小差的！

五姑娘　（惭愧地跪在连长身旁）连长——

〔杨昌泰猛地摘下冲锋枪，冲天发泄出一串火焰。

〔切光。

第三场

〔严冬。傍晚。连队驻地。面向观众的是姑娘们居住的地窝子。

〔姑娘们收工回来，放下枪和工具，有的洗脸，有的织毛衣，有的疲惫地躺到床上。

〔几个姑娘唱着家乡的《沂蒙山小调》：

人人那个都说沂蒙山好，

沂蒙那个山上好风光——

〔小济宁荷枪上。

小济宁　小沂蒙！协理员叫你！（放下枪）今天的训练真累啊！

沂　蒙　（从铺下拿出潍坊用连长的毛巾裹着的一双鞋）班长，你不是要把毛巾还给连长吗？（众会意地笑）

张潍坊　（一把把鞋夺过来）沂蒙——

小沂蒙　（推）咱一块走吧！（二人跑下）

青　岛　（突然翻身从被窝里抱出一块热石头）啊！谁放到我被窝里一块热石头啊？

〔姑娘们每人都从被窝里抱出一块！

小蓬莱　（激动地）俺这儿也有一块！

烟　台　（冷冷地）是男兵们烧的，我见他们在河滩上烧了！

青　岛　男兵万岁！

小蓬莱　青岛姐！协理员找小沂蒙谈话，肯定是找对象的事！下一个怕要

　　　　　轮到我了？吃苦受累俺不怕，（急得捂住脸跺脚）俺就怕给俺找一个老头！

青岛等　（逗蓬莱）就给蓬莱找老头！就给你找老头！

〔小四川从男地窝子爬上，伏在青岛的铺位上方敲打。

青　岛　（探出头）又是你，小四川！

〔姑娘们笑。知趣地躲下。

青　岛　你敲敲打打干什么？

小四川　嘿嘿，谈情说爱嘛，心有灵犀一点通！

青　岛　谁跟你谈情说爱了？你用词准确些！

小四川　你为啥子一开口讲话，就像西伯利亚的风一样冷呀？你要晓得，艰难困苦并不可怕，可怕的是缺少革命热情。

青　岛　我凭啥对你有革命热情？

小四川　因为我们都是革命人么！建设边疆，保卫边疆，并肩战斗！连长讲过，"在这块艰苦的地方，男人需要女人，女人需要男人！"

青　岛　需要女人就敲房顶？

小四川　呃，我还有好东西嘞！（从怀里掏出一蝈蝈葫芦，蝈蝈正发出叫声）喜不喜欢？

青　岛　喜欢，喜欢！

小四川　要不要得？

青　岛　（一把抢过）要得，要得！

小四川　这是一只公蝈蝈，我那厢有一只母蝈蝈，让公蝈蝈陪你，母蝈蝈陪我，一直陪到冬去春来哟！

青　岛　小四川！

〔小四川吓一跳。

青　岛　是不是我这边公蝈蝈一叫，你那边母蝈蝈也叫呀？

小四川　（高兴地）对头对头！遥相呼应嘛！

青　岛　你还挺浪漫的么！

小四川　我还可以给你写诗嘛！

青　岛　写诗？你会写诗？

小四川　你也太小看你的同志哥喽，我已经写过好多好多诗喽！

青　岛　那，你给俺念一首！

小四川　（像听了圣旨似的）哎！要得！（整衣朗诵）

　　　　　　　啊，你是东海的云彩，

　　　　　　　一阵风，一阵风把你吹到塞外！

　　　　　　　啊，你像海浪一样欢快！

　　　　　　　你像鱼儿游进我的怀——

　　　〔姑娘们从地窝子里冲出哄堂大笑。

小四川　坏喽坏喽，一场好戏让你们搅散喽！（下，与手拿红丝巾走来的小沂蒙撞个满怀）

　　　〔小沂蒙藏起红丝巾想悄悄溜过去，被姑娘发现。

青　岛　小沂蒙，站住！

小蓬莱　你手里拿的什么呀？

小沂蒙　（藏）没有——

青　岛　没有？你拿出来咱一块看看！

　　　〔三人抢过红丝巾。

青　岛　呀！这么漂亮的红丝巾啊！沂蒙，谁给你的？

小济宁　说出来，我们帮你参谋参谋！

小沂蒙　（捧丝巾羞涩唱）

　　　　　　　一块丝巾红似火，

　　　　　　　协理员偷偷拉俺把话说。

青　岛　是谁送给你的？

小沂蒙　（唱）他说他千里之外特意给俺买，

　　　　　　　俺一激动没记住他姓什么来叫什么。

众　　　咳，连叫啥都不知道你激动个啥呀？

青　岛　沂蒙，他是干啥的？是营级还是团级啊？

小沂蒙　（唱）领导说他常年在外拉骆驼，

————吕剧《补天》

　　　　　　一年四季走大漠。
小蓬莱　嗨！我知道了，是那个又老又丑的石骆驼！
小济宁　人家说他家里有媳妇！
小沂蒙　（唱）他从小抗日革命早，
　　　　　　三五九旅当过劳模。
　　　　　　参军前在家结过婚，
　　　　　　因欠债媳妇被人抢去当了小老婆。
小济宁　呀！真可怜哪！
小沂蒙　青岛姐，你那字写得好，你帮俺写封信，让俺爹给俺参谋参谋。
青　岛　（拉下脸）沂蒙，这条件你也答应？
小沂蒙　俺爹，叫俺听领导的……
青　岛　你整天价您爹您爹，又不是您爹找对象！我可告诉你，你是没看见，他那个条件和张羊倌差不多，又老又脏，脸上还有道疤！
烟　台　萝卜白菜，各有所爱，谁找的男人谁守着！（起身入内）
小济宁　自从小关东死后，烟台姐就像变了个人似的！
青　岛　（起身）我得找协理员谈谈去！婚姻自主，恋爱自由！不能欺负像小沂蒙这样的老实人！
小沂蒙　（急忙站起来拉住青岛）没欺负，没人欺负俺，青岛——（拉青岛等钻进地窝子）
　　　　〔地窝子上面山坡上张潍坊用毛巾裹着一双新做的布鞋上。杨连长从对面上。
张潍坊　连长！
杨连长　潍坊！沂蒙说你找我有事？
张潍坊　我找你——
杨连长　汇报工作？
张潍坊　汇报工作，汇报工作！
杨连长　哦，潍坊！手里拿的什么？
张潍坊　哦，还给你的毛巾！

杨连长　咳！怎么，还包着一双鞋？

张潍坊　这是姑娘们让我给你做的！

杨连长　我有鞋啊！

张潍坊　瞧你那鞋，都露脚趾头了！

杨连长　噢……（不好意思地藏起脚，举鞋观看）哎呀！哎呀……（扯扯鞋后跟上一块布片）呃，这块布布干什么用啊？

张潍坊　这叫鞋拽跟，穿鞋的时候一提它就登上了！

杨连长　嗯，山东女人手巧！手真巧啊！好！（看左右无人，将鞋塞到腰间，下面露出一片红红的鞋拽跟）

张潍坊　连长，你是哪年参加革命的？

杨连长　报告潍坊同志！十六岁当兵，十八岁入党，打济南当排长，进疆剿匪当连长……

张潍坊　解放我们济南的时候你也参加了？

杨连长　嗯，就在那次战斗中，老羊倌为救我被炸掉一条腿！

张潍坊　怎么，老羊倌他是为你！那时候你多大？

杨连长　解放济南二十八岁，今年三十二岁，属老虎，三月二十二生日！

张潍坊　（笑）谁问你属狗属猫来，……哦，我问你对我，噢，对我们女兵班有啥看法！

杨连长　你山东潍坊人，高小毕业，二十二岁，淮海战役抬过担架，摊过煎饼，当过妇女主任，区政府干部。

张潍坊　（羞笑）好啊！你偷看俺的档案！

杨连长　了解自己下属嘛，每个人档案都揣在我心兜兜里！

张潍坊　（笑）看你傻大黑粗的，还挺细心的么！

　　　　〔杨连长拿毛巾擦汗。

　　　　〔山坡下女兵地窝子洞口，盲流挑桶大呼小叫地上。

盲　流　姑娘们，快接接我呀。

　　　　〔连长闻声转身下。潍坊高兴地跑下来。

　　　　〔姑娘们从地窝子里跑出，帮盲流放下桶。

———— 吕剧《补天》

盲　　流　　哎哟娘哎，压死俺个龟孙了！
小沂蒙　　（笑）盲流姐，咋没把小窝头挑来呀？
盲　　流　　小窝头叫男兵抢走了！这个亲，那个咬，把小鸡鸡都给吮肿了！
张潍坊　　大姐，给我们送的什么好东西呀？
盲　　流　　这是协理员让男兵给你们烧的洗头水！
姑娘们　　（高兴地）啊！洗头水！
小济宁　　这是协理员让男兵暖咱们的心，用的攻心计！
小蓬莱　　听说正在给老羊倌找对象！谁愿意嫁给一条腿的瘸子谁去！反正我不去！
盲　　流　　（"啪"地把舀子摔在桶里）张羊倌咋啦？一条腿咋啦？人家可是立过大功的，你们都积点德吧！
小蓬莱　　老羊倌那么好，你去嫁给他呀！
盲　　流　　嫁给他咋地？我嫁给一条腿的英雄，比嫁给四条腿的蛤蟆强！
小蓬莱　　你说谁嫁给四条腿的蛤蟆？
盲　　流　　我看你就想嫁给四条腿的蛤蟆！
小蓬莱　　你嫁给蛤蟆！
盲　　流　　你嫁给蛤蟆！
烟　　台　　（冲出）你们别吵了！没有男兵咱们能活着回来吗？他们不都是咱们的亲人吗？小关东死了！他是为我们女人死的！
盲　　流　　（大哭）小关东——
张潍坊　　烟台！
烟　　台　　班长！（二人拥抱）
张潍坊　　烟台说得对呀！男兵是咱们的亲人啊！在这大漠荒原上，咱不能光让人家关心咱，咱也应当主动关心关心他们，体贴体贴他们啊！
青　　岛　　（高兴地喊）小四川！
　　　　　　〔小四川慌忙跑上。
小四川　　啥子事这么要紧嘛？我的诗还没写好喽！

张潍坊　小四川！让你们男同志把破衣服都扔出来，我们给你们补一补！

小四川　哈哟哟！太阳从西边升起来了！（大喊）男兵们！女兵要给我们补衣服喽——

〔一件件破衣服从男兵地窝子口飞上来。天色渐暗，月轮如斗。

姑娘们捡衣，就座，飞针走线，唱：

针儿细，线儿长，

细针密线补衣裳。

荒原天冷心不冷，

有哭有笑大姑娘。

〔灯光渐收。

第四场

〔春夜。地头，枯杨。一弯残月。

〔天亮前的大田里。姑娘们蹲着身子，无声地顺着地垄扒土。

青　岛　哎哟！（抱着手跪在地上）

张潍坊　青岛，怎么了？

青　岛　地垄里有石头，又把俺手划破了！

张潍坊　（按亮手电筒）呀，出血了！

小沂蒙　青岛姐，俺给你吸吸。（抓住青岛手以嘴吮指）

张潍坊　（抓过沂蒙手）沂蒙！你的手怎么了？天呀，两个手上的指甲盖全扒掉了！

小沂蒙　（抽回手）没事，俺没觉着疼！

张潍坊　（动情地）咱们苦干苦熬了一秋一冬，就盼着有个收成，可惜呀咱把棉籽埋得太深了，不扒土棉苗就拱不出来呀！

小沂蒙　我就不信，这里的黄土长不出庄稼苗！

小济宁　等咱种出棉花来，咱就是英雄！

张潍坊　对，姐妹们，快扒吧！快干吧！

——吕剧《补天》

小沂蒙　（突然扒出一棵小棉苗，哭着大喊）潍坊姐！看，你们看呀！我扒出来一棵小棉苗，咱种的棉花发芽了，长苗了！

众姑娘　（围上）发芽了！长苗了！（抱在一起，又哭又笑）

张潍坊　（抹把泪，笑）看你们吧，一个个都像三岁的孩子！好，咱们看见希望了，快扒吧！（喊住沂蒙）沂蒙，把棉苗给我，我送给连长看看，让他也高兴高兴！

小沂蒙　哎！班长，你快去，快送去吧！

张潍坊　（捧棉苗唱）

　　　　　手捧棉苗心花放，

　　　　　汗水浇出绿秧秧。

　　　　　往日里瞅大漠多么枯燥，

　　　　　今日看，沙海阔，戈壁壮，天高云低鹰飞翔，

　　　　　好一派塞外风光。

　　　　　潍坊我为工作常和连长打嘴仗，

　　　　　喜爱他性情耿直，血气方刚，一身正气，火热心肠，

　　　　　他影子总在俺心内藏。

　　　　　前几日俺偷偷送鞋表心意，

　　　　　不知他心里怎思量？

　　　　　借送棉苗留意看，

　　　　　瞧他穿上没穿上？也不知宽窄长短可相当……

〔舞台一角，杨连长抱鞋上。

杨连长　（唱）协理员无意牵红线，

　　　　　把潍坊介绍给张羊倌。

　　　　　猛然间似含黄连难吞咽，

　　　　　一榔头打翻了五味坛。

　　　　　老连长出生入死身伤残，

　　　　　怎忍心他无依无伴抱牧鞭？

　　　　　这双鞋，白天看，晚上伴，

231

　　　　　　偷偷藏着我舍不得穿。
　　　　　　留也难来，退也难，
　　　　　　这叫我如何开口把物还？（徘徊）
　　　〔张潍坊从另一侧捧棉苗上。

张潍坊　（看到杨连长，激动地）连长！

杨连长　（激动地）潍坊！

张潍坊　连长，连长！你看呀！咱们种的棉花发芽了！长苗了！

杨连长　（激动地）怎么？发芽了！长苗了！太好了！（转身望潍坊）怎么？你又一夜没睡觉！

张潍坊　嗯，晚上有月亮，大伙愿意干活。

杨连长　今后的劳动强度会越来越大，你要注意让大家休息。

张潍坊　（看到他手里拿着鞋）那鞋你试过吗？合适吗？

杨连长　噢，……这鞋，你，送给他吧！

张潍坊　送给谁？

杨连长　张羊倌！

张潍坊　（疑惑地）什么？你说什么？

杨连长　他枪林弹雨大半生，一级战斗英雄，战场上曾救过我的命！……这鞋，你还是送给他吧！（把鞋塞到潍坊怀里，跑下）

张潍坊　你……（晕倒，杨昌泰见状跑回，欲扶又止）

张潍坊　（抱鞋悲唱）
　　　　　　杨连长突然把鞋还，
　　　　　　怀如抱冰心内寒。
　　　　　　这双鞋纳进俺情和爱，
　　　　　　你叫俺心河流出怎归泉……
　　　（饮泣，辗转。举鞋欲打站在旁边的杨昌泰，又委屈地缩回）

杨连长　我知道你心里难受，我心里也不好受啊！
　　　（唱）怎能忘老连长舍身赴死为家国，
　　　　　　怎能忘生死大义救命恩。

――――吕剧《补天》 〉〉〉〉〉

     高原风能吹断天山石，

     吹不断胡杨地下根。

张潍坊　（唱）不忘人情救命恩，

     有情不失男儿尊。

     金可送，银可分，

     从未见爱情能送人。

杨连长　你以为我是石头吗？你以为我心里没有你吗？

   （唱）你思想不通把气生，

     咱兵团男多女少是实情。

     我怎能只顾自己贪安乐，

     不管他功高身残受孤零！

〔盲流早起挎篮子上，见二人说话，放下篮子躲到一边。

张潍坊　（唱）他有资格把家成，

     你有权力献爱情。

     你我本来无关碍，

     你无权拿我送人情！（抹泪下）

杨连长　（拉住）潍坊！老连长为国家为民族九死一生，我们为什么就不能做点牺牲呢？

张潍坊　（甩开杨昌泰手）你不要拿这话压我，我没那么高觉悟！

杨连长　你，你就算为我，为我行吗？

张潍坊　你别说了……

杨连长　潍坊，我是一连之长，如果我不替他们考虑，还让谁去替他们考虑呢！

张潍坊　你……

杨连长　请你相信，我杨昌泰不是石头！我心里装你一辈子！今生今世不再爱第二个女人，决不结婚！

张潍坊　（哽咽）你别逼我！

杨连长　我求你，（痛苦大喊）我求你了！潍坊！

张潍坊　连长！

杨连长　潍坊……

张潍坊　（紧咬嘴唇，慢慢抬起头）……好，为了你，我去嫁给他！（大喊）嫁给他——（捂脸跑下）

杨连长　潍坊！潍坊——（追下）

〔盲流追望二人，失神地坐在石头上。

张羊倌　（突然出现在身后）好小子啊！你鼓捣的这一套叫嘛玩意儿呢？送人情是牺牲自己，不是牺牲别人！（气愤地"啪"地甩一个响鞭）

盲　流　（没留神，吓得一腚蹲到地上，爬起冲张羊倌吼）张羊倌！你不在山上放羊，跑这里发什么邪火呀？

张羊倌　眼瞎啊！没看见羊在山坡上么！

盲　流　咦！平日里三脚踹不出个屁来，今天咋了？吃炸药了？（向打鞭的方向张望，大笑）哦，你这是看人家谈情说爱，自己受不了啦？

张羊倌　滚！老子前半生搂着枪睡，后半生搂着羊睡，这辈子就没打谱找娘们儿！

盲　流　你不找娘们儿，俺偏找你！过来，咱俩坐会儿！（硬拉张羊倌同坐）

张羊倌　你，你坐远点！

盲　流　（靠的更近）偏不！哎，知道不？上级批准俺加入兵团了！

张羊倌　（不冷不热地）那好啊，欢迎！

〔盲流看左右无人，突然朝张羊倌裆里抓一把。

张羊倌　（腾地跳起）你这个熊娘们儿往哪里抓啊！

盲　流　（哈哈大笑）你，你那玩意儿还管事不？

张羊倌　管事不管事关你什么事？

盲　流　你咋唬啥咋唬啥！（附耳）管事，俺嫁给你！（起身在张羊倌脸上亲一口，担桶大笑下）

———吕剧《补天》

张羊倌　（愣半天没回过神，突然跳起来打个响鞭，唱）
　　　　　　　　山丹丹那个开花哟红艳艳……
　　　　　〔天空蓦地打个响雷！传来羊叫声。
张羊倌　哎哟，我的羊！我的羊！（一瘸一拐跑下）
　　　　　〔潍坊心情阴郁地率姑娘们扒棉苗上。
青　岛　啊，要下雨了！要下雨了！
众　　　（伸手接试）啊，下雨了！下雨了！
小沂蒙　俺的小棉苗哎，你可喝足水吧！
烟　台　（拉沂蒙）沂蒙，这雨越下越紧了！咱们快跑吧！
青　岛　（拽住）你们都别跑，咱们整整一年没洗澡了，我都不知道洗澡啥滋味了，我有个好主意。
众　　　什么主意啊？
青　岛　咱们来个露天淋浴，怎么样啊？
小沂蒙　脱光衣服吗？
众姑娘　是啊，脱光衣服吗？
青　岛　要想痛快就全脱！
姑娘们　（围住潍坊）班长？
张潍坊　咱们都快成泥猴了，洗澡水能肥二亩田，还害什么羞啊？我带头脱！
　　　　　〔姑娘们解带脱衣，一群裸女在雨幕中淋浴。嬉闹。无字歌：
　　　　　　　　啊——
　　　　　〔端盆接水的男兵们一个个露出窥视的脑袋。
　　　　　〔杨连长上，见状大怒。
杨连长　（冲男兵）都滚回去！滚回地窝子去！胡闹台！
　　　　　〔女兵看到连长，尖叫。
众男兵　连长转过去！
杨连长　（冲女兵）所有女兵听命令！都给我回到地窝子去！
杨连长　（急忙转身）男兵解散！胡闹台！

〔女兵逃下。

杨连长　（追到地窝子口）平时谁偷看你们一眼，你们是又哭又叫，现在是你们自己让人看！开班务会！写检查！（见无人应，喊）怎么没人说话？所有人都给我写检查！

姑娘们　（冲出）凭什么让我们写检查啊？我们不写！

杨连长　你们敢！

协理员　（上）要写检查，首先我来写！

姑娘们　（发现协理员，委屈地拢过来）协理员！大姐——

杨连长　协理员，你不要宠她们！这样下去，我这个光棍连人心都搞乱了，往后还叫我怎么带啊？

协理员　我看没那么严重吧！这件事交给我处理吧！姑娘们来了这么长时间了，没个洗澡的地方，确实是个问题！这也是我工作上的疏漏啊！不过，你们毕竟是军人，是女军人，光天化日之下赤身露体，总不雅观！军队有军队的纪律！检查是要写，我和你们一块写！

〔众一起扑进协理员怀中："协理员！大姐——"（哭）

协理员　（为大家揩泪）好了好了，不哭了，不哭了。你们累了一夜，够辛苦的了！咱们高兴起来，好不好？潍坊！唱段家乡的歌好吗！

（带头唱）人人那个都说沂蒙山好，

　　　　　沂蒙那个山上好风光……

〔姑娘们一起随唱。盲流和男兵们闻声走来，集聚一起入情歌唱。一个个唱得泪流满面……

小沂蒙　大姐，你怎么会唱俺们家乡的歌呀？

协理员　我是半个山东人啊！

众姑娘　怎么半个呢？

协理员　我爱人是你们山东人！我们在延安相识，解放你们济南和上海的时候，他都参加了战斗。两年前，我们作为调转干部，一起来到这里。

———— 吕剧《补天》 〉〉〉〉〉

小沂蒙　你们有小孩吗？

协理员　没有。我们来到新疆不久，在勘察一个新团址的时候，他被土匪绑架了，土匪指着他的鼻子骂他："带着你的部队滚回关内去！谁要想在这里长留久驻，我们就叫他断子绝孙！"说完土匪用刀子割去了他的下身……

姑娘们　（吃惊地）啊！

杨连长　咱们地窝子后边那个石堆就是老团长的坟墓！

众　啊！

协理员　所以，我每次到连里来都住在盲流那里，我喜欢她的大肚子，喜欢她的小窝头呀！

（唱）大姐此生留遗憾，

　　　泪哭无后壮兵团。

　　　姐妹们啊，荒原虽苦它是咱祖国版图一片，

　　　狗不嫌家贫，儿不嫌母丑，

　　　咱要用双手建设成人烟蕃息富饶美丽大道通宇寰——

（拉姑娘手唱）姐妹妹啊！

　　　你们是新时代女娲炼石戈壁滩，

　　　居大荒织彩云绣补西天。

　　　你们是星星月亮出东海，

　　　照荒原照漠瀚照亮边关！

　　　身上泥巴脏手上有老茧，

　　　依然是天下最美容颜。

　　　大姐我为你们骄傲为您歌唱，

　　　你们是大姐我心中的绿树国家栋樑。

　　　现如今吃苦受累想长远，

　　　千秋大业是江山！

〔张羊倌扛牧羊鞭边喊边上。

张羊倌　协理员！协理员！组织不用为我操心了，我有了！我有了！

协理员　老张同志，你什么意思？有什么了？

张羊倌　嘿嘿，嘿嘿，有老婆呗！

杨连长　（惊诧地）老连长，你……

张羊倌　你小子，我还没找你算账哩！

盲　流　（扯扯羊倌衣）老没出息，你就夹不住个热屁！

协理员　（惊喜地）盲流，你们俩这是——

〔盲流和张羊倌仰面哈哈大笑——

〔众哄笑。

女　兵　（高兴地）班长！

男　兵　（大吼）连长——

〔众把二人推到一块。

〔切光。

第五场

〔初夏。连队驻地，多了一座土坯房。一排新栽的胡杨枝上长出几片绿叶。

〔房内。掌声中灯亮。潍坊和杨昌泰、青岛和小四川、盲流和张羊倌、三对新人依偎在一起；小沂蒙头扎红丝巾坐在一旁，期盼地向外张望。

协理员　同志们！今天，我高兴啊！全团有七个连队，二十三对新人，同时结婚！（掌声）本来王司令员要亲自来主持你们的婚礼，因有紧急会议，不能前来，他让我转告对你们的祝福！（掌声）

杨连长　石骆驼呢，怎么还不到啊！

协理员　（走向小沂蒙）沂蒙同志，不要着急！老石带他的骆驼队执行任务，说好的一定赶回来，我在这里等着给你们发证！

〔小沂蒙羞臊地低下头。

盲　流　大姐，结婚证俺都领了，婚礼能不能提前举行啊，地锅里还煮着

———— 吕剧《补天》 >>>>>

甜菜哩！

张羊倌　嘿嘿，我的母羊还急等着配种哩！

小四川　我还等着体验生活写诗嘛！

〔众人哄笑，青岛扭小四川。

协理员　大家等得着急了是不是？好！结婚仪式现在开始！鸣礼炮！

〔四支冲锋枪冲天长鸣，激烈变为凄厉，喷射出萧杀之气。

协理员　同志们！你们的身上没有嫁衣、没有彩带，你们的洞房没有鲜花、没有喜礼，你们也不可能有青梅竹马式的爱情，这就是咱们兵团人的婚姻特点。今天咱们不拜天地，只想拜拜爹娘，爹娘又远在千里万里！我，作为一个老兵，向你们敬礼！

〔新人们还礼。

协理员　好了！仪式很简单，有了小家，才有大家，有了大家，才有国家！大家好好过日子吧！（指着打闹的青岛和小四川）你们别光顾了高兴，我把丑话说在前头，谁要是亏待了自己的媳妇，我拿他的党籍军籍是问！

〔新郎们郑重敬礼。众人下。

协理员　好了！结婚仪式到此结束！新郎新娘入洞房！大家都回去吧！回去吧！（叫住正要离去的烟台）烟台啊，你看，你们几个姐妹都有了自己的家了，组织上对你的婚姻大事非常关心，你看……

烟　台　（低下头）谢谢组织关心，这辈子我不打算结婚了！（扭头跑下）

协理员　（喊）烟台！烟台！

小沂蒙　大姐！

协理员　哦，沂蒙！不要着急，我和你一块在这儿等他回来！

小沂蒙　俺不着急，俺知道，他，忙啊——

通讯员　（急上）报告协理员！边境发生紧急情况，团长让你马上回去开会！

协理员　知道了！

小沂蒙　大姐，你要是放心，就把俺俩的证交给我吧。

协理员　我是觉着，你俩……

小沂蒙　你放心，俺爹，叫俺听领导的……

协理员　（递证）好！沂蒙啊，有了它，你们可就是合法夫妻了！

小沂蒙　俺懂！

协理员　这样吧，等他回来，你要是喜欢他，就把证给他，要是不喜欢，再把证给我！我走了！

小沂蒙　（手捧丝巾唱）农家女到边关一晃三年，
　　　　　　　穷丫头长成了革命军人女模范。
　　　　　　　俺知道婚姻事大没有国家大，
　　　　　　　俺怎能嫌老爱少去把麻烦添！

〔石骆驼一脸皱纹半头白发疲惫不堪脏兮兮地握骆驼鞭上。内喊："连长——老骆驼回来了！"

石骆驼　呃！人呢？怎么没人了？（看到小沂蒙）哎！小鬼，你……

〔小沂蒙举起红丝巾遮住脸……

石骆驼　（看到自己买的红丝巾，激动地）嘿，嘿嘿，我是老石！石骆驼啊！（拉下小沂蒙手里的红丝巾）

〔小沂蒙惊异地望着老骆驼，丝巾落地——突然捧住脸，泪从指逢里流下。

〔收光。

〔夜。新盖的土坯房内，有四个可以交替出现的不同空间。房后是戈壁山包。

〔潍坊、杨昌泰住处。潍坊在烛光下拾掇床铺，杨昌泰坐在床头，脱下脚上的新鞋把玩。

张潍坊　那个鞋有什么看头？好闻呀？

杨连长　这双鞋可不是一般的鞋哇！新婚之日我只穿三天！三天后我就用红绸子把它包起来！

张潍坊　喂，吹灯吧？

杨连长　（搂过潍坊）慢着，我还没有仔细地，脸对脸地看看你呢！（对脸

————吕剧《补天》 〉〉〉〉〉

凝视）

张潍坊　（推开，模仿杨昌泰口气）女人是随便看的吗？你给我写—检—查！

〔引来壁间哄堂大笑。

杨连长　嘘——小声点！四个洞房挤在一个屋里，只隔着条布帘，咱家的事都让人家听去了！（拉潍坊坐在床上）哎！咱就这样，静静地，静静地……说心里话，我真喜欢你，我发誓！

张潍坊　（把他摁到被窝里）等咱自己有了房子，我要你一天给我发一个誓！（吹灭蜡烛）

〔青岛、小四川住处。小四川赤脚被从床上推下。

小四川　哎哟！你莫要给我摆龙门阵喽！新婚之夜，哪个还有心情写诗嘛！

青　岛　（憋住笑）不行！你不把诗给我写出来，就甭想上床。

小四川　哈哟，你比我们四川的辣子还要辣！这个时候，哪个有那个心情哟！

青　岛　你只有多写多练，将来才能成为诗人；你要是成为大诗人，我就是诗人夫人啦！

小四川　那好那好，今天先体验生活，明天就有诗喽！

青　岛　（推开）不行！哪怕三句五句，你也得给我写出来！

小四川　哈哟！你，你……（忽动灵机）呃，蜡烛！蜡烛要流光了，流光就没得用了！（一把抱起小青岛，青岛发出一串笑声）

小四川　体验生活了——

〔盲流和张羊倌住处。盲流已脱去衣服，穿着红兜肚背身躺在床上。

张羊倌　（止不住地笑）嘿嘿，嘿嘿……

盲　流　快点吧！小窝头睡了！

张羊倌　嘿嘿，嘿嘿……

盲　流　傻了，还是憨了？

张羊倌　嘿嘿，我有老婆，有儿子！嘿嘿！不管公牛是谁，牛犊是咱兵团的，咱兵团第二代啊！

盲　流　快上床吧！俺给你生个亲的，生一大堆兵团二代！

张羊倌　嘿嘿，我有福！有福气啊！（点起旱烟袋）

盲　流　（腾地坐起）张羊倌，你是不是真的不管事了？

张羊倌　你，你个浪娘们儿！（忽地冲上去，灯被打翻）

〔小沂蒙、石骆驼住处。小沂蒙低着头站在铺前，脸上挂着泪痕，红丝巾掉在地上；石骆驼端洗脸水站在一旁。

石骆驼　小鬼，你不要哭，擦把脸，洗洗脚，好吧？你看我站了好长时间了！

小沂蒙　俺不洗……

石骆驼　那你坐下，别老站着！

小沂蒙　俺不坐……

石骆驼　小鬼，要不是他们拉拉扯扯，像捉俘虏一样，我是不会进这个房间的！

小沂蒙　俺没说不嫁给你——

石骆驼　那你高兴一点！啊！（递盆）

〔小沂蒙转身饮泣。

石骆驼　我知道你看不上我！我也看不上我呀！

（唱）头上发白脸上纹，

　　　论年岁我应比你大两旬。

　　　结婚本是喜庆事，

　　　却叫你红烛垂首泪满巾。

　　　若不是荒原茫茫驻地人稀受命军垦居身大关外，

　　　谁愿意天南地北生拉硬扯配婚姻！

　　　我一生青春撒落马背上，

　　　岁月颠簸在骆驼群。

　　　男婚女嫁天然事，

———吕剧《补天》

　　　　　何必居功沾人恩。
　　　　　小鬼呀，你说咱合咱就合，
　　　　　你说咱分咱就分。
　　　　　只要你不受委屈不流泪，
　　　　　相信我一个老同志，决不强人所难违人心。

小沂蒙　俺没说不同意——
石骆驼　别，别这样，你一定要想通了再说！那……我先走了……这样吧，今晚你睡床上，我，（指墙角）我睡在这里！
　　　〔石骆驼铺上皮大衣，倚墙萎顿而坐。小沂蒙坐立难安。
　　　〔伴唱：一个床上坐，
　　　　　　一个地下偎。
　　　　　　荒原女人红烛泪，
　　　　　　墙角新郎白头垂，
　　　　　　不知新婚啥滋味……
　　　〔石骆驼困倦难忍，垂头入睡。小沂蒙看看石骆驼，心生怜悯，扭着脸给他搭上毛毯，捂脸跑下。老骆驼鼾声大起。
　　　〔潍坊和杨昌泰系着衣扣走出。

张潍坊　我怎么听着动静不大对头呢！哎呀，她还真跑出去了！
杨连长　胡闹台！快去找回她来开导开导！
张潍坊　（喊）盲流姐！（和盲流下）
杨连长　（走进石屋）老石！老石！（见老石躺在墙角）这个死骆驼！八家子好事都让你搅了！（推喊）老石！石骆驼！（端起盆子里的水泼向老石）我叫你睡！（石骆驼激灵坐起）
石骆驼　哎哟，下雨了！下雨了！这拉来的豆种还没盖哩！
杨连长　老婆跑了！
石骆驼　骆驼跑了？我把它圈到圈里了！
杨连长　你八辈子没睡觉啊！
石骆驼　（看看房内空荡荡的铺，无奈地）——这次运豆种，路上有土匪，我是七天七夜没合眼呀……

杨连长　（同情地）唉，你心里只有兵团，只有骆驼！你就不能放一放吗？
石骆驼　过了节气豆子就种不出来了！人误地一时，地误人一秋啊！
杨连长　（发怒地）现在是结婚！（戳石头）你看你这头白发！
石骆驼　我少白头，打年轻就白！
杨连长　（包起皮大衣抛到床上，吼）你给我好好坐在床上等着，不许睡觉！我去帮你做工作！（下，又折回，掏出一盒烟扔给老石）
石骆驼　哼！做工作？做工作能把我头发做黑，能把年龄做小？（把大衣使劲摔在地上）娘的！光棍咋了？光棍就不能革命了？就不能建设边疆了？咱跟老羊倌三个人，枪林弹雨半辈子，拔钉子，攻碉堡，啥时候作过这种洋难啊？
杨连长　现在摆在你面前的就是碉堡！领导命令你，马上攻下这个碉堡！
石骆驼　这玩意儿又不能崩，又不能炸，你叫我有啥法啊？——唉！咱们老哥仨今天总算你们两个有家了，等你们有了孩子，也就算我老石有后了！到时候喊我声干爹就行……
杨连长　别说了，老石，我想掉泪——
石骆驼　掉泪有啥用？要恨恨日本鬼子恨反动派！拿酒来！拿"烧刀子"！
　　　　〔石骆驼捡起地上的红丝巾，捧在怀里。收光。
　　　　〔室外追光。小沂蒙在房外徘徊。
小沂蒙　（唱）风声起沙侵天月迷西山，
　　　　　夜徘徊洞房外阵阵心酸。
　　　　　眼见他人又老话又蛮，
　　　　　一脸油泥满身腥膻破衣烂衫灰迹斑斑，
　　　　　这叫俺怎与他同床共枕到百年？
　　　　　有心退证唇难启，
　　　　　违心相随心不甘。
　　　　　事到临头该咋办？
　　　　　爹娘啊！

————吕剧《补天》

    我坐不宁站不稳满腹苦衷无处言，

    真叫俺进也难来退也难……

    天啊天！

    为什么天大难事摊上俺……

  〔传来喊声："沂蒙！沂蒙——"

  〔营房响起紧急集合号声！

小沂蒙　（激灵站起）不好！有情况！

  〔收光。

第六场

  〔黎明前。大漠深处风沙口。风沙晦冥，天地一片浑浊。

  〔张潍坊内唱：十万火急大救援……

  〔潍坊带领众女兵荷枪实弹背粮食物资上。

张潍坊　（接唱）二百里急行军披星戴月赴边关！

  〔众姑娘顶风冒沙跋涉舞蹈。

张潍坊　（唱）敌人侵犯边境线，

    杀人抢粮逼出国境事发突然。

    大部队边境布防难回撤，

    众姐妹群情激愤倾巢而出踏征垣。

    但愿得此一去百姓救还，

众姑娘　（唱）众姐妹平边患杀敌立功兵到民安。

小沂蒙　（背电话上）班长！电话！

张潍坊　喂！喂！电话不通！

小沂蒙　线路断了，我去检查！（下）

张潍坊　（挥手）继续前进！（率众下）

  〔风沙肆虐。小沂蒙奔下沙丘，找到被风吹断的线头，接线。身体渐渐被沙掩埋。边挣扎边连接。

小沂蒙 （拿起电话）喂！——电话接通了！——是，我马上赶上部队！

（拼命扒沙，沙却越埋越深）

（悲急唱）一阵阵风卷沙似浪潮扑身，

眼发花胸发闷气短头晕。

恨自己女孩家难为器用，

紧急时挣不脱这荒沙野尘。

（喊）班长！班长！你们快来，快来拉我一把——（挣扎，昏迷）

〔石骆驼拉骆驼上。发现昏迷的沂蒙！

石骆驼 啊！沂蒙！（惊呼）小沂蒙！沂蒙！（急忙将其扒出，扶起）

石骆驼 沂蒙！沂蒙！你醒醒，你醒醒！

小沂蒙 （渐醒）啊！你，老石，是你……

石骆驼 我去西藏运军用物资，打这儿路过，你怎么在这儿？

小沂蒙 有敌情——紧急任务！我必须马上赶上队伍！（挣扎站起，跌倒）

石骆驼 （扶起）你腿受伤了，不能再走了，我把你送回去！

小沂蒙 （推开）不行！我们女兵班第一次执行战斗任务，我决不能掉队！

石骆驼 好！我来帮助你！（递过骆驼鞭，背起沂蒙的装备，扶沂蒙蹒跚走上沙梁，一股强风又把她吹下）

石骆驼 （追下）不行！这里是有名的风沙口，风沙一会儿就堆起一座山！我们必须马上离开这里！否则，我们都得被沙埋死！

小沂蒙 （惊讶地）什么？

石骆驼 我背你走！

小沂蒙 （望着老骆驼，一步步后退）不，不，我自己能走……

〔石骆驼意识到什么，伤心地垂下头。

〔沂蒙顽强地朝沙丘爬去。

石骆驼 （感叹地）真是个坚强的姑娘！

〔小沂蒙再次摔倒。

石骆驼 （冲过去）沂蒙！你不能再走了！我背你走！听话！（强行背起小沂蒙朝沙梁上爬去）

———吕剧《补天》 >>>>>

〔幕后无字歌：啊……

〔风沙转烈，沙丘开始流动……

〔时间也在流动：老石背着小沂蒙从一轮浑浊的日，走到一轮浑浊的月……

〔老石终于力不能支，二人一起从沙梁上滚下。

〔流沙将精疲力竭的二人渐渐掩埋，只剩下头和双臂露在沙外……

〔时间静止。风沙静止。

小沂蒙 （渐渐醒来）啊，老石，石骆驼，你在哪儿……

石骆驼 沂蒙！我在这里！

小沂蒙 （抬头看见一道沙瀑正从头顶上泻下，惊）不好！大沙流下来了！老石，快！

石骆驼 （抬头看一眼，挣扎，动弹不得）——来不及了……

小沂蒙 你是为了我！为了我啊！……

石骆驼 沂蒙啊，你以前想到过死吗？

小沂蒙 死，俺不怕，可俺没能死在战斗里，俺没完成领导交给俺的任务……（哭）

石骆驼 （唱）沂蒙啊，你莫流泪，莫悲伤，

你是冰山雪莲沙漠杨。

大漠中洒下过你的汗和泪，

风沙里飘满百花香。

戈壁滩你串串脚印连绿野，

霞光里常闻你阵阵歌声入夕阳。

流沙没顶无怨悔，

老骆驼为你泪水心中淌……

小沂蒙 （唱）大哥哥呀，生死之际愧对你，

悔不该新婚之夜让你守空房。

原谅我年幼无知违大义，

　　　　　　　原谅我生死关头才能辨金刚。
　　　　　　　马背上你南北转战埋葬旧世界，
　　　　　　　驼铃中栉风沐雨献身在西疆。
　　　　　　　白发染着雪山痕，
　　　　　　　皱纹里嵌满大漠尘沙荒原霜。
　　　　　　　沂蒙我荒沙掩埋无牵挂，
　　　　　　　憾只憾连累大哥陪我把身伤。
石骆驼　（唱）骆驼我身埋黄沙无冤枉，
　　　　　　　恨只恨大漠无知葬青芳。
　　　　　　　十几年血汗洒满荒原土，
　　　　　　　憾未见新城矗立车马扬。
　　　　　　　待来日骆驼化作千杆树，
　　　　　　　长满荒原绿满疆。
小沂蒙　（唱）大哥哥呀，你莫遗恨莫心伤，
　　　　　　　莫恨小妹性愚盲。
　　　　　　　喜今日咱生未同床死同穴，
　　　　　　　不能同生却同亡！
　　　　　　　百年后沂蒙我音容永不化，
　　　　　　　再与你共携手重做夫妻来边疆。
石骆驼　（握住沂蒙手泪流满面）沂蒙！别说了，咱们不是夫妻，是同志，是同志啊……
小沂蒙　不，是夫妻！咱们是领了结婚证的合法夫妻呀！（从怀中掏出结婚证）老石，你看！这是组织上发给咱俩的结婚证！给！
石骆驼　（激动接过，百感交织，仰面大笑）哈……
小沂蒙　老石！你给我买的红丝巾呢？带着吗？
石骆驼　（激动地）带着呢！（从怀里掏出红丝巾）
小沂蒙　你给我扎到头上，好吗？
石骆驼　哎，哎……（挣扎着伸出手臂给小沂蒙扎丝巾）

————吕剧《补天》

〔主题歌声：

　　　　火辣辣地天呀冰凉两个山，

　　　　干巴巴戈壁望不到边。

　　　　沙埋不死骆驼草，

　　　　风吹不倒胡杨干。

　　　　是谁抛下这片荒原——

〔风沙肆虐，沙流塌陷，二人拉起手。

石骆驼　（举臂大吼）狗日的风刮吧！明年我们在这儿长出两棵沙漠杨！

〔一阵风暴过后，二人站立的地方变为一座沙丘。沙丘飘着一角红丝巾——

〔收光。

尾　声

〔三十年后。一座现代化城市向外伸延的近郊。两棵并肩而立的高大挺拔的白杨树。一架掘土机高擎臂杆静静伫立。臂杆上系着一条黯红的丝巾。

〔幕后朗诵：三十年后，在城市扩建工程中，掘土机挖出小沂蒙和石骆驼的尸骸。那条红丝巾还没有完全腐烂。事件轰动了整座年轻的垦荒城。几个老垦荒，潍坊、青岛、烟台、盲流、协理员都来了。因种种原因，烟台终身未嫁。

〔隐隐传来小沂蒙和姑娘们"沂蒙山小调"的歌声——

〔两棵高大的白杨树上哗啦一声垂下满台红丝巾。丝巾在风中飘扬……

〔重又响起姑娘们入疆时亢奋的火车声，和姑娘们的嬉笑声……

〔剧终。

精品剧目·眉户戏

迟开的玫瑰

编剧　陈　彦

————眉户戏《迟开的玫瑰》 >>>>>

序

〔八十年代初。

〔乔家院子——一个极具民族传统建筑风格的民居小院。全剧从八十年代初到整个九十年代的故事就在这儿发生。随着时间推移，远景需不断呈现具有时代特征的新建筑群。而由一面矮砖墙半遮半掩在小院角落的一个下水道疏导井，却多年未变……

〔月色融融，烛光闪闪。

〔一群年轻人围着烛光翩翩起舞。同学们在祝贺乔雪梅十九岁生日，同时也在祝贺她考上重点大学。

〔合唱：

　　唱起来，跳起来，

　　这是我们的大舞台。

　　贺你高考放异彩，

　　祝你生日乐开怀。

　　把烦恼抛到云霄外，

　　让人生永远火起来。

〔篝火熊熊燃起。温欣大胆地将红玫瑰捧给乔雪梅。

〔正当舞会高潮迭起时，画外传来姨妈的报丧声："雪梅，你妈她……她出车祸了！"

〔乔雪梅锐叫一声"妈——"，手中红玫瑰落地，众大惊。

〔篝火渐渐熄灭。

〔一声凄楚的伴唱飘至：

堵实了，堵实了，

下水的管道堵实了……

〔伴唱中呈现出许师傅在院落一角捅下水道的劳作身影。

〔暗转。

一

〔数日后。

〔乔雪梅、芳芳、婷婷、豆豆紧紧偎依着姨妈和坐在轮椅上的父亲抽泣。

姨　妈　（唱）天灾人祸难阻挡，

孩子们莫要太悲伤。

雪梅呀，你爸身残需赡养，

弟妹年小需衬帮。

姨妈来回细思量，

风雨中只怕你得做头羊。

雪梅，你妈单位上的领导，考虑到家里的实际情况，决定破格让你去顶替。

乔雪梅　不，姨妈，我要上大学！我要上大学！（哭着向房内跑去）

〔芳芳、豆豆跟下。

〔婷婷慢慢凑到父亲跟前。

父　亲　雪梅不能耽误呀，她考上大学容易吗？她妈苦苦奔波也正是为了让孩子们都有出息呀！

姨　妈　这些我都反复想过，可面对这个摊子，她做老大的能走吗？

父　亲　老大？雪梅……才十九哇！

姨　妈　可她毕竟是老大呀！

父　亲　唉！看来这个家……恐怕从此……也就该散了。（抚摸着婷婷）她姨妈，我知道你家上有老下有小，不缺儿也不少女的，可看在

——————眉户戏《迟开的玫瑰》 〉〉〉〉〉

这娃的份上,就请你无论如何把她收养了吧!你知道,我是跟婷婷她爸一块儿在工地上出的事,咱乔家既然把娃从六七岁拉扯到十几岁,再供养几年,也就能自立了,咱不能……

〔婷婷哭着跑下。

父　　亲　豆豆我想寄养到乡下亲戚那儿去,芳芳大些,就让她先守着这个家,等满十八了,再去把她妈那份工作顶替了也就是了。

姨　　妈　那你呢?

父　　亲　我么……把她妈害了这几年,再不能害娃们了。这脓包迟早都是一挤,迟挤不如早挤了撇脱、省心……

姨　　妈　大姐夫,你咋能说这样的话?

父　　亲　该结束了,再不敢耽误娃们了,再不能耽误娃们了哇……

〔乔雪梅从房内跑出。

乔雪梅　爸!(跪倒在父亲轮椅前哭泣)

〔芳芳腰系做饭围裙和婷婷、豆豆从房内出。

芳　　芳　(搀扶乔雪梅唱)

　　　　　　　　大姐莫着急,

　　　　　　　　上学仍按期。

　　　　　　　　家中由我来料理,

　　　　　　　　纵然是筷子能挑旗。

婷　　婷　(唱)我卖冰棍换盐米,

豆　　豆　(唱)我卖雪糕添寒衣。

婷　　婷　(唱)给爸擦洗我接替,

豆　　豆　(唱)送爸看病我搬移。

姐弟仨　(唱)大姐你就放心去,

　　　　　　　　咱保证共患难相偎相依。

乔雪梅　(深受感动地唱)

　　　　　　　　小弟妹一个个深明大义,

　　　　　　　　猛然间都成熟难分高低。

　　　　　　做大姐怎能够只顾自己，
　　　　　　十字口人生路选择迟疑。
　　　　　　若不去，校门也许从此闭，
　　　　　　若不去，航船也许从此迷。
　　　　　　若是去，爸爸身残谁体恤，
　　　　　　若是去，弟妹年小谁怜惜。
　　　　　　无情的遭遇难回避，
　　　　　　面对苦痛先解疾。
　　　　　　大学深造暂放弃，
　　　　　　先下活这盘缺车少马的棋。
　　　　　爸，姨妈，这大学……我不去了。
父　亲　啊，你说啥？
乔雪梅　大学……我不去了！
父　亲　（狠狠拍着轮椅扶手）不行！无论如何，这大学你得给我去上。
乔雪梅　爸，家里现在这个样子，我就是去了也学不好。等芳芳长大了，我再找机会去学。爸，你就把我妈的那串钥匙交给我吧，相信我会管好这个家的！
父　亲　雪梅……
姐弟仨　大姐……
乔雪梅　爸！
　　　　〔乔父看着雪梅果敢坚毅的表情，极度无奈地将钥匙交到了雪梅手中。激越的伴唱声起：
　　　　　　含泪送走顶梁柱，
　　　　　　含笑迎来一挑夫。
　　　　　　千头万绪理有主，
　　　　　　太阳还从东边出。
　　　　〔伴唱中，乔雪梅解下芳芳腰上的围裙慢慢系上。姨妈和弟妹仨推父亲下。

―――眉户戏《迟开的玫瑰》

〔温欣上。

温　欣　雪梅，今晚六点四十分的火车，看，票我都给咱买好了。

〔乔雪梅无言地低下头。

温　欣　你咋了？

乔雪梅　我……不去了。

温　欣　啥，不去了？是晚点去吗？

乔雪梅　不，去不成了。

温　欣　哎呀雪梅……

乔雪梅　（急忙挡住温欣的嘴）求你别劝我，这阵儿我需要鼓励，需要支持！

温　欣　雪梅！

　　　　（唱）你怎能轻易做决断，
　　　　　　　把美好的前程抛一边。
　　　　　　　十年心血白浇灌，
　　　　　　　剑未磨成先自残。

乔雪梅　（唱）家临祸事弦音乱，
　　　　　　　身为长姐怎偷安？
　　　　　　　明早送你去车站，
　　　　　　　此一别……但愿不是天上与人间。

温　欣　（唱）雪梅讲话太伤感，
　　　　　　　同窗九年情意绵。
　　　　　　　临行打开窗两扇，
　　　　　　　你永远是我梦中的玫瑰红欲燃。

乔雪梅　（唱）窗里明月窗外见，
　　　　　　　烤上你心中火一团。
　　　　　　　窗外的花影更凌乱，
　　　　　　　期待着折花的月夜梦莫残。

温　欣　雪梅，我……（无奈地）我理解你……无论怎样，我都永远永远

爱着你！（紧紧抓住乔雪梅的手）

〔宫小花与众同学上。

宫小花　呀，咱们来的不是时候。（不无醋意地）你俩同上一所大学，怕没有多少拉手的时候？一个是校花，一个是白马王子，真让我们望尘莫及呀。

温　欣　小花，雪梅她……不去了。

宫小花　啥，开国际玩笑哩，牌子这么亮的大学不去，莫非你还想到月球上镀金去？

温　欣　她真的不去了。

宫小花　雪梅呀，你咋给咱耍这冷彩哩？

乔雪梅　我家的情况你们都知道，我是老大，我……

宫小花　老大咋？将来还不都得各走各的路，各奔各的前程？雪梅呀，这事可不敢一时心血来潮……

乔雪梅　不，不，弟妹们都太小，再说我爸……

女同学　（掏出一个红纸包）雪梅，这是同学们为了支持你上大学凑的三百块钱，你还是去吧！

乔雪梅　不，不，我不能要，谢谢同学们的好意，我……我已经别无选择了。

温　欣　雪梅，拿上吧，这是大家的一片心意嘛。

乔雪梅　不……不……

女同学　雪梅，即使不去，这钱家里也是急需的呀！

众同学　拿上吧！拿上吧！

乔雪梅　（极其难为情地接过钱）谢谢同学们！

众同学　（议论）唉，也真是的，遇上这么个灾难，撂下这一摊子，咋走呀！可真难为雪梅了。

宫小花　只是把这么好个名牌大学不上，太可惜了，可怜咱才考了个不入流的，要是能换一换该多好哇！

〔许师傅突然从下水道里冒了出来。

―――眉户戏《迟开的玫瑰》 〉〉〉〉〉

宫小花　呀，咋还有个打"地道战"的？
许师傅　对不起，味道不好闻。
宫小花　就是的，一股蒜薹味。（掩鼻）温欣，咱们都走吧，雪梅家里还乱着哩，就让人家好好收拾收拾。看，明天的火车票我都给咱买好了。
温　欣　我已经买过了。
宫小花　硬座吗卧铺？
温　欣　咱个穷学生还坐啥卧铺哩。
宫小花　哎呀呀，快退了快退了，这是我爸写条子让人弄来的两张卧铺票……（自觉失口）本来我是准备和雪梅坐的，现在倒让他拾个便宜。
温　欣　我还是坐我的硬座。
宫小花　咋，怕花钱？
温　欣　不，不是这个意思。
宫小花　多余的我给你掏过了。（硬将票塞进温欣手中）
　　　　〔乔雪梅突感一阵不安，眼巴巴望着温欣。
许师傅　哎呀，堵得实实的了！
　　　　〔幕后男声独唱飘至：
　　　　　　堵实了，堵实了，
　　　　　　下水的管道堵实了……
　　　　〔许师傅艰难地捅着下水道。
　　　　〔暗转。

二

　　　　〔四年后。
　　　　〔许师傅仍在捅下水道。
　　　　〔姨妈提着一个生日蛋糕上。

姨　　妈　小许师傅，又在捅哩，咋三天两头的堵？

许师傅　人越来越多，管子太细，再加上管道布局又不合理，能不堵吗？今天谁过生日？

姨　　妈　是雪梅。过去她妈老张罗哩。

许师傅　你这个当姨妈的也真够费心了，四年了，三天两头的来看他们。

姨　　妈　我倒没费啥心，这几年可苦了雪梅了。哎，人呢？

许师傅　雪梅买菜去了，乔大伯在屋里丢盹呢。

〔姨妈向房内走去。

〔许师傅钻进下水道。

〔芳芳心事重重地上。

姨　　妈　芳芳。

芳　　芳　姨妈。

姨　　妈　我娃咋了？

芳　　芳　没咋……

姨　　妈　没咋……咋蔫不出溜的？芳芳，有啥心事还不能给姨妈说？

芳　　芳　姨妈，没有啥……

姨　　妈　芳芳到底大了，心思还这么深的，你不说姨妈也就不问了。哎，你大姐今天把生日一过，可就二十三了，温欣大学也毕业了，搞不好他们的婚事很快就会有眉目，大姐一走，家里这一摊子可就撂给我娃你了噢。

芳　　芳　（终于憋不住地）姨妈！

（唱）我明白肩上这责任，

也知道大姐该嫁人。

只是有把穿心刃，

左拦右挡扎透心。

姨　　妈　啥事嘛，还包得这严的？

芳　　芳　（唱）温州裁缝姜小敏，

姨　　妈　啥，开裁缝铺？你看你这娃……

————眉户戏《迟开的玫瑰》 〉〉〉〉〉

芳　　芳　（唱）他胸有大志人超群。

　　　　　　　办厂意欲闯深圳，

　　　　　　　非带走这片西部的云。

姨　　妈　好娃呀，你叫姨妈咋说你嘛！咱且不说人家裁缝高低贵贱，就说你大姐连大学都没上，顶替你妈当工人，一月挣三十八块五，辛辛苦苦把这个家撑持了四年，熬也该熬到"解放区"了吧？没想到你咋斜插出这一杠子。哎，我看你咋对你大姐张口呀！

芳　　芳　姨妈……

　　〔芳芳哭着向房内跑去。

　　〔姨妈追进。

　　〔已经变得有一种家庭妇女感的乔雪梅，一手拿着一个小弹簧秤，一手提着一篮菜上。

乔雪梅　（唱）黄瓜长，豆角扁，

　　　　　　　冬瓜茄子两头圆。

　　　　　　　清早去买价难砍，

　　　　　　　过了中午半价端。

　　　　　　　南边菜市人和善，

　　　　　　　斤斤秤杆翘上天。

　　　　　　　北边肉市人凶悍，

　　　　　　　半斤就短一两三。

　　　　　　　那刀光还扑闪闪，

　　　　　　　那人的眼光绿如蓝。

　　　　　　　哎哟妈呀，吓死人了！

　　〔许师傅从下水道里冒出。

许师傅　咋了？

雪　　梅　那个卖猪肉的，凶的就跟卖人肉的一样，出气都一股血腥味儿。

许师傅　嘿嘿，卖肉的都这神气，一提砍刀眼珠子就发红，职业病嘛。

　　〔乔雪梅把菜放在院中的石桌上，掏出一把揉皱的钱，用小计算器算起账来。

乔雪梅　（嘴里念念有词地）黄瓜一角八，豆角两角二，葱一角四，肉六两半，给婷婷买高考复习资料五块六……哎哟，这钱咋不对呀？

许师傅　差多少？

乔雪梅　（又算一遍）整整差一块呢。

许师傅　（停下手中的活）再看看。

〔乔雪梅将身上所有口袋都翻出来，仍不见那一块钱。

乔雪梅　八成是刚才和那个卖肉的拌嘴时把账搞混了，我找他去。

许师傅　这阵儿他还能认账吗？

乔雪梅　不认，不认咱工商所见！（欲走）

〔西服革履的温欣拿着一束红玫瑰上。

〔乔雪梅、温欣相互几乎不敢相认地良久凝视。

〔幕后伴唱：

　　还是这个院落，

　　还是这个门。

　　咋不像那个身影，

　　咋不像那个人。

乔雪梅　温欣，你……你回来了！

温　欣　雪梅，今天不是你的生日嘛！

乔雪梅　我的生日……

温　欣　对，你的生日。

乔雪梅　看我把日子都过糊涂了。你不是来信说要到特区看看吗？

温　欣　已经去过了。

乔雪梅　怎么样，听说那边发展很快呀？

温　欣　（激情澎湃地）对，发展得很快发展得很快呀！可一回到咱这儿，就觉得憋闷得让人透不过气呀！

乔雪梅　不至于吧？我咋觉得一切都好好的呢。哎，深圳的菜得是贵得很？

————眉户戏《迟开的玫瑰》

温　欣　　不知道。

乔雪梅　　听说一碗面就八块？

温　欣　　（随话答话地）噢。

乔雪梅　　听说煤也贵得要命？

温　欣　　噢。

乔雪梅　　猪肉啥价钱？

温　欣　　雪梅，咱能不能说点别的？

乔雪梅　　噢，咱说点别的。哎，北京人是不是爱储藏大白菜？

温　欣　　雪梅，你咋……

乔雪梅　　我咋了？

温　欣　　没……没咋。

乔雪梅
温　欣　　（重唱）年年今天都见面，

　　　　　　　　一年比一年相认难。

　　　　　　　　年年今天都相伴，

　　　　　　　　一次比一次少波澜。

乔雪梅　　（唱）忽然想起事一件，

　　　　　　　　买菜咋能丢一元。

　　　　　　　　若不趁早去清算，

　　　　　　　　时过境迁难讨还。（对温欣唱）

　　　　　　　　我去菜市转一转，

温　欣　　（唱）只想和你多交谈。

乔雪梅　　（唱）去去就回时间短，

温　欣　　雪梅，我吃过饭了，你要客气我可就走了。

乔雪梅　　别别……

　　　　　　（唱）眼看就要坐失四斤茄子钱。

　　　　　　〔许师傅从下水道探出头。

许师傅　　（唱）雪梅丢钱神分散，

　　　　　　心乱咋拨相思弦。

　　　　　　交谈话中无火焰，

　　　　　　得设法让她把心安。

　　　　〔许师傅不经意地将一元钱丢在乔雪梅身边，等乔雪梅发现后，才隐进下水道。

乔雪梅　哎哟，找到了。
温　欣　啥东西？
乔雪梅　菜钱！菜钱……（拾钱）

　　　　〔温欣更加惊异地看着乔雪梅。
　　　　〔打扮入时俏丽的宫小花上。

宫小花　看我猜的咋样，我就知道你一回来准往这儿钻。
乔雪梅　小花。
宫小花　（突然惊诧地）哎呀，这还是雪梅吗？这还是咱们的校花吗？咋变成这样了？生活的腐蚀性真大呀，要不是在你家碰见，放在别处我一准儿认不出来，咋搞的，看上去像过了三十的样子。完了完了，岁月把一个美女彻底致残了。

　　　　〔许师傅突然从下水道里冒出来。

许师傅　朝过圣的驴回来还是驴哟。（嘟哝完用竹片子捅着下水道）
宫小花　你咕叨啥？
许师傅　我在背谚语哩。
宫小花　你还在这儿捅呢！（突然捂住鼻子）嘘，还是一股蒜薹味。
许师傅　废话，下水道里能冒出香槟来？
宫小花　哎，我咋发现这一城的人说话都嗡嗡的，是不是和这西部的恶劣气候有关。
许师傅　你好像不是在这长大的？
宫小花　哎，你怎么说话的？谁倒跟你招嘴了？
许师傅　我跟下水道说话哩，谁倒跟你招嘴了。

　　　　〔宫小花、许师傅处于对峙状。

————眉户戏《迟开的玫瑰》

乔雪梅　好了好了，咱进屋坐吧。

宫小花　真是撞见鬼了，都啥素质么，这儿我一天也呆不下去了。温欣，你还犹豫啥呢？今年分回来的大学生好多都南下了，你还呆在这儿干什么？谁倒稀罕你的赤诚、你的热情！走吧，飞机票我都给咱定下了，咱们也来个孔雀东南飞吧！

乔雪梅　（突然觉得要失去什么似的）温欣，你……飞吗？

温　欣　我……我们都想去……闯闯……

乔雪梅　（似乎看出了什么似的）也好，去闯闯也好。

温　欣　我真希望你也能和我们一块出去走走看看，人活着毕竟得实现自己的价值呀。

乔雪梅　难道我……没有价值了吗？

温　欣　不，不是这个意思，我是说……你曾经那么有理想……抱负，可现在……

宫小花　一个人有一个人的活法嘛，啊！

乔雪梅　我明白了，你们……走吧。

温　欣　我想，我还会回来的。

乔雪梅　那是你的事。

温　欣　雪梅……

乔雪梅　（压抑住痛楚地）你走吧！（看着温欣慢慢走出院门，下意识地大喊一声）温欣！

温　欣　雪梅……

乔雪梅　（坚定地）走吧，走吧，你走！

〔温欣无奈地下。宫小花暗喜，随下。

〔乔雪梅望着温欣和宫小花远去的背影，突然抓起红玫瑰放声痛哭起来。

〔婷婷上。

婷　婷　大姐，你咋了？

乔雪梅　给大姐补习补习英语吧，大姐快荒废完了。（哭）

婷　婷　大姐，你不要哭，等我高中一毕业，就回来接替你，我相信你会赶上他们的。

〔芳芳和姨妈从房内出。

芳　芳　大姐，你怎么了？我知道你心里的苦处，我……我哪儿也不去了……

乔雪梅　（不解地）你……要去哪里？

姨　妈　快给你大姐说。

芳　芳　姨妈已经跟我说好了，从现在起家里这副担子，就由我来挑。（抓起菜篮子）

乔雪梅　（更加疑惑地）你……你要到哪去？

姨　妈　是这样的，芳芳这几年在外面谈了个对象，是开裁缝铺的，最近赶风潮也想往深圳跑，死活闹着要跟芳芳结婚，还要把她带走。

乔雪梅　（突然意识到什么似的一把抓住芳芳）他……人可靠吗？

芳　芳　（点头）嗯。

乔雪梅　爱你吗？

芳　芳　（点头）嗯。

乔雪梅　感情深不深？

芳　芳　（含泪点头）嗯。

乔雪梅　（加重语气地）深不深？

芳　芳　（坚定地点头）嗯。

乔雪梅　那……那你就去吧！（痛苦地抢过菜篮子，将芳芳推向一边）

芳　芳　大姐……

乔雪梅　千万……千万……不要错过了爱的机会呀！（哭）

芳　芳　大姐……（与婷婷一起紧紧抱住乔雪梅）

〔伴唱声中现出许师傅捅下水道的身影：

　　　　堵实了，堵实了，

　　　　下水的管道堵实了。

　　　　今天掏，明天掏，

———眉户戏《迟开的玫瑰》 〉〉〉〉〉

掏通了它又堵上了。

〔暗转。

三

〔一年后。

〔坐在轮椅上的父亲，戴着随身听，手上击着节拍，嘴里唱着秦腔"呼喊一声绑帐外——"

〔豆豆拿着一串葡萄从房内出，见父亲，急忙把葡萄藏到身后，蹑手蹑脚往外溜。

父　亲　豆豆，哪儿去？

豆　豆　我出去一下。

父　亲　家里那个石狮子你咋还没搬回来？

豆　豆　都啥年代了，要那东西有啥用么？

父　亲　这老房子传了一两百年了，啥都好好的，到你手上就啥都没用了？听说你拿石狮子换了个啥子魔方，你个败家子，赶快给我换回来，要不换看我不卸了你的腿。

豆　豆　（嘟哝地）烂破狮子，晚上我扛回来就是了。

父　亲　你见天慌慌张张往外跑，得是魂掉了？

豆　豆　屋里闷得很么。

父　亲　闷得很？你手里拿的啥？给谁呢？转过来。（见豆豆转过身亮出手中的葡萄）你大姐那样批评你，你还装啥蒜哩？娃呀，你还是个学生，明年才高中毕业，现在就卷在这号事里边，将来咋得了哇！

豆　豆　我……

父　亲　说，到啥程度了？

豆　豆　没……没到啥程度。

父　亲　没到啥程度，学习能从班上第五名一下子退到四十七名？你还偷你大姐的钱，出去跟伢娃吃哩喝哩，你狗日的不知道家里日子的难场啊！你真对不起你大姐为你们付出的那份心血呀！

豆豆爸！

（唱）我也想从热水锅往出跨，

　　　我也想从沼泽地往出拔。

　　　只是双腿不听话，

　　　越拔双脚越下滑。

　　　把她想成一个恶霸，

　　　可她嫩得像根豆芽。

　　　把她想成凶神恶煞，

　　　可她靓得像朵莲花。

　　　几番断电电流大，

　　　换了保险跳了闸。

父　亲　咋来的你这号货嘛！娃呀，这电流再大，也得想法关闸呀！

豆　豆　关么，我这不是天天都关着哩，可……可关得太猛，人受不了，得有个过程么。

父　亲　（无可奈何地）过你娘的脚，滚，滚！冤孽，真是冤孽哟！

〔豆豆提着葡萄溜下。

〔许师傅提着几片老式瓦，拿着镶好的照片和劳作工具上。

许师傅　乔大伯，你让我帮忙放的全家福照片放好了。

父　亲　哎呀谢谢！（接照片看）好！好！咋，下水道又坏了？

许师傅　可不，刚修通半个月又堵上了。

父　亲　咋还要用瓦？

许师傅　雨季马上要来了，我看你家有点漏，得修一修。

父　亲　咱家的事，可没让你少操心！哪来的这老式瓦？

许师傅　我在前边淘井时淘下的，这一片哪，地下随便一刨都是老砖老瓦。

父　亲　古城么！

————眉户戏《迟开的玫瑰》

〔乔雪梅一手提着菜篮，一手拿着录取通知书跑上。

乔雪梅　爸，爸！
父　亲　啥事看把我娃高兴的？
乔雪梅　我参加成人高考，考上了！
许师傅　考上了？
乔雪梅　嗯。
父　亲　也是大学？
乔雪梅　专科进修，给大专文凭。
父　亲　好，不管咋，我娃的大学梦……总算能圆了。
乔雪梅　只是婷婷学习也蛮不错的，今年高考要是能考上，我就暂时不去了。
父　亲　那咋行？总不能老把你耽误着呀！
乔雪梅　我跟婷婷说过，只要她能考上重点，就咋都要让她去，咱家也得保重点么。
父　亲　都是重点，那你呢？唉！
　　　　〔许师傅慢慢向房后走去。
乔雪梅　芳芳来信了。
父　亲　都说了些啥？
乔雪梅　问你老人家好呢！另外，他们在深圳一直打不开局面，说是想去海南闯闯，我给她寄了点钱。
父　亲　可家里……
乔雪梅　家里再难总比外面强么。爸，我给单位招待所洗床单，今天一回领了五十多块呢。
父　亲　娃呀，看看你这双手哇……（颤抖地抚摩）
　　　　〔姨妈提着生日蛋糕上。
姨　妈　雪梅！
乔雪梅　姨妈！
姨　妈　你……你该没有忘记今天的日子吧？

乔雪梅　今天……

姨　妈　你满二十四了。

乔雪梅　今天有人来过没有？

〔父亲和姨妈都摇摇头。

〔乔雪梅木然呆坐。

〔突然传来敲门声："乔雪梅，收信！"

〔乔雪梅异常兴奋地奔向门口。父亲、姨妈默默向房内走去。

〔一封硕大的信推移上，温欣从信封内走出。

温　欣　（唱）雪梅，你好！

乔雪梅　（唱）温欣，你好！

温　欣　（唱）去年一别，

乔雪梅　（唱）书信稀少。

温　欣　（唱）今逢生辰，

乔雪梅　（唱）犹见天骄。

温　欣　（唱）天涯搏击，山呼海啸。

乔雪梅　（唱）男儿志高，踏浪弄潮。

温　欣　（唱）把握时机，宝剑出鞘。

乔雪梅　（唱）梦中腾飞，梦醒难翱。

温　欣　（唱）天地苍茫，南北浩渺。

乔雪梅　（唱）日月穿梭，相见路遥。

温　欣　（唱）我已完婚，抱愧相告。
　　　　　　　道声珍重，前路扶摇。

乔雪梅　（唱）好一个抱愧相告，
　　　　　　　好一个前路扶摇。
　　　　　　　我早知此情已虚缈，
　　　　　　　也早听苦雨打芭蕉。
　　　　　　　悲剧收场无雷暴，
　　　　　　　只是谢幕难弯腰。

———眉户戏《迟开的玫瑰》 〉〉〉〉〉

    非是温欣人格小，

    相形见绌分低高。

    不能再做笼中鸟，

    我该展翅出卧巢。

  〔婷婷拿着录取通知书左右为难地上。

婷　婷　大姐，你咋了？

乔雪梅　（下意识地）温欣来信了。

婷　婷　信上说了些啥？

乔雪梅　（异常平静地）他说他结婚了。其实，大姐早就料到会有这一天的。

婷　婷　都是我们耽误了你，要不然……大姐，你参加成人高考？

乔雪梅　（慢慢掏出通知书）你看，大姐又考上了。

婷　婷　又考上了？好，那你就上学去吧！

乔雪梅　婷婷，你呢？

婷　婷　我……啊，没……没考上。

乔雪梅　你说什么？你平时学习成绩那么好，是不是在……

婷　婷　真的，真的。（急忙掩藏通知书）大姐，你去吧，家里就由我来接管。

乔雪梅　婷婷，你手上拿的什么？

婷　婷　没有什么。

乔雪梅　拿出来，让大姐看看。

婷　婷　没有什么。（欲进房）

乔雪梅　（厉声地）婷婷！

婷　婷　（突然止步，终于掩饰不住地）大姐！

  （唱）都怪我太自私不甘沉坠，

    背地里下苦功伴月盈亏。

    本只为试学业证明无愧，

    谁料想登榜首一举夺魁。（掏出录取通知书）

　　　　　　　考上北大同窗醉，
　　　　　　　真诚对姐吐心扉。
　　　　　　　乔家无私把我养，
　　　　　　　我要为乔家报春晖。（欲撕通知书）
乔雪梅　婷婷……（抢过通知书）
　　　　（唱）手捧捷报心滴泪，
　　　　　　　悲喜交加风挟雷。
　　　　　　　热泪为妹淌似水，
　　　　　　　悲泪为我如雨挥。
　　　　　　　要苦就苦我一个，
　　　　　　　不能让她再作陪。
婷　婷　（唱）孔融让梨谷同穗，
　　　　　　　我非乔家枝头梅。
　　　　　　　渴饮你家千滴水，
　　　　　　　理当涌泉来报回。
乔雪梅　（唱）你虽不是亲妹妹，
　　　　　　　情同手足月同辉。
　　　　　　　只要你能上正轨，
　　　　　　　大姐含笑做路碑。
婷　婷　大姐——（扑跪在乔雪梅脚下）
　　　　〔许师傅捅下水道声。
　　　　〔幕后伴唱起：
　　　　　　　堵实了，堵实了，
　　　　　　　下水的管道堵实了。
　　　　　　　今天掏，明天掏，
　　　　　　　掏通了它又堵上了。
　　　　〔暗转。

四

〔两年后。
〔许师傅仍在捅着下水道。
〔姨妈提着生日蛋糕上。

许师傅　我就估摸着你快来了。

姨　妈　你咋能估摸到？

许师傅　鸟在林子里呆得久了，还能不知啥藤藤啥时结籽，啥蔓蔓啥时开花？

姨　妈　小许师傅，咱们认识这么多年，还真不知道你的底细呢。结婚了吗？

许师傅　你给我介绍过吗？

姨　妈　咋非得我给你介绍？

许师傅　我看你不是常给雪梅介绍嘛。

姨　妈　那是没有办法了，你以为我是干这个的？小许师傅，能不能帮我看张照片？

许师傅　谁的照片？

姨　妈　给雪梅又瞅了一个。

许师傅　（冷淡地）那你还是让雪梅自己看吧。

姨　妈　你先帮忙参谋参谋嘛。

许师傅　对不起，我这眼睛不好使。

姨　妈　咋了？

许师傅　害红眼哩。（钻进下水道）

〔乔雪梅推着父亲上。

父　亲　哟，她姨妈来了，你看娃硬把我推到东大街转了一圈儿，又是给我买衬衣，又是给我买磁疗垫，冤枉钱花了一大堆。

姨　妈　看你说的，她不孝顺你可再孝顺谁呀！雪梅，你大概又忘了今天的日子吧？

乔雪梅　（看了看蛋糕）姨妈，我不是说了，以后不再过生日了嘛。

姨　妈　你不过生日这生日可要过你呀！你已经满二十六了，该是考虑终身大事的时候了。姨妈又给你物色了一个，你就先看看照片吧。

（掏出照片）

乔雪梅　姨妈……

姨　妈　这个人虽说是看大门的，可毕竟在宾馆门口。文化程度要说略显低了点，可娃还年轻，能学么，高尔基不是也才念了个小学嘛。（见雪梅很冷淡）大姐夫你看呢？

父　亲　那还要看雪梅哩。

姨　妈　雪梅……

乔雪梅　难道……难道非要出嫁吗？

姨　妈　娃咋说这话呢？你还能老在这个家里？芳芳在海南已经扎住脚了，婷婷在大学也学得显山露水的。虽说豆豆学习差了点，可不管咋早早就把媳妇号下了，如果元旦真的能娶回来，雪梅呀，你爸有了指望，你还不出嫁……可再等到啥时候哇？

乔雪梅　姨妈，等四弟把媳妇娶回来，我还是想去进修。

姨　妈　革命生产两不误嘛，你没看人家有了娃的，还不是照样去进修。这事再拖不得了。

乔雪梅　（无奈地）那就嫁吧！（强忍着泪水向房内跑去）

〔许师傅突然从下水道里钻了出来，直愣愣看着乔雪梅消失的背影。

父　亲　她姨妈，看来娃……不是太满意呀！

姨　妈　可咱这条件……能高攀谁呀！

〔豆豆提着一个酒瓶子烂醉如泥地上。

豆　豆　（唱）她是一个恶霸，

不是一根豆芽。

她是凶神恶煞，

———眉户戏《迟开的玫瑰》 〉〉〉〉〉

     不是一朵莲花。

     洪水来了猛兽下，

     吞了豆芽啃莲花。

     太阳黑得像片瓦，

     末日来了天要塌。（醉倒在院中）

许师傅 豆豆！（急忙上前搀扶）

父 亲 狗东西咋醉成这样了。

豆 豆 （醉语）豆芽走了……叫洪水卷走了……

姨 妈 豆芽是谁呀？

父 亲 八成说的是倩倩。

豆 豆 对，豆芽是……倩倩，倩倩……就是豆芽……叫洪水猛兽吞了。

姨 妈 洪水猛兽又是谁呀？

豆 豆 一……一个倒彩电的南蛮子。

许师傅 啥时候走的？

豆 豆 今……今早……坐飞机……

父 亲 你倒是起了个早哟！

姨 妈 你咋知道的？

豆 豆 信……豆芽……留的信，豆芽说……全当她死了，可……豆芽没死呀……（泪流满面）

   〔乔雪梅闻声从房内出。

乔雪梅 豆豆咋了？

姨 妈 叫人家给涮了。

乔雪梅 （一把抱住豆豆）弟弟，心里难过你就放声哭出来吧，哭出来就会好受些，大姐爱你，一家人都爱你呀！

豆 豆 给我一杆枪吧！（见众人惊）我……我要当兵，我要上前线，我不想活了……

   〔许师傅背起豆豆，豆豆在许师傅背上乱踢乱喊。

   〔乔雪梅和姨妈帮许师傅把豆豆背进房内。

〔父亲狠狠捶着自己的头转着轮椅下。

〔已明显成熟老练的温欣拿着一束鲜花上。

温　欣　（唱）大潮卷起离人泪，

　　　　　　　南海搏击显作为。

　　　　　　　西部铺下通天轨，

　　　　　　　一腔热血又奔回。

　　　　　　　丽日当顶心抱愧，

　　　　　　　故路旧巷访雪梅。

〔乔雪梅从房内出。

温　欣　（有些不敢相认地）雪梅……

乔雪梅　你……你是不是把路走岔了？

温　欣　我……（深深鞠躬，久久不愿直起）

乔雪梅　（过意不去地）……坐吧，请坐！

〔温欣慢慢坐到石凳上，静静凝视着乔雪梅。

乔雪梅　请你不要这样看我好不好？

温　欣　雪梅……真……真对不起！

乔雪梅　没有啥对得起对不起的。

温　欣　雪梅，我……

乔雪梅　请你啥都不要说了，咱们就这样静静坐一坐，你就走吧。

温　欣　雪梅……我……

乔雪梅　我需要安静，真的，我需要安静。

〔许师傅从房内出，见状，静静走到下水道前，慢慢隐下。

温　欣　（不自在地解开衣扣）这天可真热呀！

乔雪梅　是有些热。

温　欣　怕有三十七八度吧。

乔雪梅　可能有。

温　欣　雪梅……我又回来了。中西部经济已经开始腾飞，市上去南方挖科技和经营管理方面的人才，我被挖回来了。雪梅，你……你

——眉户戏《迟开的玫瑰》

好吗?

乔雪梅　我……好!

温　欣　可我听说你还没有……命运对你真是太残酷了,你本来是可以很好地实现个人价值的,竟然就这样……

〔穿戴得珠光宝气的宫小花上。

宫小花　看我猜得准不准,我一想你就上这儿来了,看雪梅就是看雪梅嘛,非要说出去转转,害怕我吃醋是不是?(见雪梅的容颜,突然惊诧起来)哎呀雪梅,你……你真该去做个"拉皮儿"了。

温　欣　小花你……

宫小花　我说的不是吗?你看看雪梅眼角的鱼尾纹、抬头纹,还有眼袋……(异常惊诧地)哎哟妈呀,咋还有白头发呢!

〔许师傅从下水道里冒了出来。

许师傅　呸!今儿个咋这么臭呢。

宫小花　哟,你还在打"地道战"哩?就是臭,不过这臭味儿好像变了,没有蒜薹的冲劲了,是一股烂肉味儿,说明古城人民的生活水平已经得到了显著改善。不过与南方下水道的味道比起来,还差了点。

许师傅　南方下水道是什么味儿?

宫小花　一股死鱼烂虾味。不是说呢,南北现在差距确实不小。要不是俺老公一腔热血,连拖带拽,我还真不愿南雁北回呢。

许师傅　咋,混不下去了?

宫小花　恰恰相反,俺老公在那边搞了几座大型现代化立交桥设计,不仅撂倒了几个老教授,而且还破格提了高职,现在就连上报纸上电视,都是家常便饭了。

温　欣　(制止地)小花你……

宫小花　这有啥不可以广告的嘛,你没看这次回来受的那个优待,又是市长请吃饭哩,又是分配专家楼哩,又是啥子第三梯队哩,哎哟,就好像回来个大熊猫似的。

乔雪梅　（有些坐立不安地）你……你们坐吧，我给你们泡茶去。

宫小花　有冰水吗？

乔雪梅　咱没有冰箱。

宫小花　哎呀雪梅呀，你咋把日子过得这清苦的，都啥时候了还没个冰箱。不过我可要告诉你一个好消息，你们这一块马上就要拆迁改造了，你们可能很快就要住上欧式现代化大楼了，我老公是总设计。

乔雪梅　这一片民居都有一两百年历史了，怎么……要拆吗？

宫小花　这破破旧旧的了不拆还等到啥时候哇？

乔雪梅　我看外宾来，都怪羡慕这一片民居的。

宫小花　哎呀，那是老外在看咱的落后面呢。

乔雪梅　都欧式了……就先进了？

宫小花　哎呀雪梅，你看你这思想已经传统、保守到啥程度了，咋就一点都不思进取呢？莫非一生就准备这样交代了不成？

温　欣　小花你……咋这样说雪梅呢？

宫小花　咋，我说的都是实话呀！你看雪梅现在把日子过成啥了？都快成老古董了。

许师傅　（自言自语地）唉，这下水道再捅咋还是个下水道嘛！

宫小花　你这话啥意思？

许师傅　我跟下水道说话哩谁倒跟你招嘴了。（跳进下水道内）

宫小花　你……

温　欣　你……（无可奈何地）唉，走走走！（不无尴尬地推着宫小花下）

乔雪梅　（异常痛苦地唱）

　　　　　　　一席话说得我人前低矮，

　　　　　　　面对着成功者哑口难开。

　　　　　　　难道说今生真的已交代，

　　　　　　　怎屈服命运如此安排。

　　　　　　　定要走出家门外——

——眉户戏《迟开的玫瑰》

〔豆豆内喊："大姐，我受不了，我受不了哇……"

乔雪梅　（唱）哭声让我停下来。
　　　　　　　　几多伤痛强遮盖，
　　　　　　　　心中血泪谁来揩。
　　　　　　　　难道说几次选择都失败，
　　　　　　　　难道说所作所为尽悲哀。

〔豆豆内喊："我要宰了他！"

乔雪梅　（唱）看四弟如此消沉若不睬，
　　　　　　　　只怕良木成朽材。
　　　　　　　　扶弱弟哪管价值在不在，
　　　　　　　　当大姐该有大胸怀。

〔豆豆提着一个包从房内跑出。

乔雪梅　豆豆，你要到哪里去？
豆　豆　我……我要南下！
乔雪梅　南下干啥？
豆　豆　我……我要宰了他！
乔雪梅　你……你胡说些什么？
豆　豆　此仇不报，誓不为人！（继续向门外冲去）
乔雪梅　站住！你想当社会渣滓吗？
豆　豆　（咬牙切齿地）就是当渣滓，我也要宰了他！

〔乔雪梅阻拦不住，终于忍无可忍地狠狠抽了豆豆一耳光。

乔雪梅　你真让人痛心哪！我把一切都交给这个家了，可你……
豆　豆　（如梦初醒地愣了一会儿，尔后"哇"地哭出声来）大姐，你打吧，你狠狠地打吧，你打着我会好受些……
乔雪梅　（紧紧抱住豆豆，唱）
　　　　　　　　叫声四弟莫失态，
　　　　　　　　千般苦痛要掩埋。
　　　　　　　　纵然心灵受伤害，

做人的脊梁不能歪。

你是男子汉，

有泪别沾腮；

你是男子汉，

失意莫萦怀；

你是男子汉，

心胸要放开；

你是男子汉，

跌倒莫徘徊。

门牙打落咽肚海，

胳膊打折袖里揣。

人生不能自挫败，

四弟，想当兵，你就当兵去吧！

豆　豆　大姐，我们都走了，那你……

乔雪梅　谁让我是老大呀！

（唱）擦干泪，挺胸怀，

堂堂正正站起来。

豆　豆　大姐——！

〔姐弟紧紧相抱，

〔幕后伴唱：

堵实了，堵实了，

下水的管道堵实了。

今天掏，明天掏，

掏通了它又堵上了。

〔许师傅艰难捅下水道的身影。

〔暗转。

五

〔九十年代初。

〔远处现代化建筑群正在包围着这片传统民居。

〔父亲坐在崭新的轮椅上,手里把玩着电话子母机的子机。

〔乔雪梅伏在石桌上写着什么。

乔雪梅　这下给芳芳豆豆打电话,可就方便多了。

父　亲　方便了,可就是见婷婷越来越难了,咋一下考到英国留学去了。你说这么个可怜娃,竟然在咱乔家给活出息了!她亲亲的姊妹俩,咱家收养一个,成了才了,她舅家收养一个,嗨,给人家当了三陪了。

乔雪梅　爸,看把你骄傲的。

父　亲　这娃呀,要不是你苦巴巴盯着、照看着,还不知要走到哪条道上哟。

乔雪梅　还是她自己肯努力。

父　亲　没你这个好大姐,看她能努力到哪儿去。就说芳芳吧,要不是你把她放出去,她还能搞起什么服装厂,爸还能穿上芳芳牌衬衣?

乔雪梅　难怪你每次不让撕商标,原来是想在人前显摆哩!（给父亲做肩部按摩）

父　亲　爸就是想显摆哩。最让爸没有想到的就是豆豆,把那个豆芽娃爱的呀,眼看就要闹出人命案哪,没想到你慢慢把他调治的……进部队还考上了军校,你说这……唉,就可惜亏了我雪梅哟!

乔雪梅　弟妹都出息成这样我还亏啥呢?

父　亲　咱们这个家要不是你恐怕……

乔雪梅　为咱们这个家付出的人太多太多了!爸,我算了一下,这些年光社区和亲戚朋友帮助的钱物都过万了……

父　亲　是呀,爸常想,下辈子爸应该变牛变马,挨家挨户给人家还人情债去。哎，咱们这一片是不是非拆不可？
乔雪梅　街道上已经在吹风了，爸，你再好好回忆一下，咱们这一片三百多户人家，过去都没出过名人啥的？
父　亲　没有，这儿世世代代都是拉车的、跑堂的、织布的、盖房的，出过画匠、皮匠、铜匠、银匠，好像还出过一个啥子……国民党的情报处长，再没个大人物了，这恐怕和文物保护沾不上吧？娃呀，政府对咱家不薄，要是政府让搬，咱们恐怕还得带头搬哪！
乔雪梅　爸，这已经不是咱家个人的事了，听专家说这一片民居有汉唐遗风，具有很高的保护价值，拆了太可惜了。
父　亲　是可惜呀！
　　　　〔姨妈提着生日蛋糕上。许师傅跟上。
许师傅　我就算着你要来给她过生日……
姨　妈　（急忙遮掩地）嘘，雪梅不让张罗。（进门）
乔雪梅　姨妈！许师傅也来了。
许师傅　我来看看下水道。
父　亲　下水道不是前天才捅过吗？
许师傅　（不好意思地）看看……我再看看。（走近下水道察看，自言自语地）还真是好着呢，年年今天都堵着哩呀？
姨　妈　不堵还不好？
许师傅　不堵好……不堵……这儿就没我的事了。
父　亲　小许师傅，既然来了就坐一会儿吧！
乔雪梅　坐一会儿！
许师傅　你自学考试这回又过了两门。
乔雪梅　（惊奇地）你咋知道的？
许师傅　我今天去看榜……我也过了两门。
姨　妈　真是红萝卜调辣子，吃出看不出。
乔雪梅　前几天集中辅导古汉语，你参加了吗？
许师傅　参加了。

———— 眉户戏《迟开的玫瑰》 〉〉〉〉〉

乔雪梅　那两天我爸输液体着的,我也没去,回头你给我讲讲吧!
许师傅　只怕……讲不好。雪梅,我看你们这阵儿忙着保护这片民居哩,我给你帮忙弄了点资料。
乔雪梅　哎呀太感谢你了,我给你泡杯茶去!(拿着资料进房)
父　亲　她姨妈,小许师傅可是个正正经经的好小伙子,我……还蛮喜欢的。
姨　妈　那你咋一直也单吊着,怕也三十好几了吧?
许师傅　比雪梅……嘿嘿,刚好大两岁。
姨　妈　也该找了。一直都没谈过?
许师傅　谈过。
姨　妈　咋?
许师傅　谈不拢。
姨　妈　怕是眼头太高了吧?你们清洁工里都没个女的?
　〔许师傅闷在了那里。
姨　妈　你在这家也不算外人了,今儿帮忙参谋一件事吧,看看这张照片咋个像。(掏出一张照片,还未递到许师傅面前,见许师傅先揉起眼睛来)咋了,眼睛又咋了?
许师傅　沙眼。
姨　妈　你眼睛毛病咋这多的!
　〔乔雪梅端茶上。
许师傅　我还是帮忙拾掇拾掇厕所下水管道,我看有些漏水。
乔雪梅　不用麻烦,许师傅!
许师傅　这麻烦啥呢,谁还不给谁帮个忙嘛。(向房后走去)
姨　妈　真是个好小伙子!雪梅,看看这张照片咋样?
乔雪梅　姨妈!
姨　妈　不管你咋反对,这事再不能耽误了哇!这个人姓赵,在北城区劳动局当科长,管招工的,四十多岁,妻子去年不幸……
　〔乔雪梅突然双手蒙面,哭出声来。

283

〔姨妈和父亲愣在了那里。

〔许师傅拿毛巾从房内出,将毛巾递给姨妈后,又默默走进房去。

姨　　妈　我知道这个人年龄大了些,又是二婚,你心里不满意,可你要再不出嫁,以后会……

乔雪梅　那我爸呢?

姨　　妈　咱就雇一个保姆……把你爸……好好经管上吧!

乔雪梅　他不管我爸?

姨　　妈　(看看乔父,面有难色地)不……不是不管,是……

父　　亲　(突然恼怒异常地)他就是想管我也不让他管!我有儿有女的,要他管,哼……货哟!

姨　　妈　大姐夫,你先别发火,咱们商量着来,雪梅她……毕竟是……过了三十的人了哇!

〔父亲突然一阵惊厥。

乔雪梅　爸,你咋了?你咋了?

父　　亲　(咬咬牙)不咋,不咋。(强抑住内心的痛楚,默默地转着轮椅进房去了)

姨　　妈　有些话我也没有必要掖着藏着,这些年姨妈给你介绍了那么多对象成不了,大多还不是因为你爸,你把他孝顺到这个份儿上也就够了。

乔雪梅　姨妈!

　　　　　(唱)我也想有个家,
　　　　　　　做梦戴过新娘花。
　　　　　　　醒来爸爸跌床下,
　　　　　　　可怜的生命欲自杀。
　　　　　　　他下身溃烂日夜疼痛如刀剐,
　　　　　　　姨妈呀,雪梅怎忍离开家。

〔姨妈极其爱怜地紧紧抱住乔雪梅。

〔已戴上近视眼镜的温欣,拿着一束鲜花犹豫不定地上,最终还

———眉户戏《迟开的玫瑰》

是走进了院门。姨妈见状进房。

温　欣　　雪梅！

乔雪梅　（急忙擦干眼泪）温……温局长来了！

温　欣　　你……你怎么也这样叫哇？

乔雪梅　我一个普通老百姓，不这样叫，咋称呼呀？

温　欣　　其实最近我一直就在你家附近。

乔雪梅　我知道，几条大街都在改造，你是设计师，又是工程总指挥，还是城建局长，能不来吗？

温　欣　　听说你们厂转产，你主动要求分流出来办老年公寓？

乔雪梅　照顾老人我有经验，再说还能解决一些下岗姐妹的就业，我们就张罗起来了。

温　欣　　有困难吗？

乔雪梅　没有，就是对拆迁这片民居有意见，这是大伙搞的保护理由，都说我是你的同学，让我把材料递给你。（递过一厚摞材料）

温　欣　　搞得这么扎实？

乔雪梅　温欣，温局长，你比我见识多，接触的新鲜事物也广，南方的高楼大厦，我在电视里看了也觉得很美，可非得都弄成一样吗？你没有在这里住过，感觉不到它的温馨和美好，我想改造总不能把过去的东西都一股脑儿挖干刨尽吧？难道新的就都是好的？

温　欣　　（一怔）说得好，很多专家也在提这方面的意见，我们最近也正在反思城市建设中的一些问题，我先看看再说吧。

〔宫小花与昔日几位同学上。

宫小花　（见石桌上的鲜花，看了看温欣）今天又是雪梅的生日吧，看这花多鲜艳哪，哼！

女同学　雪梅，跟我们一块儿出去走走吧。

乔雪梅　到哪里去？

同学甲　老同学聚会。

同学乙　同学们都想用一年一度的聚会，联络联络相互之间的感情。

同学丙　也了解这一年大家都干了些啥，相互促进促进嘛。

乔雪梅　你们去吧，我……我家里走不开……

宫小花　啥走得开走不开的，你大概还没进过五星级酒店吧，还没有享受过真正的现代生活吧？

温　欣　小花，你……

宫小花　你没看雪梅现在这活法，已经传统的、陈旧的……

乔雪梅　小花，我不知道供养弟妹赡养老人是传统的还是新潮的，我只知道这些事得有人去做，我不去做别人也得去做呀！

众同学　走吧，雪梅！

乔雪梅　你们去吧，我真的走不开。

宫小花　雪梅呀，你真应该进入到社会精英层来看一看，看看大家都在想什么、干什么，是怎么追求、怎么生活的，要不然你会越来越落伍的……

温　欣　小花你……

宫小花　我这人就这大炮筒子脾气，爱说个直话，咱同学中混得背的，不是都不愿意参加这种聚会么。

〔许师傅从房内出，直愣愣盯着宫小花。

宫小花　你还在这里？你看啥哩？

许师傅　我看下水道呢。

宫小花　你看下水道么，紧盯着我咋了？

许师傅　我看下水道就是这样看的。

宫小花　你……（突然嗅到什么似的）什么味儿？你们闻到没有，是一股死鱼烂虾味，已经跟南方下水道的味道差不多了。

〔众有些莫名其妙地看着宫小花。

乔雪梅　好了好了，你们快去聚会吧。

众同学　走吧，一块儿去吧，雪梅！

乔雪梅　真的，下午我们厂还有几个姐妹要来商量事呢。

宫小花　我就猜着雪梅不会去的，算了吧，大家把相互交换的礼物都送给雪梅吧。拿出来，拿出来呀！

同学甲　（掏出一本书）这是我最近写的一部反映咱们这个城市市民生存状态的小说，做个纪念吧！

同学乙　（掏出一本专著）这是我教学过程中，总结下的一点哲学思考，你也帮着提点意见！

同学丙　这是我制作的一个软件。

宫小花　雪梅，这是温欣的"砖头"，《东西方城市建筑比较学》，你看看有多枯燥乏味，还写了六十多万字，也许垫个桌子腿还能用。

〔乔雪梅捧着沉甸甸一摞书和软件光盘，双手颤抖不已。

〔温欣看着乔雪梅的难堪，无奈地欲下。

宫小花　哎局长大人，你到哪儿去？

温　欣　（不无愤怒地）工地！

宫小花　看你那脾气！（对众同学）雪梅，那我们走了，你再甭圈在这个小院子了，要学会享受阳光、空气、生活呀！（与众同学下）

乔雪梅　（唱）手捧专著心颤抖，

　　　　　　　千帆竞过我滞留。

　　　　　　　同学们个个有成就，

　　　　　　　我两手空空面含羞。

〔石桌上电话机响，乔雪梅接。

〔芳芳、婷婷、豆豆各执电话出现在舞台上。

姐弟仨　（合唱）大姐莫含羞，

　　　　　　　人前昂起头。

　　　　　　　我们是你的专著，

　　　　　　　我们是你的风流。

芳　芳　（唱）轻轻一声问候，

婷　婷　（唱）泪水哽在咽喉。

豆　豆　（唱）祝你生日快乐，

姐弟仨　（合唱）明月连起五洲。

〔姐弟四人穿过时空跳起《电话舞》。

芳　芳　（唱）多想拉住大姐的手，

　　　　　　　为你舞起七彩绸。

婷　婷　（唱）多想拉住大姐的手，

　　　　　　　唱支故乡信天游。

豆　豆　（唱）多想拉住大姐的手，

　　　　　　　红酒千杯把你酬。

乔雪梅　（唱）多想拉住你们的手，

　　　　　　　姐弟并肩共追求。

　　　　　　　往前走，莫停留，

　　　　　　　家中事儿别担忧。

　　　　　　　踏出一条通天路，

　　　　　　　船不抵岸莫调头。

姐弟仨　（合唱）我们是你的春种，

　　　　　　　我们是你的秋收。

　　　　　　　我们是你的成就，

　　　　　　　你是我们的方舟。（隐去）

乔雪梅　（唱）人生若是比富有，

　　　　　　　我拥有你们不含羞；

　　　　　　　人生若是比竞走，

　　　　　　　我让出跑道无怨尤。

　　　　　　　难道说这种活法已陈旧？

　　　　　　　难道说我与时代已脱钩？

　　　　　　　如果说新生活排斥拯救，

　　　　　　　我只好敝帚自珍守清幽。

　　　　　　　功可以没有，

　　　　　　　名可以没有，

　　　　　　　利可以没有，

　　　　　　宠可以没有；

　　　　　　忠厚不能没有，

　　　　　　忍让不能止休，

　　　　　　善良不能变奏，

　　　　　　爱心不能换轴。

姐弟仨　（合唱）仰止高山平地不愧疚，

　　　　　　　　艳羡红花绿叶莫含羞。

乔雪梅　（唱）守住孤独，咬牙奋斗，

　　　　　　紧抓住老父亲颤悠的生命手不丢。

　　　　〔父亲怀抱行李转着轮椅上。姨妈随上。

姨　妈　雪梅，你爸他……

乔雪梅　爸，你这是……

父　亲　雪梅，送爸到海南芳芳那儿去吧！

乔雪梅　你不是不服那儿的水土？上一次才去了三天你就……再说芳芳他们厂子办得那么大，两口儿一年四季东奔西跑的……

父　亲　可总不能老把你这样耽误着，娃呀，你看你的同学们，人家一个个把人都活成啥了，爸再耽误你，这心里……你送爸走，你送爸走吧！

乔雪梅　爸，我要是连老父亲都不养活，我还算个人嘛！

父　亲　（百感交集地）雪梅！

乔雪梅　爸爸！（紧紧抓住父亲的轮椅扶手）

　　　　〔在无词伴唱中，乔雪梅将父亲一步步向前推进，推进……

　　　　〔暗转。

六

〔数年后。

〔乔雪梅臂戴黑纱，静静地坐在父亲坐过的轮椅上。

〔许师傅端着一碗中药从房内出。

许师傅　雪梅，把药喝了吧！

乔雪梅　许师傅，我……实在喝不下去！

许师傅　老父亲这么个身体状况，活了六十八岁，确算是寿终正寝了，你还得保重身体呀雪梅！

　　　　（唱）老父亲颐养天年含笑走，

　　　　　　　弟妹们乘风扬帆争上游。

　　　　　　　雪梅你含辛茹苦总摆渡，

　　　　　　　到如今众生普度该无忧。

　　　　　　　要打开院门两扇把风透，

　　　　　　　要洞开心灵窗口把光留。

　　　　　　　莫说是人生孤独愁长久，

　　　　　　　看今夜月光浮动风轻柔。

乔雪梅　爸！（哭泣）

许师傅　新下水道已经铺好，这个下水道从明天起就废了，我就……再不来了。

乔雪梅　你……再不来了？

许师傅　下水道再不用捅了，我……就再不用来了。你保重吧，我走了！

乔雪梅　许师傅，（突然站了起来）你……再不来了？

许师傅　啊，再……再不来了。（慢慢向门口走去）

乔雪梅　（突然大喊一声）许师傅！（见许师傅猛然停住脚步）这么多年，你为我们家……干了这么多事，从来还没有……好好感谢过你……

许师傅　你太客气了，谁还不给谁帮个忙嘛。（快步欲走）

乔雪梅　（又大喊一声）许师傅！能不能给你送一件东西……做个纪念。

许师傅　不，我什么也不要。如果可能，就请把你的名字留……留在这件工作服上吧！

乔雪梅　我的名字？

————眉户戏《迟开的玫瑰》

许师傅　对，你的名字。

乔雪梅　我……我又不是啥明星，留这……有啥用啊？

许师傅　啥叫明星？要我说，在今天这个普遍追求个人价值的时代里，你……其实才是最大的明星。

乔雪梅　我……是最大的明星？

许师傅　是呀雪梅！实话对你说吧，我高中毕业后没考上大学，顶替了父亲掏下水道的职业，开始真有点自暴自弃，可在你的身上……我看到了自己的价值和希望，要说是你激励我一步步走到今天，我从来没有崇拜过任何明星，但我……崇拜你！

乔雪梅　我……

许师傅　雪梅，写吧！（递上笔）

乔雪梅　（拿着笔，面对许师傅的脊背颤抖不已）

（唱）面对这宽厚脊梁步步退，

　　　乔雪梅有何德能把笔挥。

　　　施恩人反把我视为尊贵，

　　　羞怯怯颤巍巍写下雪梅。

许师傅　谢谢！这下……我该走了。

乔雪梅　许师傅，你……走哇？

许师傅　我……走哇！（刚欲出门又转回身）雪梅，药罐里还有半罐药，晚上睡前一定要记得再吃一次。

乔雪梅　我记下了。

许师傅　雪梅，你们要的这片民居的石雕数字我全部统计出来了。

乔雪梅　啊！你怎么统计的？

许师傅　一家一家去看的。（将材料递给雪梅，雪梅激动得双手有些颤抖地接过）

许师傅　那我走了！（刚出门，又返回到下水道口）

乔雪梅　咋，把啥丢了？

许师傅　我看看下水道……是不是又堵上了。好着哩，再不用掏了……

（转身急下）

乔雪梅　许师傅！（追到门外）

〔幕后伴唱：

你带走了我的什么，

心里咋如此空落？

满院关着寂寞，

月光荡起寒波。

乔雪梅　（唱）难道我爱上了这一个，

不爱心跳却为何？

如此归宿心存惑，

情感迭起千道折。

〔姨妈提着生日蛋糕与温欣匆匆上。

姨　妈　雪梅，你看谁来了？

温　欣　雪梅，生日快乐！

乔雪梅　你……怎么这时候……还来了？

温　欣　刚处理完事情。

姨　妈　温市长，昨天我在电视里，见你在南街建设工地忙着哩。

温　欣　噢，南街很快就要竣工了。

姨　妈　雪梅，等会儿我给你说件事。我给你们擀碗面去。（进房）

温　欣　雪梅，我来是想告诉你一个好消息。

乔雪梅　什么好消息？

温　欣　你们这片民居保护工程总算批下来了。

乔雪梅　真的？

温　欣　今天刚上过会。

乔雪梅　（激动异常地）温副市长，我要给你鞠一躬！（深深鞠躬）

温　欣　不不不，我们应该给你鞠躬才对呀！最近我们结合方方面面的意见，对城市建设思路作了调整，将对这一片进行保护性开发。

乔雪梅　保护性开发？

———眉户戏《迟开的玫瑰》 〉〉〉〉〉

温　欣　就是修旧如旧，这儿很可能要成为古城的一个新亮点哪！

乔雪梅　大家都说这一片没出过大人物，还生怕保不住了呢。

温　欣　（无限感慨地）大人物的遗产未必都是有价值的，而这一片普通民居却包藏着太丰富的精神内涵哪！我们把传统的东西丢得太多了，该好好下功夫保护了。老父亲去世有一百天了吧？

乔雪梅　前天满百天。

温　欣　雪梅，你尽到责任了。你们办的那个老年公寓，在我们社会保障体系还没有完全建立起来时，是一个不小的贡献哪！

乔雪梅　这还要感谢你的支持。

温　欣　那是我的责任。听说芳芳、婷婷还有豆豆，都给你办的公寓捐了钱？

乔雪梅　婷婷放弃了那边优厚的待遇，很快就要回国了。

温　欣　好，好，都是你这个大姐当得好呀！前几天同学又聚会，还是把你请不去，你都成了大家的中心话题了。

乔雪梅　我……又让你们同情怜悯了吧？

温　欣　不，谁也没有资格同情怜悯你，大家倒是给你用了两个字。

乔雪梅　哪两个字？

温　欣　你猜猜。

乔雪梅　悲哀？

温　欣　不，崇高！

乔雪梅　好了，别用那些好听的字眼了，我家就这现状，哪一个关节都需要有人撑着，咱同学中又是市长、作家、教授、银行家、企业家的，我一个普通市民，什么崇高不崇高的。

温　欣　（无限感慨地）不，支撑这个社会大厦不仅需要市长、教授、作家、企业家、银行家，更需要千千万万承担各种社会义务和责任的普通人哪！大家分析说，你们这个家如果没有你撑着，那两个妹妹，也许走的完全是另外一条道，弟弟也许真的就成了杀人犯……十六年了，整整十六年才读懂一个人，真是太残酷了。

乔雪梅　好了，别再抒情了。

温　欣　同学们把你的婚事，定为大家的头等大事，给它冠了个名称叫"玫瑰花开行动"，我自告奋勇当了个组长。

乔雪梅　（难为情地）我……小花她好吗？

温　欣　跟一帮朋友自费到国外旅游去了。

乔雪梅　小花真会享受生活。

温　欣　可平庸的生活也在享受她呀！小花自小娇生惯养，跟我一块儿闯深圳时，由于专业平平，又吃不下苦，一直没能体味到特区的真正内涵。但她千里迢迢追随着我的那份真挚感情，还是使我很受感动……

〔身着泰国服饰的宫小花上。

宫小花　（模仿外国人的神情）嗨！

温　欣　你回来了！

宫小花　嗯哼！看我给你带了个啥？（掏出玉石滚）这叫玉石滚，美容的，能把脸滚得平平展展的，生日快乐，拿上吧！你再看看我和人妖照的照片。（掏出照片）市长大人，你也来过过目吧。

温　欣　算了算了。

宫小花　审查审查嘛。

温　欣　（胡乱翻了翻）哪个倒是你吗？

宫小花　哟，连我跟人妖都分不出来了？

温　欣　我咋看是一样的。

宫小花　（狠狠掐了温欣一下）死鬼！

乔雪梅　你们坐，我给你们拿杯冷饮去。（进房）

宫小花　我咋觉得今日这院子少个啥？

温　欣　少个啥？

宫小花　那个捅下水道的。

温　欣　这个下水道废了，许师傅可能走了。

宫小花　走了，再不来了？

———眉户戏《迟开的玫瑰》

温　欣　再不来了。

宫小花　这小伙子也真该到"解放区"去了，太可怜了。

温　欣　你可怜他？

宫小花　啊，人连这一点同情心还能没有，你说光光堂堂一个小伙子，啥不能干，当不了科长、处长、经理、老板，卖个葫芦头泡馍总该行吧？

温　欣　（忍无可忍地）小花，应该同情的是你。

宫小花　咋了，我咋了？我说捅下水道的，把你市长大人哪一根神经给撞了？

温　欣　你没有资格说他！

宫小花　蒋介石我都随便说哩，还没有资格说一个烂捅下水道的。

温　欣　住口！一个捅下水道的，忠于职守，默默无闻十六年，保障着城市一个几万人口的区段污水排放不受阻塞，难道不值得你敬重；一个劳动模范，自学成才，利用业余时间，为城市下水道改造工程出谋划策，给国家节约了大量资金，难道还需要你可怜？小花，除了享受生活，享受这个时代为你提供的物质文明外，你为这个时代为这个城市，都做了些什么呀？

宫小花　我……

〔在温欣与宫小花对话时，乔雪梅与姨妈从房内出。

姨　妈　雪梅呀，温市长说的那些我大多都不知道。可这几天我到许师傅的隔壁邻舍跑了好几趟，听说一条街的热心人都为他介绍过对象，可他一直说有了，都说在他的书桌上放着一张大照片，已经十几年了，不少人都看见他经常给照片前的花瓶里插新鲜玫瑰，可就是不知道那姑娘是谁，他隔壁的周大妈领我从门缝往里一看，我的眼睛湿润了，雪梅呀，那照片上……是你呀！十几年哪，他爱了你十几年哪，娃呀，天底下哪有这样的爱法呀！

〔温欣、宫小花为之震动，隐去。

〔一束强光直射着泪流满面的乔雪梅。

乔雪梅　许师傅——

　　　　（唱）暖流冲血脉，
　　　　　　　热泪掉下来。
　　　　　　　众里寻他千百度，
　　　　　　　蓦然回首人早来。
　　　　〔许师傅手捧红玫瑰默默上。
　　　　〔伴唱：
　　　　　　　月光如水树影摆，
　　　　　　　玫瑰红似含羞腮。
　　　　〔音乐中二人慢慢走近。
　　　　〔暗转。

七

　　　　〔数月后。
　　　　〔修葺过的乔家院子。
　　　　〔幕后谣歌起：
　　　　　　　还是那个院落还是那堵墙，
　　　　　　　还是那个小巷还是那片房。
　　　　　　　挂满了红灯，点燃了炮仗，
　　　　　　　咱们的雪梅要当新娘。
　　　　（转儿歌声）
　　　　　　　雪梅阿姨当新娘，
　　　　　　　不给喜糖我尿一床……
　　　　〔芳芳、婷婷、豆豆分别提着行李归来。
　　　　〔姨妈上。
姨　妈　都回来了。要是你妈你爸在，还不知道要高兴成啥样子。（激动
　　　　得哭出声来）

芳　芳　姨妈，大姐该回来了吧？

姨　妈　快了！

豆　豆　姨妈，大姐夫是谁？咋到现在还给我们包着。

姨　妈　你大姐没给你们说？

姐弟仨　没有。

姨　妈　那是想给你们一个惊喜。

婷　婷　那你给我们先透透风，姨妈！

姨　妈　（引姐弟仨到下水道旁）这个下水道你们还记得吗？

豆　豆　这还能忘了，三天两头地捅，把人都能督乱死。

姨　妈　你们大姐夫……就是那个捅下水道的许师傅。

　　　　〔姐弟仨面面相觑良久后，突然抱头痛哭起来。

　　　　〔乔雪梅上。

乔雪梅　都回来了！

姐弟仨　大姐——（紧紧抱住乔雪梅哭泣）

芳　芳　（唱）眼望大姐泪如雨下，

婷　婷　（唱）万语千言不能表达。

豆　豆　（唱）一头青丝闪烁白发，

姐弟仨　（合唱）三十六春吐尽芳华。

芳　芳　（唱）轻轻拔下一根白发，

　　　　　　　曾经黝黑飘柔光滑。

　　　　　　　一把雨伞给我打，

　　　　　　　风雪地里站着她。

婷　婷　（唱）轻轻拔下一根白发，

　　　　　　　光亮似雪耀红脸颊。

　　　　　　　一张船票让我搭，

　　　　　　　岸上招手留着她。

豆　豆　（唱）轻轻拔下一根白发，

　　　　　　　十指颤抖心乱如麻。

　　　　　　一匹骏马让我跨，
　　　　　　泥潭深处陷着她。
姐弟仨　（重唱）拔不尽的白发代价，
　　　　　　补不上的青丝朝霞。
　　　　　　扳不回的人生道岔，
　　　　　　亏不尽的如梦年华。
　　　　　　大姐！（紧紧依偎在乔雪梅身边）
乔雪梅　（唱）弟妹们莫要淌热泪，
　　　　　　大姐的人生并不亏。
　　　　　　一不亏家遭不幸未崩溃，
　　　　　　二不亏手足未散情未摧。
　　　　　　三不亏二妹成功弄潮水，
　　　　　　四不亏三妹读完博士回。
　　　　　　五不亏四弟英才文武备，
　　　　　　六不亏老父寿终含笑归。
　　　　　　七不亏自修毕业未荒废，
　　　　　　八不亏办成公寓济困危。
　　　　　　九不亏遇见知音爱相随，
　　　　　　许师傅冰心堪与月映辉。
　　　　　　十六年为咱家润物无声泽恩惠，
　　　　　　十六年为你们点点雨露洒春晖。
　　　　　　拥有他大姐很欣慰，
　　　　　　相信我的好弟，相信我的好妹，
　　　　　　定会对他敬重如山，含笑祝福高举杯！
　　　　　　弟妹们送大姐出深闺！
姐弟仨　大姐！
乔雪梅　弟妹们，给大姐披上婚纱，把大姐打扮得年年轻轻漂漂亮亮的，送大姐出嫁！

————眉户戏《迟开的玫瑰》 〉〉〉〉〉

〔无限深情的伴唱声起：

　　大姐是咱家的老大，

　　大姐是咱的妈妈。

　　大姐是菩萨，

　　大姐是灯塔。

　　大姐是大树，

　　大姐是彩霞。

　　大姐的青春无价，

　　迟开的玫瑰荣华。

〔伴唱中，婷婷、豆豆含泪为乔雪梅披上婚纱。

〔温欣作为伴郎，挽着手捧红玫瑰的许师傅上。宫小花作为伴娘挽上乔雪梅。芳芳、婷婷、豆豆牵起铺天盖地的婚纱向前走动。

〔玫瑰盛开，大地万紫千红。

〔剧终。